かくして少年は迷宮を駆ける
1
強欲
まみれの新米冒険者
JN005235
あかのまに
Illustration
深遊

《ディズ》
《グレン》
《アカネ》

《シズク》
《ウル》

「次の突撃がくる前にここを出るぞ！」
「私も戦います」
迷宮鉱山ケイカ・小迷宮■■■
UNKNOWN
《未登録につき名称なし》
主《ガーディアン》・大牙猪《グレートボア》戦開始

迷宮は、

賢しい草花が羽虫を誘う蜜の如く、魅力的だ。

その蜜が毒で、死に至らしめようとも、

その魅力は褪せることはない。

【名も無き冒険者達の警句集】序文より抜粋

CONTENTS

序章

PROLOGUE

「嘘《うそ》だ。ぜってえ嘘だ。なあにが蜜だバカヤロウ」

不意に頭の中で浮かんだ言葉に対して、少年は苦々しく毒づいた。

どこでこんな言葉を聞いたのだったか。酒場のくずれたちが飲んだくれている最中にぼやいていたのか、父親が買って一度も開かずに放置された本を暇をしていた妹に読み聞かせていたときだったか、思い出せなかった。

頭がぼやけている。喉が渇きすぎて痛い。身体の至るところが痛い。兜《かぶと》が蒸れて気持ち悪い。兜を外して頭を掻《か》き回したい衝動をずっと堪《こら》えている。体の関節のあちこちが軋《きし》んで、訴えている。

休んで、何かを食べて、寝てくれと。

だができない。昏《くら》く狭い道を彼は必死に歩く。理由は明確だ。そうしないと死ぬからだ。

『ＧＹＡＧＹＡＧＹＡ！！！』

背後から異形が迫っていた。ヒトに似た形をしているが、子供のように小さく、醜く、潰《つぶ》れたような大きな鼻。頭には小さな角が一つ。小鬼《ゴブリン》と呼ばれる【魔物】、人類の敵対種。鋭く伸びた爪を構えた小鬼《ゴブリン》は、足を引きずるように道を進む少年に一気に飛びかかった。

『ＧＹＡＡＡＡＡＡＡ!!!!』

「うるせえ……！」

ぐしゃりという潰れるような音は、少年からではなく、小鬼《ゴブリン》の身体からした。

『GY………』

振り向きざま、少年が握っていた槍《やり》――通常の槍と比べて一回り大きなもの――が小鬼《ゴブリン》の身体に叩《たた》き込まれたのだ。

元より小鬼《ゴブリン》は邪悪であるが、貧弱だ。たとえ少年の槍が刃もロクに研がれていない不細工な代物であっても、全力で叩き込まれれば諸々《もろもろ》砕けて死ぬのは当然だ。

ただし、

『GYAGYAAAAAA!!』

「……っ！」

小鬼《ゴブリン》は貧弱であるが、邪悪だ。そして厄介でもある。必ず群れて動くからだ。

新たに二匹、少年が息をついている隙《すき》をつくように彼へと飛びかかった。

一匹を相手している間に、囲まれ殴られ眼や急所を突かれる。痛みに怯《ひる》み悶《もだ》えている間に鈍器で滅多打ちに殺される。【冒険者】のポピュラーで、悲惨な死に様の一つだ。少年も似たような最期を迎えかけていた――が、

「うるせえっつってんだ、よ!!」

少なくとも、彼は痛みに怯まぬ程度の胆力は持ち合わせていたらしい。そしてそれが彼を救った。

『G!?』

飛びつき、いいように彼の肌を爪で引き裂いていた小鬼《ゴブリン》の首に、手が伸びる。首を掴むと一気に壁に叩きつけた。ゴキリ、とどこかの骨が折れる音と共に、ビクリと身体を痙攣《けいれん》させて、二匹目は

動きを止めた。

「らあ！！！」

そして、少年の足にどこぞで拾い上げた棍棒《こんぼう》を叩きつけようとした小鬼《ゴブリン》を、思い切り蹴りつけた。

『ＧＩＩＩＩ!!!?』

蹴り飛ばされた小鬼《ゴブリン》は、その反撃に悲鳴を上げて逃げ出す。小鬼《ゴブリン》が逃げてくれたことは幸運ではない。逃がせば、仲間を引き連れてまた襲ってくる可能性がある。

小鬼《ゴブリン》は魔物だ。魔物は人類の敵対種で、一度逃げてもまた必ず殺そうとしてくる。少年もそれは理解していた。故に、

「死にくされ」

少年は握っていた槍を振りかぶり、投げた。投擲《とうてき》、と呼ぶような技術はなかった。ただただ全力でぶん投げられた槍は地面をこすり、壁に跳ね返りながら小鬼《ゴブリン》の背中にぶつかった。

『ＧＹＡ!?』

小鬼《ゴブリン》は転げ、硬い石畳の地面に皮膚を削り、痛みに悶えて悪態をついた。ヒトの言葉をしゃべれるならば「クソったれ！」とでも抜かしていただろう。そんなふうに痛みと怒りで悶えていたものだから、背後に迫る少年に意識を向けられなかった。

「だから、さっさと、死ね」

『ＧＡＡＡＡ!?』

ぐしゃり、と小鬼《ゴブリン》の頭が潰れる。叩きつけられたのは、先ほど小鬼《ゴブリン》自身が握っていた棍棒だ。少年は更にそれを二度三度と繰り返し叩きつける。しばらくの間、肉を打つ音と血しぶきが飛び散る

音が、薄暗い通路に木霊《こだま》した。

『G――――』

そして、動くモノは少年以外いなくなった。しばらくすると小鬼《ゴブリン》たちの無残な死体は、まるで灰が風に吹かれるように実体を失い、溶けて消えていく。

最後に残された青紫の石――――【魔石】を拾い集めると、少年は天井を仰いで声を上げた。

「……あっぶねえ……し、ぬとこだ……！」

先ほどまでの殺意はどこかへと消え、自分が生死の崖っぷちにいたことに戦《おのの》く姿は、年相応のものだった。切れた頬《ほお》から流れる血とその痛みに顔をしかめながら、小鬼《ゴブリン》へと投げつけた大槍を拾う。

もともとボロかったその槍は、更に一部刃が欠けて、よりボロさが増している。

自分が先ほど、小鬼《ゴブリン》を撲殺することに使った棍棒と見比べる。が、棍棒は既に持ち手部分に亀裂が入っていた。もともと、小鬼《ゴブリン》たちも雑に使っていたらしい。

見ているうちに、自身の重みに耐えられずへし折れた棍棒をため息と共に投げ捨てると、槍を握り直した。

「帰ったら二度と【迷宮】探索なんてしない」

この上なく苦々しい愚痴を吐き出しながら、少年――ウルは歩き続けた。

薄暗い通路、【迷宮】の奥地へ。


なんで、こんなことになってるんだ？

ウルは回想する。始まりは、彼の父親がロクでもない最期を迎えたことだった。

一章　灰と黄金と白銀と

EPISODE 1

迷宮大乱立時代
イスラリア大陸
大罪都市国グリード領

地の底から、土塊《つちくれ》の中を進む蛇《へび》のごとく迷宮が這《は》い出て、魔物が溢《あふ》れた。栄華を誇っていた人類はその支配領土を大幅に失った。限られた土地の中で多様な種族を有す人類は、上位存在である精霊たちと、その精霊の力を行使する【神官】たちに縋《すが》って生きていく。

その世界で、ウルは【名無し】と呼ばれる身分だった。

安全な都市の中で住まうことが許されず、都市と都市の狭間《はざま》を放浪する流浪《るろう》の民。言葉を選ばずに説明するならば、この世界における最下級の住民。そんな彼が迷宮に落ちる羽目になった最初のきっかけは、父親の病死からだった。

一、死の間際に父親から借金を告げられた

「本当にどうしようもないロクデナシだったけど、死んだら埋葬くらいはしてやるよ」
「すまんなあウル……これは遺言だが、実は妹のアカネが借金のカタになっててな」
「は？？？」

二、借金取りに捕まる

「すまん、アカネのことをたの………」

「は？　オイ待て死ぬな俺が殺すから。……マジか死にやがった」

「おーっす借金取りでーす！　いるかークズー！！！」

「話がはやい」

三、大罪都市国グリード周囲に存在する迷宮鉱山に就職

「おめえのバカ親父《おやじ》が借金のカタに、妹を差し出したんだよ。正式な契約だ。ほれ書類」

「その借金ぶん俺が働いて返すので、妹を売り飛ばすのは勘弁してほしい」

「金貨一〇枚だぞ？」

「あの親父マジで殺す」

「死んでるけどな」

と、このような経緯によって、ウルとウルの妹は、流れるように奈落へと落ちた。

妹と離れないために、なんとか流れで借金取りが経営しているらしい迷宮鉱山で働くことはできたが、給料も待遇も仕事内容もまったくもってよろしくない。危ないキツイ臭い汚い、挙げ句給料は雀《すずめ》の涙。妹を買い戻す金を稼ぐにはとても足りない。

賭けが必要だった。

安全と堅実な生き方を好ましく思うウルにとって、大変不本意であったが、自分の領分を大幅に超えた賭けが必要なのは分かっていた。

「新たな小迷宮と【主《ぬし》】が出たぞ！」

そして幸か不幸か、その賭けの機会はすぐにやってきた。

◆◆◆

「たった三層しかないような小迷宮だ！　主も【核】もある！　狙い目だぞ！」

大罪都市国グリード近郊に存在している【迷宮鉱山ケイカ】。金貸し屋【黄金不死鳥《ゴルディン・フェネクス》・グリード支部】が管理する大迷宮では、日夜大量の魔石発掘が行われていた。

万能のエネルギー源である魔力の結晶、魔石の獲得方法は単純だ。迷宮に潜って、魔物をぶち殺せばいい。悍《おぞ》ましい怪物どもを、斬るなり叩《たた》くなり魔術で消し飛ばすなりすれば、その死体から青紫色の宝石がこぼれ落ちる。これを都市国に売り捌《さば》けば金になる。

それを仕事にしている者たちを【冒険者】と呼ぶ。

命知らずのならず者。魔物を殺し、超人的な身体能力を得た怪物たち。吟遊詩人に謳《うた》われる英雄たち。この迷宮鉱山で働く者たちも、そんな冒険者たちの集まりだ。

「さあ、挑む勇気のある奴は手を上げろ！」

だが、先ほどから煽《あお》るように「チャンスだ！」と叫ぶ現場監督に対して、冒険者たちの眼は淀《よど》んでいた。彼らの目に浮かぶのは保身と恐怖だ。

当然の話ではある。ここにいる連中は【銅級】未満の冒険者くずれだ。一攫千金《いっかくせんきん》など夢にすら見ていない。その日を凌《しの》ぐための金を稼ぎたいだけの連中にすぎない。

そもそもここで取れる魔石は全部、黄金不死鳥《ゴルディン・フェネクス》のものになる。ここの冒険者たちは雇われの身で、食料や寝床、武器防具を貸し与えられる代わりに、得た魔石を搾取される仕組みだ。

そんな連中が迷宮の【主】と戦うなんていう気概を見せるはずもなかった。

「真核魔石を持ち帰れば銀貨一〇枚だ！　早い者勝ちだぞ！」

そんな彼らの心境は分かっているのだろう。監督の獣人《ガウル》は露骨に報酬をつり上げた。普段の銅貨数枚を考えれば破格だが、それでも手を上げる者は――

「金貨一〇枚にしてくれ」

いた。

目つきの悪い灰色の髪、小柄な只人《タダビト》の少年だった。最近ここに来た子供だ。妹が借金のカタにされただとかなんとかいう話らしいが、詳しくは誰も知らなかった。

彼くらいの子供が冒険者稼業のまねごとをすること自体は珍しくない。小鬼《ゴブリン》のような魔物なら、子供だって殺せるのだ。食うに困った【名無し】の子供が迷宮に潜って魔石を拾おうとするのは珍しくもない（そしてよく、骸《むくろ》となって転がる）。

問題は、彼が真顔でぬかした金額である。

「金貨一〇枚にしてくれ」

「何ボケたことぬかしてんだ、てめえ？」

希望者が出たことに一瞬喜んでいた監督は、露骨に顔をしかめた。一歩前に進み出ると、何の躊躇《ためら》いもなく少年の顔を殴りつけた。

「てめえみたいなカスいくらでもいるんだ。その雑魚に金貨一〇枚だあ？」

脳みそ沸いてんのか！　と、更に拳《こぶし》が出る。だが彼の言うことはごもっともだった。

金貨一〇枚なんて、迷宮探索の報酬にしてはボリすぎだ。【銀級】のような一流の冒険者たちがこなす依頼《クエスト》報酬でもあるまいし。バカにされていると思ったのか、監督の男は殴り続ける。だが、

「あの場所に迷宮があると困るんだろ」

その最中、少年はぼそりと小さな声でささやいた。

「魔石を掠めて流して、使われてない洞穴に上手《うま》いこと隠してたみたいだが……」

ピクリ、と監督役の動きが止まる。どうしたんだと周囲が遠巻きに見守る中、少年は顔が切れてこぼれた血を拭《ぬぐ》いながら、小さく笑った。

「そこが迷宮化するなんて、ついてないな」

「どこから……！」

「アンタ嫌われてるな。いろんな奴らから愚痴聞かされたよ。そんでアンタの焦り顔見たら、ピンときた」

監督は周囲を睨《にら》みつける。野次馬のようになっていた冒険者たちは一斉に逃げ出した。残されたのは少年と、監督の男だけだ。

「ルーゴラだったか？　あの小人《コロポ》に管理任されてんだろ？　まずいんじゃないか？」

「こ、のガキィ……」

「脅したいわけじゃない。アンタは俺の事情も知ってるだろ」

監督の男は少年が【黄金不死鳥《ゴルディン・フェネクス》】に買い取られたという妹を取り返しにきたと知っている。バカなガキだと嘲《あざけ》っていたが、まさかその子供に脅されるとは思ってもみなかった。

「妹が取り返せるなら金だっていらない。交渉を頼みたいんだよ」

「……いい度胸してるじゃねえか、ええ？　殺されると思わないのか」

監督の男は携帯している棍棒《こんぼう》を引き抜いて、彼の頭に載せた。そのまま力いっぱい叩きつければ少年の頭は弾《はじ》け飛ぶだろう。ここは都市国の外で、法の番人である【騎士団】もいない。少年を殺したところで咎《とが》める者もいない。死体は結界の外にでも放っておけば、魔物たちが食い散らかすだろう。

「俺も必死なんだ」

少年も理解しているはずだ。にもかかわらず、彼はまるで怯《ひる》む様子を見せなかった。その眼光は強くギラついていて、監督の男は僅《わず》かに棍棒を握る手の力が緩んだ。

「俺が死んだら秘密を知ったバカが消えるだけ。上手くいけば、コストはかかるがアンタは自分の不正を隠せる。どっちに転ぼうと損はない。違うか？」

男は言葉を返せなかった。それはこの根比べに敗北したことを意味していた。

◆◆◆

迷宮鉱山ケイカ
黄金不死鳥《ゴルディン・フェネクス》迷宮攻略支部　武具貸出倉庫

「上手くいくとは……マジか……」

ウルは自分の脅迫が通った事実に驚愕《きょうがく》していた。

妹を買い戻す金貨を稼ぐため、賭けに出る必要はあった。そのために必死に情報を集めたのは事実だが、まさかやけっぱちの脅迫が上手くいくとは思ってもみなかった。

なにせこちとら、脅迫しようにも不正の証拠すら掴んでいなかったのだ。さも余裕たっぷりの顔をしていたが九割くらいハッタリだった。

だがもちろんこれで終わりではない。始まってすらいない。この後ウルは小迷宮の主を殺し、迷宮の核を奪い、ついでにあのクソ監督の隠し遺産を発見しなければならない。更にその上で、報酬やっぱ無しなんて横紙破りをされかねないので（というか確実にされる）、上手く取引までしなければならないのだ。

「全部上手くいったら奇跡だな……」

考えるほどに気が滅入るので、ウルは考えるのをやめた。まずは目の前の現実だ。と、倉庫に乱雑に放置された防具を漁《あさ》っていく。

魔石の搾取と引き換えに冒険者に武具や食事に寝床を与える。というのがここで働く上での契約だが、刃はロクに研がれず、防具はボロボロの錆《さび》まみれ。ロクなものがない。

こんなものに自分の命を預けなければならない現実に気が滅入りそうになるが、なんとか一見まともそうな防具を装着する。

「——それ、やめた方がいいね」

そのときだった。

声をかけられた。この場所ではずいぶんと聞いていない、かなり若い少女の声だ。

声の方へと向くと、本当に若い自分と同じくらいの少女がいた。切り揃《そろ》えられたさらさらと眩《まばゆ》い金色の髪。端正な容姿に白いドレス。なんというか、あまりにも場違いがすぎて、幻覚か何かであると言われた方が説得力があるくらいの綺麗《きれい》な女だった。

しかし彼女は実際そこにいる。そしてウルが今しがた装着した、かび臭い兜《かぶと》を指さしていた。

「……これ？」

うん、と彼女は頷《うなず》き、まっすぐにウルのそばに歩み寄る。すぐに触れられるくらいまで近づくと、指先でピンと兜を留めていた金具を軽く弾いた。

その瞬間、バギンと明らかに取り返しのつかない破損音と共に、兜が頭から滑り落ちた。

「ね？」

「おおう……」

留め具が限界を超えていたらしい。こんなものを装備して迷宮に潜り、土壇場まで気づかなかったらと思うとぞっとする。割と真面目に命拾いしたようだった。ウルの命を拾ってくれた少女は、絶句しているウルを尻目に倉庫を鋭い目つきで観察し続けていた。

「手入れが酷《ひど》い。想像以上だな……さて」

そして、ひととおり済んだ後、ウルへともう一度微笑《ほほえ》んだ。とりあえず彼女が見た目どおりの可《か》憐《れん》な少女ではなく、場違いでもないらしいということはウルも理解した。

「防具探してるってことは魔石採掘かな？」

「いや、小迷宮の攻略。主を倒しに行く」

自分の事情をべらべらと話すのもなんだったが、恩のある相手の問いだ。ウルは素直に答えた。

すると彼女は軽く眉を顰《ひそ》め、首をかしげた。

「……ん？　君が？　一行《パーティ》は？」

「一人」

更に眉を顰めた。

「……死ぬと思うけど？」

「死にたくないな」

本当に死にたくない。死にたくはないがやるほかない。頭が痛かった。

「何のため？」

ウルがどうやら本気であることを理解したのか、少女は笑みを消した。真剣な表情でウルを見つめ問うた。

「諸々《もろもろ》事情あって金」

「お金ならもう少しマシな稼ぐ手段はあるよ？」

「ごもっともだが時間がない。賭けが必要なんだ」

できれば安全を重視したいのがウルの本音だ。命がけの冒険なんて冗談ではない。無残に破産して、子供にまで迷惑をかける父親を見ているからなおのことそう思う。

だが、今はやるしかないのだ。

「ふむ……」

そのウルの回答をどう思ったのか、彼女はしばらく沈黙した。興味がなくなったのなら防具探しを再開していいだろうか、と尋ねたかった。だらだらしていたら、あの監督がしびれを切らして約束を反故にしてくる可能性も十分あったからだ。

「服脱いで」

「は？」

だから彼女の次の言葉にウルは反応できなかった。彼女は真顔だった。

「早く」

鋭い命令だった。有無を言わせない迫力があった。ウルは少し迷ったが、言われたとおりぼろきれのような上着を脱いで、素肌を晒《さら》した。

「下も」

「うっす……」

容赦なかった。少女の前でパンイチ状態になる羽目となった。

金色の少女はウルの身体をじっと見つめる。先ほど、この倉庫を眺めていたとき以上に目つきは鋭くて少し怖かった。

「細身だけど肉付きはそんなに悪くないか。迷宮探索の経験は？」

「小金稼ぎで少しだけ、あまりやってない」

「魔力吸収による強化も全然か。荒事の経験は？」

「巻き込まれて、喧嘩《けんか》は割と。名無しなもんで」

「なるほど。最低限暴力には慣れてると」

いくつかの質問を投げた後、倉庫の防具を漁りいくつかの品をウルの前に並べた。どれも埃《ほこり》をかぶっていたようなものばかりだったが、すべて状態が良かった。それらを装着し終えると〝まだマシ〟といった姿になっていた。

「で、武器だけどコレは君の？」

ウルの姿を見て少しだけ満足そうに頷いた彼女は、壁に立てかけていたウルの私物に目を向けた。

「ああ、俺のだ。一応は」

都市の居住権がない【名無し】は、都市外で放浪している方が長い。だから旅の邪魔になるような財産はほとんど持たない。父が死に妹まで連れ去られ、残ったのがコレだった。

「へえ、【竜牙槍《りゅうがそう》】か」

六〇〇年前の【迷宮大乱立】以降、人類を脅《おびや》かす魔物に対抗すべく、様々な武器や兵器が開発された。その中には、とてつもなく癖の強いゲテモノのような武器も誕生した。

【竜牙槍】はまさしくそんな一品である。

〝大槍と大砲組み合わせたら魔物とかぶっ殺せるんじゃね!?〟という、頭の悪い設計思想を突き詰めたゲテモノだが、常識外の魔物を相手にするときは頼もしい破壊力を有する。

悪くない武器である。本来ならば。

「見た目だけなんだよ、それ」

「ん？」

ウルの言葉に違和感を感じたのか、少女は竜牙槍を手に取る。そして顔をしかめた。

「なるほどね。コレは酷い――本当に酷いね!?　どこで拾ったのコレ!?」

【竜牙槍】の有する槍《やり》と大砲という二つの性質のうち、大砲の方は核となる魔導核が機能不全で使えず、可動域が潰《つぶ》れてて変形もできず、刃が潰れてるので槍としてもなまくら同然――つまり、でかいだけのガラクタを前に少女は驚愕した。

「竜牙槍開発黎明期《れいめいき》の掘り出し物だって親父が買ってきた」

「買っ……いくらで？」

「……三枚」

「……銅貨？」

「…………金貨」

「うっわ」

彼女のドン引き声がすべてを物語っている。

何が酷いって、購入資金のために、死んだ母親が妹の万が一に備えて用意した形見分けの指輪を売り払ったという事実である。

「ちなみにアンタの眼ではおいくらよ」

「価値のある部品《パーツ》が片っ端から剥《は》ぎ取られて、ガラクタと交換されててね……」

しばし悩んでるようだが、最後に爽やかな笑顔で少女は頷いた。

「……お金で買えない価値ってあるよね？」

「慈悲深いお言葉ありがとう」

本当に慈悲深い言葉であった。直接的な言葉で言われていたら憤死しかねなかった。

「見た目だけはごつくて、こけおどしには使えたからそのまま使ってたんだよ……」

「まあ確かに……長い棍棒と考えるなら悪くない、かな？」

入手経路の悲劇を忘れて、長くて頑丈な鈍器と割り切ってしまえば、そこまで悪くはなかった。

実際、小鬼《ゴブリン》の頭をかち割るくらいには使えていた。

「ここにある武器も似たり寄ったりだ。なら使い慣れている方がいいかな」

そう言って槍を渡されて、ウルの武装は完成した。かび臭くて薄汚れていたが、少なくとも自分一人で選んでいたときと比べればまだ少しマシに思えた。

「――――様」

「うおっ!?」

不意に別人の声がして、ウルはぎょっと振り返った。少女の背後にいつの間にか、使用人の格好をした女が現れていた。その女が何やら囁《ささや》くと、金色の少女は頷いた。

「うん、それじゃあ私はもう行くから」

そう言って軽く手を振ると、まるで何事もなかったようにウルに背を向ける。忙《せわ》しない様子を見るに、本当に隙間《すきま》の時間を縫ってウルの防具を見繕ってくれたらしい。

「ありがとう、助かった。アンタ、名前は？」

離れていく彼女に急ぎ礼を告げながら、ウルは質問した。恩人相手に名前も知らないのは憚《はばか》られた。すると彼女は振り返り、そして肩をすくめて微笑んだ。

「お礼はいいよ。迷惑をかけたのはこちらかもしれないしね」

「……？　それはどういう――」

「名前は、生きて帰ったらね」

だから頑張ってね？

そう悪戯《いたずら》っぽく微笑んで、彼女は去っていった。

◆◆◆

【迷宮鉱山ケイカ】は無数の迷宮があわさった複合迷宮だ。本来生い茂っていた木々は枯れ果て、禿《は》げた山肌にいくつもの迷宮が発生している。その穴に冒険者たちは足を踏み入れる。魔物たちを殺し、魔石を集めるために。

ウルが足を踏み入れようとしている迷宮は、他の冒険者たちが利用している迷宮から少し外れた場所に存在する小さな穴だ。その入り口にウルと監督の男が並び立っていた。

「地下三層の建造型迷宮だ。変動性はない。魔物の種類は小鬼《ゴブリン》、影犬《ロウドッグ》だ」

「主は？」

「それを確認する前に斥候が逃げ帰ってきやがったんだよ！」

その斥候が大怪我《おおけが》を負って、そのまま死んだものだから誰も彼も腰が引けやがった！　と、監督の男は苦々しい表情を浮かべながら説明する。

話を聞く限り、オーソドックスな迷宮だった（ウルはそこまで迷宮に詳しくはないのだが）。道中で出てくる魔物はなんとか凌げる、はずだ。小鬼《ゴブリン》も影犬《ロウドッグ》もウルは倒したことがある。

問題は【主】だろうが、隠し倉庫を見つける前に遭遇しないことを祈るしかない。

「ほら、さっさと行け！」

よっぽどウルが忌々《いまいま》しいのか、いらだつようにして吠《ほ》える。早くしなければ背中を蹴られて迷宮へと叩き落とされそうだ。が、もう少し粘らなければならない。

「餞別はないのか」

「てめえ……」

「困るんだろ」

手を出す。監督は忌々しげにウルを睨むが、〝薬瓶〟を一つ放り投げてきた。

「回復薬《ポーション》だ。無駄に使ったら殺すぞ」

「努力するよ。成功を祈っててくれ」

一本だけかよ、とはさすがに言わなかった。恐らくこれ以上粘ったら拳が飛んでくる。魔物退治の前に怪我を負うのは馬鹿馬鹿しかった。ウルは迷宮の入り口へと向き直る。

イスラリア大陸を見守る唯一の神、太陽神《ゼウラディア》の陽光が降り注ぐ昼間だというのに、洞穴はとてつもなく薄暗い。内部に満ちた魔力の昏《くら》い光だけが、道を照らす灯火《ともしび》となる。

怖《お》じけそうになる心を鎮めるべく大きく息を吐き出して、ウルは一歩踏み出した。

「……行くか」

これまでも迷宮に足を踏み入れることはあった。小金を稼ぐため、その日を凌ぐためやむを得ず、嫌々《いやいや》に足を踏み入れることはあった。

しかし今日、初めて彼は自らの意思で、目的のために〝迷宮攻略〟へと踏み出した。それは本当の意味での【冒険者】としてのスタートだった。

◆◆◆

そして現在、小迷宮　地下二階

「――――あっぶね、意識飛んでた」

薄暗い闇の中で、ウルは目を覚ました。

ウルは地下二階の途中にあった小さな横穴に潜り込んでいた。迷宮として変化から取り残された場所――自然発生した安全領域《セーフエリア》だったのだろう。周囲に魔物の気配も、生まれる様子もなかった。

既に疲れていたウルは、ここに潜り込むと同時に気を失うように眠りに落ちた。

迷宮に潜りはじめてから数時間が経過している。慣れない単身での探索と連戦で、ウルの体力は限界が近かった。

「大きな怪我はしていない。眠って体力回復した。そのあいだ襲われなかった。運はある」

一つ一つ、自分の中のプラス要素をかき集めながら、ウルは槍を杖《つえ》がわりにして立ち上がる。クソ監督から強請《ねだ》った回復薬《ポーション》を取り出して飲み干すと、身体の痛みが和らいだ。そのまま横穴から這い出て、再び迷宮を進みはじめる。

胃が空腹を訴えはじめているが、食料など用意していない。普段の食事は堅いパンとくず野菜のスープで、とても満たされたものではなかった。空腹が更に体力を奪う。

本当に、何もかも万全からはほど遠い。

あの金色の少女が唯一の好材料だろうか。

「ああ、クソッタレ。俺はツイてるなあ……！」

絶望に強《こわ》ばる顔を無理やり笑みに変えながら、ひたすら歩みを進める。そうしていくうちに、更に下へと続く階段が現れた。

階段を下るとよりいっそう、薄暗さと生臭い湿気が強くなる。ただ地下に降りているというだけではない。太陽神《ゼウラディア》の目の届かぬ魔窟を進んでいるという事実に、ウルは身震いした。

階段を下りきると、道はまっすぐの一本通路となった。ウルは警戒しながら先へと進んだ。その先には――

「――これは」

巨大な広間がそこにはあった。

ウルは目的地である迷宮の最深層にたどり着いたことを理解した。観察するまでもなく、あからさまな〝印〟があったのですぐに分かった。

広間の中央に浮遊する巨大な水晶だ。

魔物から取得できる魔石とは似ているが違う。煌々《こうこう》とした輝きを放つ結晶。ウルのいるこの場所が、迷宮と化した原因にして原動力。【真核魔石】と呼ばれる物質だ。

だが、迷宮の奥地、宝の前には必ずそれを守る番人がいるものだ。

『BUOOOOOOO………』

真っ黒な針のような毛並み、突き出た鼻、その横から伸びる禍々《まがまが》しい牙、何よりも縦にも横にも広がる巨体。

「大牙猪《グレートボア》……」

魔物の強さを計る【十三階級】中の十二級。小鬼《ゴブリン》の一つ上だが、たった一つでもその脅威は大きく跳ね上がる。迷宮の核を守るための【主】であるためだろうか、その身体は通常のソレと比べてもあからさまに大きかった。三メートル以上はあるだろうか。

「……アカネよ、兄ちゃん死ぬかもしれん」

ウルは率直な感想を述べた。

◆◆◆

大罪都市国グリード領、【迷宮鉱山ケイカ】。

大罪都市国グリードから管理権を買い上げた金貸し屋【黄金不死鳥《ゴルディン・フェネクス》・グリード支部】が管理する大迷宮では、日夜大量の魔石の発掘が行われていた。

借金で首が回らなくなった債務者たちを奴隷のようにこき使った危険な魔石の発掘作業は、大成功を収めていた。コストを削減し、リスクを冒し、冒険者たちに背負わせて、尋常ならざる金を生み出し続けていた。

管理者である小人《コロポ》のルーゴラにとって、ここは無限の富を生み出す庭だった。

「いったいどのようなご用件でしょうか……」

ところが現在、彼は追い詰められていた。

【黄金不死鳥《ゴルディン・フェネクス》】プラウディア本部の視察が来ることは分かっていた。来訪は予告されないのが通例だが、彼は自分のコネでいつ、どのタイミングで来るのかを知っていた。

なのに、彼の知る情報よりもひと月も早く彼らは訪ねてきてしまった。

「驚いたかな？　予定よりも早いもんね。一ヶ月くらい？」

すべてバレている。

ルーゴラは背中からだらだらと汗が流れていくのを感じていた。

とても、とてもまずい。どこまで知られてしまった？　まさかすべて？　いや、そんなはずはない！　心中で自問自答を繰り返しながら何度も生唾を飲んだ。この場を凌ぐ手はないかと、目線はきょろきょろと周囲を見渡して、挙動不審になる。

「さて、どういうことなのかな。コレは」

彼の目の前には、可憐で麗しい金色の少女がいた。こんな底辺冒険者たちの吹きだまりのような場所に似つかわしくない、丁寧に磨かれた宝石のような少女だ。

しかし、その眼光は少女らしからぬほど鋭く、ルーゴラを射貫《いぬ》いていた。

「帳簿と実際の数が違うことは、まあよくあることだ。ヒトがやることだものね」

パラパラと彼女が捲《めく》るのはこの鉱山の帳簿だ。ただし、黄金不死鳥《ゴルディン・フェネクス》の本部に提出しているものではない。密《ひそ》かに記録されていた裏帳簿だ。

「天賢王《てんけんおう》による人類の守りの要《かなめ》、【太陽の結界】も存在しないこの場所で、頼りない魔術結界で魔物の襲撃を凌いでるんだ。多少のことは見逃そうという気にもなる」

「は、はい、それは、もう本当に――――」

「でもね、限度はあるんだよ？　ルーゴラ」

自分だけしか分からないように慎重に隠されたそれが、彼女の手元にある。その事実だけで、ルーゴラの心臓は止まりそうだった。

「黄金不死鳥《ゴルディン・フェネクス》は冒険者専用の金貸し屋。返済できない冒険者には別の対価を課す。まあ確かにその方針から外れてはいないけれど……」

もうダメだ。そう思ったルーゴラは自分の懐を探る。〝最後の手段〟に手を伸ばす。

「養父《ちち》の名を使って、騎士団に目をつけられるような所業は見過ごせない――」

少女が言い切るよりも早く、ルーゴラは切り札を取り出した。奇跡の刻まれた巻物《スクロール》が輝く。その光が彼を包み込もうとした――が、

「ううぐうううう!!!?」

その手の甲に、気がつけばナイフが突き刺さっていた。

「転移の巻物《スクロール》、どこから仕入れたのやら」

金色の少女に付き従っていた従者の女が、ルーゴラにナイフを突き立てていた。ぼとりと、彼の血で汚れた巻物《スクロール》が落下し、それを彼女は拾い上げた。痛みに脂汗を浮かべながら少女の前に這いつくばるルーゴラに、金色の少女は淡々と声をかける。

「哀《かな》しいよ。君はとても向上心があったのに、目先の欲に溺れて美徳を失った」

「ど、どうか、お見逃しを!!」

ルーゴラの命乞いに対して、少女の目は冷めきっていた。とても自分の言葉を聞いてくれる様子には見えない。だが、それでも何かを言わなければ本当に終わる。それを理解していたルーゴラは必死に叫んだ。

「精霊憑きの少女を差し上げます！　どうか！」

その言葉に金色の少女は初めて、冷徹な表情を崩して眉を上げた。

◆◆◆

一方その頃、小迷宮　最奥

「やべえ死ぬ死ぬ死ぬ死ぬ死ぬ死ぬ死ぬ死ぬダメだわコレ」

『BUMOOOOOOOOOOOOOOO!!!!』

　ウルはとても死にそうだった。

　巨大な円形の広間に鎮座する【真核魔石】とそれを護《まも》る主、そのどちらも今のウルは用がない。

　現在のウルの目的は、監督の男の隠し財産を回収することである。

　ここにたどり着くまでの間、隠し財産は発見できなかった。ならばこの広間のどこかにあるはず——というか、あってくれないととても困る。ウルは慎重にそれを探していた。

「あった……」

　そして、大牙猪《グレートボア》の背後に怪しげな扉があるのをウルは発見した——大牙猪《グレートボア》の後ろに。

「なに律儀《りちぎ》に一番奥に隠してやがんだよあのクソ監督……」

　ウルは頭を抱えた。そもそもアレが本当に隠し財産の倉庫なのか？　と、逃避気味に考えたが、簡単に回収できる場所に隠し倉庫があるなら、あの監督は自分で取りに行っていただろう。ウルのやけっぱちの脅迫なんて一蹴していたはずだ。あれが倉庫への扉である可能性は極めて高い。

　であれば、主に気づかれぬよう倉庫を確認し、可能であれば回収する。ウルはそう決め、ゆっくりと慎重に大広間に足を踏み入れた――

「あ」

――瞬間、広間に設置されていた古びた燭台《しょくだい》が倒れた。老朽化が激しかったのか、激しい音と共に粉々に砕けて、地面に転がった。

『BUMO』

「おおう……」

そして音に反応し、大牙猪《グレートボア》がウルを発見した。眼が血走り鼻息荒く、殺意に満ち満ちて、そしてその四肢がまっすぐにウルを向いた。ウルの侵入作戦は〇秒で失敗した。

そして冒頭に戻る。

『MOOOOOOOOOO!!!!』

「つがあ!?」

頭部に衝撃が走りウルは地面に転がった。

頭を上げれば、装備していた兜に大穴が開いて転がっているのを見て、更にゾッとした。死角から猪《いのしし》の巨大な牙が突き刺さったらしい。金色の少女が兜を選んでくれていなければ、穴が開いていたのは兜ではなく自分の頭蓋骨《ずがいこつ》だ。

「どうする…!!」

走り回りながらも、ちらりと自分の握っている竜牙槍《ぶき》を見る。信頼の置ける長年の相棒――なんて良いものでは全くない。あの金色の少女にも言ったが、見た目の通り正真正銘オンボロのナマクラだ。道中でも、使い道は少し長い鈍器と変わりなく、小鬼たちがどこぞから拾ってきたと思われるこん棒の方がよっぽど使いやすかったまでである。

　このナマクラが、あの剣山のように鋭い毛並みの大牙猪《グレートボア》の皮を切り裂いて、致命傷を与えるイメージは欠片《かけら》も湧かない。というか、絶対に不可能だ。マイナスの確信と信頼がある。防具は比較的マシかもしれないが、さっきのように、あの牙が突き刺されば、今度こそウルの身体に穴が開くだろう。

　倒す、という選択肢は今は捨てておくしかない。可能なビジョンが全く浮かばない。

　となると、このまま逃げ回る――そう思ったが、ゴールの扉まではまだ遠い。距離自体はそれほどでもないが、大牙猪《グレートボア》が間に挟まっているというだけで、果てしなく遠くに感じる。

　ならば、と扉までの間に隠れられる場所はないだろうかと思い、辺りを見渡した。この広間は瓦《が》礫《れき》などは多いが、盾や壁になってくれるものが、あまりにも少なすぎる。

　扉まではまだ遠い、どうする――!?

「【核】……!!」

　ウルの視界の端に【真核魔石】が映る。

　迷宮の核。【主】はその心臓を守らせるための守護者《ガーディアン》であると言われている。あの大牙猪《グレートボア》も同じなら、あの【核】は猪にとっての心臓と同義だ。

　だとすれば、盾になるか!?

　ウルは己の中の直感に従い、動いた。

『GUMOOOOOOOOO!!!!』

　猪が再び雄叫《おたけ》びを上げる。突撃がくる。

　ウルは恐怖で竦《すく》み、絡まりそうになる足を必死に動かした。向かう先は、【真核魔石】が鎮座する台の上。元は噴水だったのかもしれないが、とにかく必死に駆け上った。

　核の激しい輝きに目を眩《くら》ませながらも、回り込んで猪の突撃に対する盾のようにして待ち構える。これなら攻撃できまい――

「……っなん!?」

『MO!?』

　しかしその直後、真核魔石の輝きが強くなった。ただでさえ眩《まばゆ》かった青紫色の輝きが更に激しく、部屋全体を満たすような光量となった。大牙猪《グレートボア》にとっても想定外だったのか、突撃を中断し、怯《おび》えるように距離を取る。

　そしてウルの目の前で、巨大な真核魔石にピシリと〝ヒビ〟が生まれた。

「は？」

　と口を開けるウルの目の前でそのヒビは一気に全体まで広がり、次の瞬間爆発した。

「んなああ!?」

　爆発に熱はなく、焼かれることはなかったが、身体は一気に吹っ飛んだ。よじ登っていた台座も爆発で崩れて、ウルは落下する。藻掻《もが》くようにして手を伸ばし、何かを掴んだ。

　それは柔らかくて、大きかった。

「ガッ!?」

　地面に背中から落下する。受けた衝撃でしばらく呼吸ができなかった。痛みを堪《こら》えながら混乱する状況を確認しようと眼を開く。

　目の前に乳があった。

「あら、初めまして」

銀髪のむやみやたらな美少女がウルに馬乗りになって、微笑みを浮かべていた。

全裸で。

「全裸！！！」

ウルは目の前の光景をありのままに叫んだ。

◆◆◆

痛いほどの静寂と深淵《しんえん》なる魔の力に満ちていた。巨大な神殿。その中心に、二人の人間が立っていた。

一人は神殿の中央、光注ぐ場所で静かに祈りを捧《ささ》げる少女。女性にしては背丈があり、その緩やかに波打つ銀髪から覗《のぞ》く容姿は美麗、体つきは成熟した女性のようで、そのアンバランスさが男を惑わすような魔性となっていた。

もう一人は、神殿の奥で彼女の祈りを見守る三十代半ばの男だ。身体は病的に細く、かけられた眼鏡の奥の瞳は険しかった。

彼は静かに祭壇の前から降り、少女の前に立った。

「――時はきた」

男は、その瞳と同じ厳《いか》めしい声で少女に語りかける。降り注ぐ彼の声を聴き、少女は静かに立ち上がった。

「万事を尽くした。私たちの持ちうるすべてを、君に注いだ。あとは君次第だ」

「はい」

少女はその言葉を正面から受け止める。

「事が始まれば、もはや私たちは君に何もしてやれない。君は一人だ」

「はい」

「過酷な運命に立ち向かわねばならない。君には多くの敵が襲いかかる。味方は少ない」

「はい」

「────許してほしい」

最後の言葉は、思わず漏れ出たようなかすれた声だった。途端、先ほどまで厳めしくしていた顔を崩す。堪えきれぬというように、苦痛に満ちた表情で顔を手で覆った。

「許してほしい……許してくれ。すまない。ごめんなさい……！　僕たちは……！」

悲鳴のような声が漏れ出す。頭を掻きむしるようにして絞り出される懺悔《ざんげ》の言葉は、しかし途中で途切れる。対面していた少女が、男の身体を包むようにしてそっと抱きしめた。

「いいのですよ。どうかお任せくださいませ」

その声音はあまりに優しく、胸に飛び込んでくるような音色だった。苦悶《くもん》に満ちていた男は、その言葉一つで僅かに安らぎを取り戻していく。力が抜けたようになって、その場の地面にへたり込んだ。

「私の命をかけて、貴方《あなた》たちを救いましょう」

その男の額を少女は優しく撫《な》で、そして微笑みながら振り返った。彼女の眼前、静謐《せいひつ》なる神殿の中心には、巨大な輝く扉があった。

「参ります」

　その言葉と共に、少女の姿は扉の奥へかき消えていった。

◆◆◆

「馬乗りになって失礼いたしました。お怪我はありませんか？」

「どういたしまして服を着ろ全裸」

「ありません」

「ないのかあ……」

　自分に馬乗りになっている全裸の少女は、大変申し訳なさそうに頭を下げた。ウルはできる限り視界にいれないように目を逸《そ》らしながら呻《うめ》いた。直視できない。しかしそれは照れとかそういうのとは次元が違う。

　目の前の、ヒトの形をしたナニカがあまりにも美しかったからだ。

　この緊急事態、恐ろしい魔の巣窟《そうくつ》の最深部にあってなお、彼女から目を離せなかった。今すぐにでも、彼女の身体に飛びついて貪《むさぼ》りたい衝動が腹底から湧き上がる。当然そんなことをすればその隙に猪に轢《ひ》かれて死ぬ。それが分かっていてもなお、衝動が頭をもたげる。

　ここで彼女を味わって、死ぬ以上の喜びがこの先に待っているのか？

　そんな、脳がゆだっているとしか思えないような思考が、本気で頭をよぎった。

『BUMOOOOOOOOOOOOOOOO!!!!』

「つは!!」

そこに響いた大牙猪《グレートボア》の咆哮《ほうこう》はウルに正気を取り戻させてくれた。もっとも、その猪がウルの命を挽《ひ》き潰そうとしているのだが。

『BUGIIIIIIIIIII!!!!』

猪は怒り狂っていた。もちろんそれは迷宮の〝核〟である【真核魔石】が砕けたからだ。この謎の美女が出現したと同時に木《こ》っ端《ぱ》微《み》塵《じん》である。それはウルのせいではないが、その言い訳を怒り狂った猪が聞いてくれることはない。つまり死ぬ。

「いかん死ぬ」

「ご安心ください」

ウルが絶望していると、白銀の美少女はすっくと立ち上がり、猪の方へと向き直った。彼女は立ち姿までもが美しく、巨大な牙をかざし怒り狂う猪に対して、一歩もたじろぐことはなかった。

「業により産み落とされた魔性の者、貴方の命に罪はありませんが、私の使命を遮るというのならば――」

そして、彼女は両手を胸の前に合わせ、祈るような姿を見せる。

「――貴方を討ち、その命を背負いましょう」

次の瞬間、彼女の周囲に【力】が渦巻きはじめた。

この世界に満ちた力、あらゆる現象の源となるとされているエネルギー、【魔力】と呼ばれるモノが彼女の周囲に渦巻く。

「受けよ」

そうささやくと同時に、彼女の目の前に巨大な火球、【魔術】が出現した。炎の球は彼女の意思に合わせ一直線に大牙猪《グレートボア》へと直進し――

『…………MO?』

ふんわりぬるうい風を猪に届けた。

「……は?」

「あら?」

派手に見えた火の球が大牙猪《グレートボア》の毛並みを優しく撫でて、そのまま素通りしていくシュールな光景を、ウルは笑うべきか判断に困った。その火の球を放った白銀の美少女は自分が起こした魔術の結末を見届けた後、すっと手を上げた。

「ちょっとタイムもらってよいでしょうか?」

『BUMOOOOOOOOOOOOOOOOO!!!』

大牙猪《グレートボア》は怒った。

「タンマはねえよなあ!!!!!!」

ウルは美少女を抱きかかえ全力で駆けだした。逃げる先はただ一つ。あのクソ監督の用意した隠し倉庫だ。

◆◆◆

「お前マジでなんなの⁉　なんで急に出てきたの⁉　っつーか真核魔石は⁉」

「魔力を消費して恐らく砕け散りました」

「ドちくしょう‼」

あの怪物猪に対して唯一有効な（可能性があった）盾を失い、ウルは苦々しい声を上げた。白銀の少女は大変に申し訳なさそうにしているが、慰めにはならなかった。

逃げ込んだ隠し倉庫の内部は、それほど広くはなかった。もともとあった遺跡の一室をそのまま隠し金庫として利用していたのだろう。そこにはごっそりと大量の金貨や銀貨が積まれていた。そちらには今、用はない。

『ＢＵＧＯＯＯＯＯＯＯＯＯＯＯＯ！！！』

部屋の外で大暴れしている大牙猪《グレートボア》をどうにかする手立てが必要だった。

「なにか、ないか……武器でもなんでも……！」

先ほどから衝撃音が繰り返し聞こえる。部屋を隔てる木製の扉が軋《きし》みはじめている。砕け散るのは時間の問題だった。

「何か探していらっしゃるのですか？」

「武器、防具、道具、使えるものなら何でも。このままだと死ぬ」

なるほど、と少女は頷き、そのままウルと同じように周囲を見回しはじめた。

「お手伝いいたします」

「ぜひそうしてくれ。扉がぶっ壊れる前に」

極めて非常識な登場のしかただったが、最低限この状況が危機的であるという理解はしてくれるらしいことに、ウルは少しだけほっとした。

そして、それからしばらくして、

「見つかったのは、こんだけか……」

「服があってよかったです」

「それは本当にそうな……」

二人で隅々まで探し回った結果、見つかった物資は以下のとおりだった。

・燃料型のランプ及び燃料
→燃料は結構あった。迷宮化する前の照明がわりと思われる。
・倉庫の奥にしまってあったボロボロの神官服
→監督役が持ち込んだとは思えないので元からあったものか、マシなのを銀髪に着せる。
・化粧品類
→先と同様。

以上である。結論から言ってロクなものがなかった。

「武器くらい用意しとけよ……」

とはいえ、当たり前といえば当たり前だ。元は迷宮の中でもなかった普通の隠し倉庫に、武器なんてあるはずもない。全裸に着せる服があっただけ幸いだったと言える。

「靴、いいのですか？」

女が尋ねる。今彼女にはボロ服の他、ウルの靴も履かせていた。

「素足じゃ逃げられないだろ。俺は足袋（何度も縫ったボロ）があるからまだマシだ」

「逃げられますか？」

『ＢＵＧＯＯＯＯＯＯＯＯＯＯ！！！』

再び猪のバカでかい咆哮が響く。扉は既に牙が突き刺さったのかいくつも穴が開き、そこから猪の血走った目と、巨大な牙が見えている。限界は近かった。

「……まず俺が飛び出す。猪がこっちに向いてる間に一気に駆け抜けろ」

「貴方は？」

「俺はここに用がある」

ウルには、この倉庫を確保するという依頼《クエスト》がある。外で怒り狂ってる大牙猪《グレートボア》をなんとかしないことには、どうにもならない。銀髪が何者かは知らないが、この無謀な命がけの戦いに巻き込むわけにもいかなかった。

「大牙猪《グレートボア》の気を向けさせないようにひっそりいけよ。そうすりゃ……」

「いけません」

逃げる手順を説明する前に言葉を遮られた。は？　と、問うよりも早く、彼女の白く長い指先がウルの手を絡めとった。

「貴方を犠牲にすることなどできません」

「恋人みたいな台詞《せりふ》ありがとう。しょうがねえだろ、単に飛び出しても轢き殺されるだけだっつの」

そして囮《おとり》になるなら、猪に用のある自分がなった方がいい。その方が合理的だ（とても嫌だが）。

「死にたくなけりゃちゃんと逃げろよ。悪いが逃げるときは面倒見れんぞ」

そう言うと、少女はウルの顔をじっと見つめた。

「どうして、そこまでしてくださるのですか？」

「女が潰れて挽肉になる音、聞きたくねえだけだよ。後で靴ちゃんと返せよ」

都市の外でも魔物に追われることはある。そうなった場合、真っ先に犠牲になるのは足が遅くて動きが鈍い女と子供だ。何度も遭遇したことはあるが、良い気分ではない。それが嫌なだけだった。

「――――分かりました」

なにが？　と聞き直す暇はなかった。再び猪が突撃をかましたのだ。扉がベギンと致命的な断末魔を上げた。扉の死体がバラバラになってウルたちの前に転がり、扉の周辺の壁も崩れている。ウルは深く息を吐き出して、恐怖をなんとか追い出す。腹をくくった。

「次の突撃がくる前にここを出るぞ。あとはさっき言ったとおり」

「お断りいたします」

「なんて？」

「私も戦います」

次の瞬間、銀髪が飛び出した。ウルはぎょっとなり、慌てて一緒に飛び出す。

『BUMOOOOOOOOOO!!!!』

飛び出した二体の敵を前にして、大牙猪《グレートボア》は吼《ほ》え猛《たけ》る。

【迷宮鉱山ケイカ・小迷宮■■■《現在未登録につき名称無し》】
主《ガーディアン》　大牙猪《グレートボア》戦開始

◆◆◆

『BUMOOOOOOOOOOOO!!!!!!』

「うるせえ……!!」

耳がちぎれそうなほどの凄《すさ》まじい猪の咆哮にウルは悪態をつく。そうでもしなければ恐怖で足がもつれそうだった。

大牙猪《グレートボア》の向かい、自分の対角線上に銀の少女が移動しているのをウルは見た。やはり逃げ出そうとする様子は全くない。本当に、ウルと一緒にこの巨大猪とやり合うつもりらしい。

『BUUUUUUUUU……!!』

大牙猪《グレートボア》は、その牙の矛先をぐるりとこちらへと向けてきた。まず最初の狙いは自分であるらしい。四肢の筋肉が膨張し、今すぐにでも飛び出そうとしている。

「好都合だ……!」

ウルとて、完全に無策で「囮になる」と提案したわけではない。あの隠し倉庫で手に入れた酷く甘ったるい匂いのする香水瓶を、大牙猪《グレートボア》の巨大な鼻の穴に投げつけた。

『BUGO!!!?』

パリンと小さく割れる音がして、香水が飛び散った。大牙猪《グレートボア》の鼻まわりにべったりと中の液体が飛び散って、大牙猪《グレートボア》が悲鳴を上げた。

「よし……!」

あの大牙猪《グレートボア》がどのような生物かは不明だが、あの牙と牙の間に覗いている巨大な鼻が何の役にも立たないハリボテのわけがあるまい。香水が直撃すればダメージになるはずだ。

『BU――――』

そんな目論見《もくろみ》の一撃だった。そしてその結果は――――

『BUGYAAAAAAAAA!!!?!?』

「………!!!?」

状況の更なる悪化を招いた。

魔物の知識が浅いウルは知る由もないことだったが、大牙猪《グレートボア》は知覚の九割以上を嗅覚に頼っている。そこに強い香りの香水を投げ込まれるのは、毒物を投げ込まれるのと大差ない。

だが基本的に、大牙猪《グレートボア》への理解がある冒険者や騎士は、嗅覚を奪うような真似はしない。明確に見える弱点を潰したりはしない。なぜなら、

『BUGIIIIIIIIII!!!!』

危険だからだ。長大な牙を持つ大牙猪《グレートボア》の嗅覚を失わせるのは。

「だあああああああ!?!!」

ウルは頭上を凄まじい速度でよぎった巨大な牙に悲鳴を上げた。

猪は暴れている。香水の異臭に耐えられず暴れ回る。そのたびに長い牙が地面を削り壁を抉《えぐ》り、柱に突き刺さる。

これは正気の状態の方がマシだ！！！

ウルは己の安直な作戦の結果に顔を引きつらせた。これでは、まだ愚直に一直線に突進してきて

くれた方が遥《はる》かにマシだった！

「クソ！　どうする‼」

嗅覚が回復するまでまた倉庫に引っ込むか⁉　いや、どう考えてもあの倉庫はもうもたない。下手すると倉庫自体が崩れて、圧死する！

「離れてください‼」

混沌《こんとん》とした状況の最中、銀の少女の声がした。同時に向かい側から、彼女が何かを放った。薬瓶が複数、それらは大牙猪《グレートボア》の背中にぶつかり、パリンパリンと粉砕した。

「【焔《ほむら》よ唄《うた》え、我らが敵を討ち祓《はら》え】」

同時に彼女が何かを唱《とな》えはじめる。唄《うた》のように響く声――魔術の詠唱だとウルにも分かったが、先ほどは全く通じなかった。大丈夫なのか？　と疑問に思ったそのとき、ウルの鼻に奇妙な悪臭が漂った。香水に混じって漂う刺激臭、強い可燃性の燃料のにおい。

ランプの油か！

離れろ、と彼女がそう言った理由が分かった。ウルは慌てて、これでもかと姿勢を低くして大牙猪《グレートボア》からできる限り距離を取った。

「【火球】‼」

それとほぼ同時に、少女の魔術が放たれた。

先の【火球】よりも入念に詠唱を行ったためか、目に見えて大きい。そして、その炎がたっぷりと油をかぶった大牙猪《グレートボア》に着弾し、激しい炎が巻き起こった。

『ＢＵＧＹＡＡＡＡＡＡＡＡＡＡ‼⁉⁉』

「おお……！！！」

想像よりも遥かに激しい炎に、ウルは歓声を上げた。少なくとも、初めて猪が悲鳴を上げた。間違いなく効いている。効いていてくれと願った。

『BUGGGGGGOOOOOOO!!』

大牙猪《グレートボア》は炎を消そうと必死に身体を柱にこすりつける。それでも炎は消えず、嫌な悪臭が広間に広がった。苦しそうな呻き声が何度も響く。

「…………！」

「まず……!?」

しかし、それでもまだ大牙猪《グレートボア》は死なない。

『GAAAAAAAAAAAAA！！！』

しかも炎で香水の香りが消えたのか、牙が少女の方向へと向いた。少女のいる場所は部屋の隅。逃げ場がない。

「ああ、クソ!!」

それを理解した瞬間、ウルは飛び出した。頭を回転させる。考えなしで飛び出しても死ぬだけだ。思いつきで行動しても香水の二の舞だ。

大牙猪《グレートボア》の武器は二本の巨大な牙、皮膚は炎に焼かれてもなお死なないほど分厚く頑丈。ウルのガラクタのような竜牙槍では、恐らくまともなダメージは与えられない。

ならば、狙うべきは——

「牙の、間!!」

ウルは一気に回り込む。猪が少女に突撃する前に牙を潜り、真正面に立った。

『BUGOOOOOOOOO！！！』

生臭い鼻息がぶつかる。敵の真正面も真正面に立つなんて正気じゃない、と竦みそうになる足を叩きつけるようにして地面を蹴る。

「眼え！！！」

大牙猪《グレートボア》が突撃するよりも速く、ウルは大牙猪《グレートボア》の小さな眼に向かって突貫した。

『BUGYAAAAAAAA!!!?』

「つぐううううううう!!」

ぐしゃりと、何かが潰れる感触がウルの手に伝わる。その気色悪さを堪えながらも、そのまま更に力を込める。

ウルの選択は正解だった。大牙猪《グレートボア》の弱点、長大な牙に対して歪《いびつ》にもろい頭部。恐ろしい牙の真正面に立ち、真っ向から突撃する勇敢さが必要となる場所。

「え、ぐ、れ、ろお!!」

その頭部を、ウルは容赦なく抉った。

眼部に突き刺さった槍の柄《え》に全身全霊を込める。両足で地面を蹴りつけ、全力を込めて前へと突き出した。何かが砕け散り、抉れる音と感触がウルを震わせる。

『BUGAAAAAAAAA!!!!』

香水に悶《もだ》えたときとも、炎に苦しんだときとも明らかに違う、明確な断末魔の声を猪が発した。

長い牙が、その場で何度も地面に叩きつけられる。

牙が頭を掠《かす》め、その衝撃で目眩《めまい》がした。掠めただけでこのざまだという事実に恐怖し、早く死んでくれと心から願った。

「【氷よ唄え】!!」

すると、ウルの背後から銀の少女が飛び出してきた。彼女は氷でできた槍をその両手で握っていた。そして勢いのままに、もう片方の猪の目に氷の槍を叩き込んだ。

『GAAA――――』

ビクンと、大牙猪《グレートボア》の身体が痙攣《けいれん》する。そして頭部に深々と二本の槍を突き立てられた大牙猪《グレートボア》は、ようやくその動きを停止した。

死んだ。それをウルが理解すると同時に大牙猪《グレートボア》の肉体は崩れていく。迷宮によって生み出された異形の肉体は溶けて消える。そして、先ほどまで巨体が横たわっていた場所に、小鬼《ゴブリン》のそれよりも二回りほど大きな魔石が一個転がった。

「……終わった、ので、しょうか……?」

「……た、ぶんな」

ぐったりとウルは座り込んだ。隣で銀の少女も同様にしていた。とてもではないが、すぐに身体を動かす気力はなかったが、なんとか首をひねって少女の方を向いた。

「大丈夫、か……?」

見る限り、少女に怪我はなかった。そのことに安堵《あんど》する。

だがそんなウルの心配をよそに、銀の少女は悲しそうな表情でウルの顔を撫でた。

「貴方の方が、大変です」

「あー……」

言われて、彼女よりもウルの方がよっぽど酷い姿なのだと気がついた。大牙猪《グレートボア》の真正面が急所であったからといって、無理やりに振り回された牙に身体のあちこちがぶつかり、打撲だらけだった。そうでなくとも、ここにたどり着く前に結構なボロボロ具合だったのだ。

「回復薬《ポーション》も、もうねえしなあ……」

ダメージを自覚すると途端に痛みが強くなった。倒れ込みたかったが、しかしまだ仕事は残っている――と思っていたそのとき、どがぐしゃんと酷い音が広間に響いた。

「………」

とてつもなく嫌な予感を感じながら、ウルが音の方向に視線を向けると、先ほどまでウルたちが隠れていた倉庫の扉があった穴から、激しい土煙が噴き出し潰れていた。

「マジかよ……」

ウルはグッタリと地面に倒れ伏した。するとなぜかやわらかな感触が頭を護る。いつの間にか近づいてきていた少女が、ウルの頭部を護るようにして抱き留めたらしかった。

「大丈夫ですか？」

「……率直に言って、全く大丈夫じゃない。めんどくせえ……」

そう言って、頭を掻こうとして痛みが走り、ウルは顔をしかめる。どこかで頭も切ったらしい。ぬるりとした血が額まで流れてきた。すると、上から覗くようにこちらを見てきた少女が、ウルの頭へとそっと手で触れた。

「動かないでください。治しますから」

そう言って、彼女は再び魔術の詠唱を開始した。大牙猪《グレートボア》との戦いの最中ではロクに聞く余裕なんてなかったが、こうして落ち着いて聞くと不思議な詠唱だった。

【神官】たちが【精霊】へと捧げる祈りの祝詞《のりと》にも似ているが、違う。美しく響く鈴のような彼女の声音とあわさって、いつまでも耳を傾けていたくなるような心地よさがあった。

「【――……】」

ただその一方で、彼女の表情はあまりすぐれなかった。というか普通に顔色が悪い。

考えてみると彼女は先の戦いでも二回魔術を使っていた。ウルも何人か魔術師を見たことはあるが、二回連続で魔術を使えたら優秀な部類だった。三回も使えばぶっ倒れても不思議ではない。

「おいもうアンタも疲れて……」

「【――――】」

大丈夫か？　と尋ねるが、彼女が詠唱をやめることはなかった。うっすらと汗を流しながらも、彼女の掌《てのひら》から暖かな光が零《こぼ》れた。光は不安定に揺らぎながらも、ウルの傷にしみ込んで、その痛みを鎮めていった。

「【……――――】どう、でしょう」

魔術を終えた少女が小さく微笑み尋ねる。

痛みはまだ残っていた。彼女も限界だったのだろう。しかし、青い顔でそれでもこちらを気遣わせまいと微笑む少女を見上げていると、それを口にする気にならなかった。

「痛みが引いたよ。ありがとう」

彼女を見習って、ウルも笑ってそう言った。笑みをつくると傷が痛んで、顔が引きつらないようにするのに苦労した。

「ああ、よかった」

ウルの言葉に、白銀の少女は我がことのように本当に嬉しそうに微笑んだ。それこそ聖女のように、いつまでも眺めていたくなるような美しい笑みだった。

「……アンタ、名前なんなの？」

「シズクと申します。貴方は？」

「ウルだ」

かくして、ウルはシズクとの邂逅《かいこう》と、初めての迷宮攻略を完了させた。

攻略を終えたウルの感想は一つ、「二度とごめんだ」だった。

だが残念ながら、この願いが叶《かな》うことはなかった。

◆◆◆

【《固有名称なし》　小迷宮　攻略：リザルト】

・小鬼《ゴブリン》等の魔物からの獲得魔石：計銅貨二〇枚相当
・大牙猪《グレートボア》の賞金：なし
・大牙猪《グレートボア》からの獲得魔石：銅貨二五枚相当
・落下物《ドロップ》：【大牙猪《グレートボア》の牙】

二章 冒険者になろう！

EPISODE 2

唯一絶対の太陽神。ゼウラディアは今日もイスラリア大陸の大地を照らしていた。

春の精霊、スプリガルがイスラリアに住まうすべての民たちに祝福を与える季節。ウルは――

「…………死ぬ」

なんというか、またも死にかけていた。

ここは魔物たちに襲われるリスクと隣り合わせの〝外〟ではない。偉大なる【太陽神《ゼウラディア》】の御力《みちから》【太陽の結界】に守られた【大罪都市国グリード】――であるはずなのに死にかけている。全身が痛い。骨が軋《きし》む。口の中が血の味でいっぱいだ。

「おいこら、なあに呆《ほう》けてんだクソガキ。さっさと構えろ」

ウルの前に男が近づいてくる。ボサボサの無精ひげに、ひげと同じくらい髪もボサボサ。服もずいぶんとよれていて、一見くたびれた只人《タダビト》の中年男性にしか見えない。

一点、その拳《こぶし》と服が返り血で真っ赤に染まってさえいなければ。

「冒険者《ロクデナシ》になりてえなら、死んでる場合じゃねえぞ、さっさと死ね」

そして男は、岩石よりもなお硬そうなその握り拳をこちらに向かって振りかぶる。飛んでくる拳がゆっくりに見えるのは、魂が死の予感を感知したからだろうか。

――なんで、こんなことになってんだ？

走馬灯のようにウルの記憶が甦《よみがえ》る。最近なんかこういうこと多いな、とウルは迫る拳を見つめながら思った。

◆◆◆

小迷宮　出口

「……ああ、外だ」

大牙猪《グレートボア》撃破後、ウルたちはようやく迷宮の外に這《は》い出した。

【真核魔石】が失われてから、小迷宮は迷宮としての機能を喪失し、真っ暗になった迷宮を彷徨《さまよ》うこと数時間、残されたランプの燃料を使い果たした頃にやっと外に出られた。

「ああ、とても、眩《まぶ》しいですねえ……」

「太陽神様々だよまったく……」

神の恩恵を授かりにくい【名無し】であっても、やはり太陽の光はありがたいものだった。生きているという実感が湧く。がしかし、そのまま休むわけにはいかなかった。なにせ、本来の目的は果たせていないのだから。だが、その前に、

「……とりあえずアンタの服探さないとな、下手すりゃバカに襲われ――――？」

「騒がしいです？」

シズクの言うとおり、辺りは妙に騒がしいことになっていた。

迷宮鉱山には、いつもそれなりの数の冒険者たちが行き交っているが、その彼らはウルやシズクを気にも留めず、何かから逃げるように走っていく。

そして、彼らと入れ替わるように、騎士鎧《よろい》を身に纏《まと》った戦士たちが姿を現した。彼らが背負う大盾と、そこに刻まれた紋章を見て、ウルはその状況を理解した。

「【騎士団】か……」

都市国に住まう都市民たちと、その国の法を守る要《かなめ》たちだ。紋章を見る限り、彼らはこの場所から近くの【大罪都市国グリード】の騎士団だろう。

彼らの姿を見て、慌ただしく逃げていく冒険者たちの理由も説明がついた。ここにいる連中の多くは、脛《すね》に傷を持っている者が多い。騎士団なんて顔も見たくないことだろう。

しかし疑問も残る。彼らは国の番人だ。なぜわざわざ外《ここ》まで来たのか？

利害、魔石、隠し財産――――ウルは若干、嫌な予感がした。

「――――んですか？　……つら」

「つとけ。それ――――」

「ああ――――」

何か話しているのが聞こえる。できればもう少し詳細を聞きたいが、

「ちょっと待ってろ。話聞いて……あ、いや。その前に服着ろ。汗臭いかもだが」

ひとまずウルはさっさと自分の防具を脱ぎ去って、上着をシズクにかぶせた。ボロな上に血で汚れ汗臭いが、見た目はいくらかマシになった。

「ありがとうございます、ウル様」

「様？」

「いけませんでしたか？」

「いや、まあ今はいいや。とにかく、おとなしくしててくれ。すぐ戻るから」

ウルはそう言って、そのまま騒ぎの中心へと足を向けた。

◆◆◆

ウルがまず真っ先に探さねばならないのは、例のクソ監督だった。迷宮の現状、埋まった隠し倉庫、そしていきなりやってきた騎士団の事情。何もかも彼に話を聞くのが一番手っ取り早いからだ。

「俺は関係ない!!　関係ねえよ！」

「全部あのハゲの仕業なんだ!!　頼む許してくれ！」

しかしどうやら、そんなことをしている場合ではないらしい。ギャーギャーと悲鳴を上げながら騎士たちに連行されていくのは、ここの責任者たちだ。正直、彼らが騎士団にしょっ引かれるのは納得しかない。ウルはまだここに来て日が浅いが、良くない噂《うわさ》は山ほど聞いた。

だから、そこは問題じゃない。問題なのは、

「ちくしょう！　離せよ！」

「マジで捕まってやがる……」

ウルと交渉したあのクソ監督まで見事に捕まっていることである。いや、正直言えばそうなっている気はしていた。あの隠し倉庫に詰まっていた金銀財宝は、どう考えたってロクな稼ぎ方で手に

したものではなかったからだ。

しかしこうなると、やはりあのやけっぱちの交渉は無に帰すことになるのだろうか、と思っていると、不意にそのクソ監督と目が合った。

「あ、あのガキだ!!　アイツが隠し金庫を知ってる!!　俺じゃない!!」

そして最悪な言い逃れをわめきはじめた。騎士たちがこちらをぎろりと睨《にら》んだのを見て、ウルは顔をしかめた。不用意に近づきすぎた。あとクソ監督は死ね。

悪態をついている間に騎士たちに即座に囲まれる。いきなり拳でぶん殴られないだけ、【名無し】への対応としてはだいぶマシか——そう思いながらウルは両手を上げた。

「待ってくれ、俺はあの連中とは関係ない」

焦って挙動不審にならぬよう冷静に訴える。すると騎士隊長と思《おぼ》しき男が前に出てきた。

「ああ、安心なさい。あのバカな連中の言い逃れを真《ま》に受けたりはしないさ」

「なら」

「だが、念のため確認はさせてもらおう。誤解が生じないために、だ」

彼の言葉は優しげであったが、眼には油断がなかった。魔物を殺し、魔力を吸収する。そうすれば子供だってこの世界では怪物になれる。それを知っている者の眼だった。

「了解した」

ウルは素直に応じた。隠し倉庫に入ったとき、金貨を懐に入れるような真似をしなくてよかった、と心から思った。

「なぜ君はここに?」

「他の冒険者と変わらない。金を稼ぐためだ」

「もう少し詳しく聞いても？」

「あー…………妹を取り戻すため」

「妹？」

「ここに借金のカタに売られたんだ」

「人身売買までやってたのか!?　大連盟法における重罪だぞ!?」

他の騎士たちが驚き、騒ぎはじめた。声に怒りが満ちているところをみると、真っ当な倫理観を持っているらしい。クズばかりに囲まれていたからだいぶ新鮮だなあ、と少し思考が逸《そ》れた。

「……悪い奴らもいたもんだよ。だから早く妹を探したいんだが、いいか？」

「ふむ……」

ウルは軽く言葉を濁す。妹は特殊だ。かなり特殊だ。あまり言いふらせるものではない。たとえ相手が都市国の法と秩序を守るための番人であってもだ。

「やあ、無事帰ったんだね」

上手《うま》くごまかせるか考えていると、不意に声がした。聞き覚えのある声だ。見ればやはり、ここを出るとき世話になったあの金色の少女だった。

騎士たちもそちらに顔を向け、そのまま敬礼のポーズを取ったのでウルは驚いた。騎士団である彼らがそうするということは、彼女は相応の立場ということだ。

「フェネクス様。ご協力感謝します」

「いい。今回は身内の処理のために迷惑をかけた側だ。すまなかったね」

その一礼を、少女は当然のように受け流す。彼女にはさらっと助けられたが、どうやらウルは想像よりもずっと、ややこしい少女に手を貸してもらっていたらしい。

その少女はウルの前にやってくる。いろいろと思うこと、言いたいことはあったが、まず言わなければならないことは――

「アンタか。おかげでいろいろと助かったよ。改めて礼を言う」

迷宮探索時、彼女が選んでくれた防具は、どれもウルの命を守ってくれた。いずれもボロではあったが、多分ここでやってきた中では一番マシな働きをしてくれた。

間違いなく命の恩人と言えるだろう。礼を言うのがスジだった。

「どういたしまして。と言いたいけど……」

しかしそれを聞いた彼女は、なぜか少し複雑そうな表情を浮かべていた。

「君、妹って言った？」

「言った。アカネというんだが……」

「ああ――」

すると、彼女の懐からぴょこんと何かが飛び出した。それは緋色《ひいろ》の毛並みをした猫のような姿をしていた。見たこともないような色彩をしたその猫は、ウルの胸へと飛び込み――

《にーたん!!》

と、ヒトの言葉を口にした。

「アカネ」

【精霊憑《つ》き】

この世の理《ことわり》を司《つかさど》りし神の下僕にして、人類の上位存在である精霊。その精霊とヒトが混ざり合うという世にも稀《まれ》な現象に罹患《りかん》した妹は、嬉しそうにウルに抱きついた。

◆◆◆

【精霊】

ヒトの上位存在。【神殿】でヒトが崇《あが》め、信奉し、対価として恩恵を授けてくれる神の眷属《けんぞく》。

【神官】も、【都市民】も、名無しであっても、誰もが信奉する偉大にして神聖なる上位の存在たち。

それとヒトが混ざり合うのが【精霊憑き】と呼ばれる現象だ。

そのような事態が起こることすら、知る者がほとんどいない希少な現象。国を支配する【神殿】すらも認知していない。つまり、ヒトとしても精霊としても認められていない存在。

つまり、人権がない。それが妹であるアカネの現在の立場だ。

《にーたん、へーキか？　ちまみれだが？》

「まあ、死にはしないよ。だからグルグルはヤメれ、傷に響く」

今、ウルの頭に蛇のような形になって巻き付いている妹は、生まれたときはちゃんとウルと同じヒトだった。正真正銘の〝只人《タダビト》〟だった。バカ親父《おやじ》が奇跡的なまでの偶然、【精霊の卵】と呼ばれるモノを手に入れ、アカネが飲まれてしまうまでは。

「事情は分かったよ。とんでもない奇跡だ。運が良い——いや、悪いのかな？」

妹がこうなった経緯を聞いた金色の少女は、興味深そうに微笑《ほほえ》みを浮かべる。既に周囲に騎士たちはいない。ありがたいことに、金色の少女が騎士たちを払ってくれた。

——お前の妹は土の系譜の精霊と混じった。消されぬように隠せ。

たとえ秩序を司る騎士たちであっても、妹のことは安易にしゃべりたくはなかった。彼女は体制に護られる側ではないから、だ。

「そういうわけで、妹を連れて帰りたいんだが……よろしいか？」

《よろしーか？》

ウルと、蛇の姿になった妹が合わせて首をかしげて尋ねた。妹を借金のカタに攫《さら》っていったあのハゲ小人《コロポ》もとい、ルーゴラは騎士団に連れていかれた。その勢いで借金の件もチャラになったりはしないだろうか、という期待を込めた質問だった。

「うん、それはできない」

しかし、金色の少女はニッコリとした笑みでクビを横に振った。

「なにゆえ？」

「君の妹の所有権がウチにあるからだね」

「ウチ？」

「【黄金不死鳥《ゴルディン・フェネクス》】。私の父のギルドだ」

ここの責任者の糞野郎《ルーゴラ》が消えたと思ったら、その上が出てきてしまった。

「ルーゴラは好き勝手していたけど、彼と君の父が交わした契約は正規のものだった。彼女の所有権は現在黄金不死鳥《ゴルディン・フェネクス》にある」

彼女はぴらりと紙を一枚渡してきた。異様に古びた紙、いくつかの術式が刻まれている。

「これは」

「【血の契約書】だね。借金の担保として、君の妹の身柄を取り扱う内容になってる」

記載された契約内容を双方が承知することで機能する魔導具の一種であり、結ばれた内容に背けば、重いペナルティを課す凶悪な効果を有するという。

「重いペナルティ」

「今回の場合、契約者の命だね。つまり君だ」

《にーたんしぬん？》

「俺しぬの？」

ウルはこんな契約書にサインした覚えはない。実際ここに書かれている名前は、ウルの父親のものだ。すると金色の少女は契約書の文面のある箇所を指さした。

「記入者の死亡時はペナルティが無効、なんてことになると悪い抜け道になるからね。契約者死亡時は、その関係者に対象が移行するようになっている。今回は君だ」

「納得だ。死にくされクソ親父」

「もう死んでるけどね。そして借金の返済は期間内にはなされなかった。それとも、金貨一〇枚が今手持ちにあるかな？　それなら問題ないけど」

「……大牙猪《グレートボア》の魔石と、落下物《ドロップ》が……もう一人の協力者と折半だけど」

「魔石はこの大きさじゃあ、金貨一〇枚は遠いね。多めに見積もっても銀貨一枚……銅貨二〇枚くらいかな？」

つまり借金返済は不履行であり、妹は黄金不死鳥《ゴルディン・フェネクス》に完全に譲渡されなければならない。それができなければウルは死ぬ。そこまではウルも納得した……せざるを得ない。ウルだって死にたくはない。問題はこの先だ。

「だったら、妹の身柄を再び俺に買い戻させてくれ」

「買い戻しを了承する理由はないな」

少女は冷酷に言い切った。

「ピンときていないかもしれないけど、私の眼から見ても彼女の価値は計り知れない。本来なら価格すらつけられない。どのような過程であれ、手に入った以上手放すことはできない」

「人身売買だぞ」

「悲しいけど君の妹に人権はない。【神殿】の定めた法は彼女を護っていない。今回、ウチのギルドと君の父との間でなされたのは所有物の取引だ」

血も涙もないと言いたいが、それを言い出すと、そもそも自分の娘を借金のカタにしたクソ親父の方が遥《はる》かに救いようがなかったので文句も言えなかった。どうしたものか――

「――ですがウル様は、契約とは別の約束をされていたのですよね？」

考えていると、鈴のような美しい音色の声が響いた。ウルは振り返る。

「おま、シズク」

「はい、シズクです」

白銀の少女、シズクが微笑みを浮かべて立っていた。

「君は？」

「ウル様と一緒に迷宮の攻略をいたしました、シズクと申します」

《わたし、アカネだよ！》

「まあ！　アカネ様。はじめまして」

なぜか自己紹介が始まってしまった。多様な種族のいるイスラリア大陸でもとびきりに異様な姿をしたアカネを前にして、シズクは特に驚きを見せなかった。騒がしくしないだけありがたいが、何をしに来たのか。

「申し訳ございません、先ほどまでの話を聞いてしまいました」

そう言ってシズクは金色の少女に向き直ると、両の手を合わせて語りはじめた。

「ウル様は妹を取り戻す条件として、迷宮攻略を行ったのだと伺っております」

「条件」

「迷宮を攻略すれば、アカネ様の返却交渉をしていただけると約束したそうなのです」

シズクの言葉には確かに間違いはない。帰りの道中、ウルが迷宮に潜った経緯をシズクには軽く説明はしていた（もちろん、精霊憑き云々《うんぬん》は言わなかったが）。

しかし、その約束の取り付けはほぼ脅迫で、達成後に履行されるかどうか相当怪しいモノであるとまでは言わなかった。それを知らずか、自信満々に語るシズクの姿にウルはかなりヒヤヒヤした。

「ふむ……」

だが、意外にも金色の少女は少し考えるような表情になった。シズクは続ける。

「もちろん、貴女《あなた》様のあずかり知らぬところで結ばれた口約束ではありますが、口約束でも約束。そのためにウル様はとても頑張っておられました」

「頑張る……ね」

「はい、とても！」

シズクは、ふんす、と力強く訴えた。確かに、まあ死にもの狂いではあったが恥ずかしくなってきた。

「そのままアカネ様を返すことは難しいかもしれませんが、譲歩いただけないでしょうか？」

「……どうしたものかな」

金色の少女はそう言うとしばし沈黙し、こちらを見定めるように見つめてきた。睨みつけていると言ってもいい。そして最後にアカネを見つめ、ささやいた。

「金貨一〇〇〇枚」

「…………ん？　すまん、なんて？」

彼女が言った数字の意味が理解できず、ウルは思わず聞き直した。

「金貨一〇〇〇枚。約束どおり君の妹を返却する交渉を受けた場合の、彼女の購入金額」

《わたしおたかいな？》

アカネがとてものんきに自分のことを評価したが、ウルはそれどころではなかった。

金貨一〇〇〇枚？　金貨一〇〇〇枚とは金貨何枚という意味だ？

「ふっかけてるわけでもなんでもない。彼女に無理やり値段をつけるとなると、そうなる」

だいぶ譲歩した上でね、と少女は言った。ウルは言葉を失った。

金貨一〇〇〇枚。

それは容易《ようい》に集まる額ではない。というか、【名無し】はおろか【都市民】、あるいは最も高い身分の【神官】であっても、一生働いて稼げるかも怪しい額だ。

「……参考までに聞くが」

「どうぞ？」

「もしもこのまま妹がアンタらのものになったら、どうなる？」

「聞かない方がいいよ？」

「どうなる？」

繰り返し問うウルに、彼女は肩をすくめた。

「調べて、得る。精霊の神秘の力を得られる極めて希少な機会だ。ありとあらゆる手を尽くすよ」

そのためならば決して容赦はしないと、言外に彼女はそう告げていた。

《ぬー……》

ウルは、隣で唸《うな》りながらもひっついてくるアカネを見た。クソ親父も死に、とうとう最後の肉親となった妹。彼女が失われるのはウルも看過できない。

ではどうするか——否《いな》、やるべきことはもう決まっている。

「……その金額、俺が支払う」

「どうやって？」

更に話を詰めてくる。ウルは大きく息を吐き、そして腹をくくった。

「【冒険者】になって、金貨一〇〇〇枚を作る」

◆◆◆

冒険者。

この世界において最も有名な職業の一つ。六〇〇年前の未曾有《みぞう》の災害である【迷宮大乱立】時代からこの世界に蔓延《はびこ》る人類の驚異、魔物を打ち倒し、その巣窟《そうくつ》である迷宮の攻略を主な生業《なりわい》とする者たちの総称。

迷宮攻略のみならず、担う仕事は多岐にわたる。その報酬はピンキリだが、【大連盟】からも公認されている互助組織、【冒険者ギルド】から【黄金級】の認定を受けたならば、得られる報酬も権利も莫大《ばくだい》なものとなる。

ただ一度の依頼《クエスト》をこなすだけで、【都市民】はおろか【神官】ですら一生かけても稼ぐことができないような金を手にすることもできるだろう。【生産都市】の訪問や【精霊】の与えたもう【聖遺物】の所持権、偉大なる神の使いにして最強の戦士、【七天】の謁見《えっけん》等々……もはやできないことなど何一つない。

冒険者を志すものならば一度は目指す冒険者の最高位、それが【黄金級】である――

～実録！　冒険者の世界！　より抜粋～

◆◆◆

「その本が正しければ、俺が黄金級になればアカネを買い戻せる」

「素敵なプランだね。可能かどうかに目をつむれば」

父親がどこぞから拾ってきた本に書かれていた知識を披露したウルの提案に、金色少女はバッサリの反応だった。

「黄金級になる。絶対に金貨一〇〇〇枚を稼ぎきる。だから妹の〝調査〟は待ってくれ」

「借金を背負ったヒトは大抵、『絶対』とかそういう言葉を安易に使うけど、安くないよ？　その言葉は」

あのバカ監督のように、吠《ほ》えるでも暴力に訴えるでもなく、淡々と少女は告げる。だがその言葉の一つ一つが、ウルの両肩に重石《おもし》のようにのしかかった。

「君はただの【名無し】だ。特別な技術も才能もない。その君が黄金級になるという発言には、信用がない」

「……」

「担保がいる。君の父親は金銭の対価に自分の娘を差し出した。君は何を差し出す？」

ウルには差し出すものが何もないことは、彼女も承知だろう。

流浪《るろう》の【名無し】、無能の【名無し】、それも力も持たない子供。何もない。この命以外は。故に、

「……俺の人生を賭ける」

《――――ちょーっとにーたん！　タンマ!!》

アカネが声を上げる。が、ウルは無視した。妹には悪いが、今回は無視せざるを得ない。

「――――へえ？　一応言っとくけど、ソレは冗談にはならないよ？」

「分かってる。血の契約書ってのがあるんだろう。ソレを使ってもいい」

ウルは、己がいかにバカなことを言っているのか重々承知した上で会話を続ける。

「俺の人生を担保に時間をくれ。ソレまでの間に俺が黄金級になって妹を買い戻す」

「ふうーーー…………ん」

ぐい、と彼女が顔を近づけ、下から覗《のぞ》き見るようにウルの瞳を見つめる。ウルはすべてを射貫《いぬ》くような金色の眼光を正面から受け止めると、背中から冷や汗が噴き出すのを感じた。とても同じ年頃の少女とは思えない力がその瞳にはあった。

数秒だか、数十秒だか時間が過ぎる。ウルはその間、一度も彼女の目から視線を逸らさなかった。

そして、

「――――そうだね、少し考えてあげよう」

「少し？」

「正直なところ、君の命では何の担保にもならない。君よりも遥かに能力あるヒトの人生を私は自由にできる。君には価値がない」

だから、と指をウルの胸へと指す。

「価値を示せれば君の提案を受けよう。妹を買い戻したいという要望を受け入れよう」

もちろん期限は設けるけれど、と彼女は言った。ウルは深くため息を吐き出す。諸手《もろて》を挙げて喜ぶのは無理だが、諦めるしかない状況よりは好転した…………気がする。チャンスを作ってくれたシズクに、ウルは内心で感謝を告げて顔を上げた。

「それで、どう示せと」

「それはまた今度決めようか。君も限界みたいだしね？」

そう言われた途端、ぐらっと頭が揺れるのを感じた。目を背けていた全身の痛みと疲労が、指摘された瞬間に襲いかかってきた。

「少なくとも君の価値が決まるまで、アカネの処遇は待とう。期待しているよ――――おっと、忘れていた」

　意識が闇に墜《お》ちる。隣でシズクが慌てるようにこちらを支えてくれるが、声を発するよりも早く、瞼《まぶた》が勝手に落ちていった。意識が途切れる直前、最後に見えたのは、金色の少女の憎たらしいくらいに美しい微笑みだ。

「私はディズ・グラン・フェネクス。迷宮攻略と無事の帰還、おめでとう。ウル、シズク」

　その賛辞を最後に聞いて、ウルの意識は完全に途絶えたのだった。

◆◆◆

大罪都市国グリード　癒療院

　どこまでも沈み込むような深い眠りから、ウルの意識は浮上する。少し刺激のある薬品と花の香り。うっすら瞼が開くと、白い天井が視界に広がる。どこにいるか分からなかったが、ベッドは暖かくて柔らかい。まだ微睡《まどろ》みに浸《つ》かりたい、という衝動に抗《あらが》うのは難しかった。

「――――………ん？」

　だが、これまでの人生であまり経験したことがないほど、柔らかなベッドで眠っているという事実がウルの意識を覚醒へと導いた。

　ベッド、宿？　いや薬の匂いがするなら癒療院《いりょういん》？　つまり――――

「治療費ィ！」

「むにゃあぁ？」

実に生々しい声と共にウルは飛び起きる。同時に、女の寝惚《ねぼ》けた声が聞こえてきて、更にウルは混乱する。妹の声ではなかった。声の方を見ると、指で梳《す》きたくなるくらいに艶《つや》のある銀髪の少女が、ウルのベッドを枕にして眠っていた。

「……シズクか」

奇妙な出会い方をして、迷宮で命を助け合った少女。しかしなぜ彼女がここにいて、自分はベッドで眠っているのか。次々と疑問が浮かぶ中、彼女も目を覚ましたのか、もぞもぞと顔を上げる。寝ぼけた顔でも美少女は美少女なんだな、とウルは感心した。

「……ウル様」

彼女はウルが目を覚ましていることに気づくと、嬉しそうに微笑みを浮かべた。

「おはようございます」

「おはよう」

「おやすみなさいませ」

「寝た」

安心したようにすやあ、と再び眠りについた。とりあえず座った姿勢で寝るのは辛《つら》そうなので、交代するように彼女を抱き上げてベッドに寝かせた。するとしばらくして、

「あら、目を覚ましたのね？　体の調子は？」

三十代半ばの只人《タダビト》の女がやってきた。とても大きな緑色のエプロンを身に纏っている。彼女のこ

とをウルは知らないが、そのエプロンは治癒術師の証《あかし》だとウルは知っていた。

つまりここが都市国の中で、癒療院であることは確定した。であれば、言うべきことは一つだ。

「お金はありません」

「元気そうで何よりで」

開口一番の宣言を軽く流された。そのまま流れるようにウルの顔を掴み、顔色や身体を確かめていく。

「その銀髪の子、貴方《あなた》が寝ている間、ずっと心配していたわよ。恋人？」

「知り合ったばかりの他人ですが」

「一目惚《ひとめぼ》れかしらね」

適当なことを真顔で言い放つ癒者だった。ウルは診察を受けながら周囲を見渡す。

「〝真っ赤な猫〟は見なかったですか？」

「獣人《ガウル》ではなく？　なら見ていないわ。ここは動物厳禁」

赤い猫。都市国の中にいるとき、精霊憑きのアカネがよく取る形態である。それが近くにいないのなら、彼女はやはり、あの金色の女――ディズのところだろう。

つまり、彼女とのやりとりも夢ではないということだ。できれば夢であってほしかった、なんて現実逃避していると、治癒術師は検査を終え片付けはじめていた。

「治療費はディズさんから頂いているわ。安心なさい」

「ディズ」

「『無茶な迷宮探索の迷惑代金は払っておくよ』、ですって」

荷物をまとめたらさっさと退院してね。とサックリ言って、癒者の女は退室した。嵐のようであった。ウルはベッド横の、シズクが先ほどまで使っていた椅子に腰掛けると深々とため息をついた。

「さて………どうすっかなあ」

「どうされるのですか？」

ウルが顔を上げると、再びシズクが目を覚ましていた。髪と同じ銀の透き通った瞳に、ウルの顔が映っていた。

「起きたのか」

「おはようございます」

「二回目だな」

彼女はもぞもぞと身体を起こす。

地下空間では彼女の姿を観察するなどという暇はなかったが、こうして安全な場所で改めて彼女を見ると、やはりというか図抜《ずぬ》けて美少女だった。いつまでも眺めていたい気分だったが、そうしているわけにもいかない。

これからどうするか。といっても、ウルの選択肢はもう冒険者になるしかない。

元より名無しが選べる仕事はあまり多くない。リスクあれど、収益に伸びしろがあり、名無しという身分であっても【組合《ギルド》】への加入に制約もない。自分のような、なんの技能も持たない名無しの子供が成り上がるための、最適解なのは間違いなかった。間違いないのだが――

「なりたくねえなあ、冒険者……！」

ウルは冒険者が嫌いだった。

名無しに冒険者は多い。魔物を殺すのに技能も身分もいらないからだ。故に、冒険者ギルドの門は名無しにも平等に開かれている。幼少期、ウルの周りにいた名無したちの多くもそうだった。彼らは乱暴で、金遣いが荒く、毎日酔っ払い、人語に聞こえないわめき声を周囲にまき散らしていた。その一員にならねばならない自分の未来が憂鬱《ゆううつ》だった。

「冒険者になりたくないのですか？」

「なりたくはないが、素性も知れない奴が身一つで成り上がるなら、選択肢はない。魔物を殺せば魔力で身体は強くなる。魔石は金にもなる。一石二鳥だ忌々《いまいま》しい」

本当に、その身一つで立身出世を目指すなら最適解だ。もちろんそれが叶《かな》わず魔物の腹に収まる者も数え切れないほどいるが、他の選択肢と比べ可能性は残されている。

すると、その説明を聞いたシズクはふむふむと頷《うなず》く。そして、

「私もなれるでしょうか？」

は？　とウルはシズクの顔をマジマジと見る。

容姿端麗、瞳は大きく、睫毛《まつげ》が長い。鼻も高く、色も白く化粧もしていないのに肌が艶《つや》やかで、胸まで大きい彼女の姿を改めて確認し、頷いた。

「いや、アンタ冒険者やるくらいなら、ほかにいくらでも仕事あるだろ。そのツラだけで」

身を売れ、なんて言うつもりはないが、その容姿を利用すれば絶対に冒険者よりもっとマシな仕事がある。適当な酒場の看板娘として働かせれば一躍大人気になるだろう。踊り子でもやれば大スターだ。この世界の特権階級【神官】の愛人だって夢じゃない。

ウルの視点からすると、冒険者をやる理由が見当たらない。

「お金の問題ではなく、強くならねばならないのです」

「修行僧かなんかかよ」

「はい、そのようなものです」

ウルの冗談に対して、彼女は真顔で返答した。

そういえば、彼女と初めて遭遇したときも〝転移〟の魔術と思しきものを使っていた。存在自体は知っている。極めて高度で、使用できる者も場所も限られている。それこそ神官くらいのものだろう。

「あんた神官か？」

「いいえ」

「じゃあ都市民？」

「いいえ」

「じゃあ俺と同じ名無しってか？　転移の巻物《スクロール》なんて、どうやって手に入れたんだ？」

シズクはにっこりと微笑みを浮かべて、黙った。言いたくないらしい。ウルは眉を顰《ひそ》め、追及しようとして、やめた。必要以上に他人の事情に首を突っ込むのは好きではない。

「まあ、アンタの選択だ。冒険者になりたいなら好きにしろよ」

「はい、これからよろしくお願いしますね！」

これから？　と問い直す間もなく、彼女はウルの手を掴んでいた。

「……ん？　一行《パーティ》組むの？」

「同じ冒険者となるのでしたら、協力した方がよくありませんか？」

それに、と言いながらシズクは握る手を強くする。

「今日だけでも、ウル様にはたくさん助けていただきました。そのお返しをしたいのです」

「どう考えても助けてもらったのは俺の方だと思うんだが……」

彼女の手を振り払おうにも握る手は強く、その瞳には溢《あふ》れんばかりの感謝の輝きが灯《とも》り、潤んでいた。

「…………まあ、いいか」

ウルはしばらく悩んだ後、いろいろと諦めた。確かに合理的に考えても、治癒術も使えるような優れた魔術師である彼女と協力関係になれるのは間違いなくプラスなのだ。

「まあ、とりあえず……だ。とりあえず……」

「とりあえず？」

確認しなければならないこと、やらなければならないことはあるが、とりあえず——

「猪《いのしし》どもから手に入れた魔石換金して、メシ食おう。あと靴を買う」

既に何度も繕われて限界ギリギリの靴下が死に絶える前に、新しい靴が必要だった。

◆◆◆

イスラリア大陸南東部に位置する大国。

世界に七つある最大の迷宮の一つ【大罪迷宮グリード】を有する【大罪都市国グリード】は、今日も多くの冒険者たちで賑《にぎ》わっていた。

グリード領は冒険者の聖地だ。

迷宮の発生率が高く、冒険者の需要が極めて高い。ギルドからの報酬も高くなるため、多くの冒険者たちが食《く》い扶持《ぶち》を求めて集まってくる。その冒険者たち相手に商売をする商人や鍛冶《かじ》師たちも集まり、彼らを求めて更に冒険者が集う。まさに冒険者大国だ。

そんな国の一角、冒険者の支援管理を行う互助組織【冒険者ギルド】にて。

「ああ、暇だ。平和だ。最高だ」

冒険者ギルド所属の指導教官グレンは、教官事務室の机に身体を投げ出し、自堕落を貪《むさぼ》っていた。

太陽神《ゼウラディア》が空高く昇る真っ昼間、日の出と共に仕事に出ていった冒険者たち。彼らがちょうど戻ってくる一番忙しくなる時間帯に彼は堕落しきっていた。

言うまでもなく、昼寝は彼の仕事ではない。つまりサボりだ。

「あら、随分無駄に人生を消耗しているようじゃないの。グレン」

そんな穏やかな時間に水を差すように、ややトゲのある言葉と共に、ギルド職員の制服を着た女が部屋の中にやってきた。グレンはそちらに顔を向けないまま、鬱陶《うっとう》しそうに唸り声を上げた。

「……ロッズ。一応言っておくが俺はサボってないぞ。仕事がないだけだ」

「先日、訓練生を十数人送ったばかりだったと記憶してるけど？」

「全員辞めた。つまり俺のサボりには正当性がある」

「そんなことを誇らしげに言われても困るのだけど」

本当に首にならないか心配だわ。と、ロッズはため息をつく。だがグレンは警戒を解かない。こちらを心配しているふうな面《つら》をしているが、彼女の本性はとてもおっかない。きっと受付で冒険者《バカ》どもを相手しているせいで、心が荒《すさ》んでしまったのだろう。

そしてその八つ当たりかのように、グレンに大量の仕事を投げつけてくるのだ。

「言っておくが、本当に今俺は仕事ねえからな。悔しかったら新人冒険者でも連れてこい」

「そんなあなたに新たなる未来ある若者をプレゼント」

「ふざけんなくたばれ」

「私も仕事なのよ」

グレンの大人げないブーイングにロッズは平然と肩をすくめた。いつものやりとりだった。

「っつーか、こっちに押しつけてくる人数が多すぎるんだよ。過保護か。命知らずのバカなんてほっとけよ」

「いくら名無しでも、無駄に死人が増えて魔石採取が滞っては困る、っていうのがこの国の方針なのよ。ウチはソレに従うだけ」

「お役所仕事め。もっと自分の仕事に誇りを持てコラ」

「仕事場でお昼寝していた貴方よりは、自分の仕事への矜持《きょうじ》は持ち合わせていますわよ」

オホホと彼女は笑い、「昼頃に来るから、よろしくね」と、最後に釘《くぎ》を刺して去った。残されたグレンは、心底面倒くさそうなため息を吐き出すのだった。

◆◆◆

朱色の竜、それを討つ剣の紋章。

世界を脅《おびや》かす凶悪なる【竜】を討つ者という大言壮語にも感じられるような象徴を堂々と掲げる【大連盟】公認の【冒険者ギルド】。

「改めて見てもでっけえな……」

「大きいですねえ」

そのグリード支部の門前に、ウルとシズクはやってきていた。

迷宮と魔物の脅威で人類の安全圏は狭まり、結果として狭い土地を有効活用するため建造物は高くなった。その例に違《たが》わず冒険者ギルドの建屋は高い。が、横にも広い。限られた土地を広く使うことが許されるのは景気が良い証だ。

これからここに足を踏み入れ、冒険者になるわけなのだが、その前にウルには確認しなければならないことがあった。

「俺が確認するようなことじゃないが、本当にいいのか？　冒険者になるの」

ウルは改めて自分の隣に立つ白銀の美少女を見る。穴が開いていないところを探す方が難しいボロの格好から、かろうじて安っぽくやぼったい格好に変わったシズクは、それでもやっぱり美しかった。改めて、冒険者なんてやらなくても仕事はあると思うのだが——

「私は力が足りていないようなので、鍛えなければならないのです」

シズクは即座に頷いた。見た目に反して、彼女はストイックだった。

「……まあ、霧散したものな。魔術」

「霧散しましたねえ……」

少し悲しそうに、シズクはがっくりと沈み込む。しかしすぐに持ち直した。そしてウルを見て、本当に嬉しそうにニッコリと笑った。

「私だけではどこまでできるか不安でした。ウル様と一緒になれて本当に嬉しいです！」

「……ま、そうだな。頑張ろう」

とにかく事情があるのだろう。それ以上ウルは踏み込むのをやめた。弱かろうが、最初から魔術師が一行《パーティ》に入ってくれるのは悪くないだろう、たぶん。

思考を切り替え、目の前の扉に手をかけて押し開く。扉も年季が入っているのか、少し大きな軋む音をたてながら、ゆっくりウルとシズクを迎え入れた。

「――――おや、割と綺麗《きれい》だ」

「たくさんヒトがいらっしゃいますね」

冒険者なんて荒くれ者の集まり、というウルの色眼鏡とはかけ離れて中は綺麗だった。酔いどれて潰《つぶ》れた冒険者が地面に横たわっていたり、割れたガラス瓶やら吐瀉物《としゃぶつ》が散乱しているような、世紀末的な光景が広がることはなかった。

「――――から、中層は――――」

「知って――――宝石――――」

「――――かよ……――――まあ上層までは――――」

シズクの言うとおり、ヒトの行き来が多く賑わっている。全員冒険者なのだろうか。様々な武具防具魔導具を装備した老若男女が忙《せわ》しなく動いていた。

依頼掲示板《クエストボード》を真剣な表情で睨みつけている者もいれば、談話のテーブルで仲間たちと喧々諤々《けんけんがくがく》と話し合いをしている者もいた。扉から入ってきたウルとシズクに視線を向ける者も何人かいたが、すぐに興味を失い、視線を逸らしていった――否、恐ろしく容姿に優れたシズクは、しばらく目を引いていたが。

躊躇《ためら》わぬよう、ウルはそのまままっすぐに受付へと歩を進めた。受付には、綺麗で賢そうな印象を受ける朱色の制服を纏った女性が座り、こちらに視線を向けていた。ウルがギルドに足を踏み入れてからずっと、視線を向けていた。そして前に立つと、彼女はニッコリと笑った。

「こんにちは！　冒険者ギルドへの参加をご希望でしょうか？」

「ああ、そうです――そうだ」

侮られぬように言葉使いを変えた。幼稚な背伸びだが、後ろ盾のない状態で下に見られるのは危険だとウルは知っている。

「では、こちらの書類に目を通しておいてください。後で審査と説明を行いますので」

「……凄《すご》く話が早いな」

一切の障害もなく、流れるように話が進みすぎてウルは少し引いた。

「冒険者になりたがるヒト、もの凄く多いですから。特に〝名無し〟の子は」

「名乗ってないが」

「格好」

自分の格好を見た。なるほど、確かにこんなボロの格好をした都市民はいないだろう。

「ところで、隣のお姉さんは弟さんの付き添いですか？」

「は？」

「私です？」

シズクが首をかしげる。姉と思われたらしい。まあ確かに、彼女は割と背丈が高い。ウルより少し高いくらいだ。そこだけ見ればそう見えなくもない……が、

「姉弟に見えるか？」

「いえ全然全くこれっぽちも」

正直で失礼な女だった。

とはいえ、ウルだってシズクが自分と同じヒトの股《また》から出てきたとは思えない。黒白混じったボサボサ灰髪、目つきも悪いウルとは似ても似つかない。

「彼女も冒険者希望だ」

「え？　……ええ？　……うーん…………？」

受付嬢はウルの説明に訝《いぶか》しそうに首をひねるが、しばらくすると肩をすくめた。

「……ま、いいか。じゃ、書類をどーぞ。読みながら待っててくださいねー」

いいのか、とも思ったが、先ほど冒険者志願者は後を絶たないと言っていたことを鑑みると、いちいち気にしていてはキリがないのかもしれない。と、ウルは勝手に納得し、渡された書類に目を通した。

書類には絵図が多かった。文字が読めない名無し向けなのだろう。ウルは一応文字は読める。あ

る都市に長期滞在したとき、物好きの神官から都市民に交じって物書きと足し引きを教えてもらっていたからだ。

「ん？」

ふと、隣のシズクを見ると、彼女はやや困った表情で首をかしげていた。彼女の目線をたどると、文字ではなく絵図をなんとか読み解こうと四苦八苦している。

「読めないのか？」

「読めません」

「……一緒に読むかぁ」

シズクはパッと嬉しそうにウルに笑顔を向けた。

◆◆◆

「ということで、どうぞ！　冒険者の証となる指輪、【白亜の指輪】ですね！」

「白くて可愛《かわい》らしいですね？」

「ああ、確か親父たちも持ってたな……」

受付嬢が冒険者である証、冒険者たちが必ず装着する【冒険者の指輪】だ。先日までウルもいた迷宮鉱山にも、コレと同じ指輪をつけている者たちがたくさんいた。あっけなく手渡されたそれを眺めながら、ウルは首をかしげる。

「いいのか？　ロクに素性も知れない俺たちに、さっさとこんなの渡してしまって」

「いいのよ。一応魔導具ではあるけど、仕込まれてる魔術は迷宮の出口を教えてくれる【標《しるべ》の魔術】くらいだしね。というか、そもそも白亜の指輪は冒険者の証だけど、冒険者ギルド所属の証じゃないもの」

ん？　とウルは首をかしげる。奇妙な言い回しだった。シズクもよく分からなかったのか、同じように首をかしげた。

「冒険者の証ではあるのですよね？」

「だが冒険者ギルド所属の証ではない？」

「うん、そう！」

「うん、そう！」

どういうこっちゃ、という顔になったウルとシズクに、受付嬢は実に楽しそうに笑った。

「ふぉふぉふぉふぉ、悩める若人に教えて進ぜよう。その指輪の秘密を」

「なんか茶番始まった」

受付嬢は「まあ、そんな難しい話じゃないんだけどね？」と前置きして話しはじめた。

「迷宮を探索する冒険者は減ってほしくないけど、チンピラまがいの冒険者がギルドに欲しいわけでもないって話なのよ」

迷宮の魔物を狩ることで手に入る魔石は、〝極めて保管や加工がしやすい〟エネルギー資源であり、今の人類生存圏を維持する重要な要素の一つだ。需要を満たせるだけの魔石探鉱者、冒険者は必要だった。

とはいえ、チンピラまがいや、犯罪者一歩手前どころか踏み出してしまっているような連中をギルドに受け入れるのは、それはそれで問題が出る。そのために生まれたのが【白亜の指輪】である。

「冒険者ギルドの指輪は金・銀・銅に分かれるんだけど、コレはその類別からも外れてる。冒険者だから支援はするけど、ギルド員ではありません！　なので、できる支援は最低限！　そんな塩梅《あんばい》の指輪です！」

「めちゃくちゃ言い訳がましい」

「ううーん、返す言葉もない！」

受付嬢はぺしんとデコを叩《たた》いた。楽しそうである。愉快な女だった。

「ですが、これさえあれば冒険者として活動ができるのですね？」

「最後の質問に答えればな」

そう言ったのはロッズとは別の、男の声だった。

しわがれた、しかし強い芯を感じさせるその声は、ウルたちの背後から聞こえてきた。振り返ると、深く皺《しわ》の刻まれた白髪の老人が立っていた。見るからに高齢であるが、一方でガタイはしっかりとしていて逞《たくま》しい。老いを感じさせないほど、身体の端々から精気がほとばしっているのが見えるようだった。

「あれ、支部長。また来たんですね。白亜の譲渡くらい私やロッズ先輩で済ませますのに」

「仮といえど、冒険者の門出は可能な限り私が立ち会うと決めている」

「その真面目さ、グレンさんに分けてあげたい……」

そんなやりとりをしながら、ギルド長はウルたちの前に立った。その目には、ウルがこれまで持っていた冒険者のイメージを拭《ぬぐ》い去るような、思慮の深さと何ものをも見抜く鋭さがあるように感じられた。

彼は小さく微笑みを浮かべた。

「ジーロウという。構えることはない。大した質問はしない。まだ込み入った事情に踏み込むこともない。試験でもないからな」

そう言い、まずはウルを見つめる。

「名前は」

「ウルという。名無しなので姓はない」

「ウル、君はなぜ冒険者になることを望む」

「……特殊な事情だ。妹を取り戻す必要がある。そのために大金が必要だ。金を稼ぎたい」

精霊憑きの事情は省き、ウルはすべてを正直に答えた。ジーロウはふむ、と頷く。

「冒険者は稼げる、というイメージがあるかもしれないが、多くの冒険者は迷宮の浅い層で魔物を追い回し、その日を凌《しの》ぐだけの小金稼ぎに留《とど》まっている。コレは知っているかな？」

ウルは頷いた。もちろん知っている。

ウルの周りの冒険者もどきたちは皆、そんなふうにしていた。ウル自身も似たようなことをしたことがある。冒険者という職業に幻想は抱いていない。

「向上心を高く持って辛抱強い努力を保《たも》てねば、君は彼らの仲間になるだろう。私はそれが悪いとは思わない。だが君の目的は果たせなくなる。覚悟はあるかな」

「妹の件を諦めるつもりはない」

ウルは断言した。ジーロウはそのウルの決意に頷いた。そして次にシズクを見つめる。

「名前は」

「シズクといいます。私も名乗る姓はありません」

「シズク、君はなぜ冒険者になることを望む」

「強くなるために」

「強くなってどうする？」

「目的を果たします」

ウルに対して、シズクの返答は実に短く明瞭ではあったが、具体性を欠いた。だがその言葉の端には、並々ならぬ決意と意志が込められていた。ジーロウはシズクにも頷き、そして立ち上がると二人の前に掌《てのひら》を掲げた。

「我らの信念と誓いの下、新たなる仲間の誕生に祝福を」

その瞬間、小さな輝きがウルとシズクに降り注いだ。酷《ひど》く薄ぼんやりとだが、ウルたちの前で小さなヒトガタが両手を広げている姿が見えた。

「【精霊】……」

シズクが小さく呟《つぶや》いた。

この世界においてウルたちよりも上位にある魔力生命体。万象に宿り、時にその力の【加護】を人類に分け与える、太陽神ゼウラディアのしもべたちだ。

「【誓約の精霊プリス】の加護だ。先に読んだ冒険者ギルドの規則を遵守《じゅんしゅ》する限り、僅《わず》かな安寧を約束する……病になりにくくなる程度だがな」

「ギルド長は神官だったのか」

精霊の加護は神殿の【神官】のみが獲得できる。都市民でもソレは叶わない。だが、ジーロウは苦笑するように首を横に振った。

「銀級なので【官位】はあるが【神官】ではない。神殿から精霊様の御力を借りているだけだよ」

なるほど、とウルが納得していると、今度はシズクが手を挙げた。

「ギルドの規則を破るつもりはないのですが、破った場合はどうなるのですか？」

「加護が消える。度が過ぎれば罰も受けるだろう」

絶妙に曖昧なジーロウの物言いがなかなかの脅しになっていた。それを聞いて、あえて規則を破ろうという気にはならなかった。精霊の力は絶大だ。ヒトが扱える力を遥かに上回る現象を引き起こす。その精霊から下される罰など受けたくはない。

「では、冒険者の世界へようこそ。新たなる同胞よ。君たちの成功を祈る」

最後にジーロウはそう言うと、すぐに部屋を立ち去った。やはり忙しいのだろう。その場には、再びウルとシズクと受付嬢の三人が残された。

「さて、これで貴方たちは迷宮探索の許可が下りた。あとは自由よ」

「自由……」

「迷宮に潜り魔石を稼ぐもよし、ギルドに貼り出される依頼をこなすもよし。ただ、探索にしろ依頼にしろ、終わったらちゃんと報告してね？」

「……さて、どうするか」

「迷宮に行くのではないのですか？」

「そうしたいのも山々なんだが……」

冒険者といえば、一にも二にも迷宮探索だ。それはこの世界の常識だ。魔物を倒し、その魔力を吸収して力を得る。それができなければ、そもそも話にならない。依頼《クエスト》を果たすにしても、まずはそこからだろう。

だがウルは既に、自分が冒険者という職業について想像以上に知らないことが多いと気づきはじめていた。その状態で、闇雲《やみくも》にただ走り回っても空回りするのが見えていた。助言が欲しい。

「行き先を見失ってるそこな少年少女よ」

「またなんか茶番始まった」

シズクが再び拍手で迎えたので、ウルもそれに倣った。

「右も左も分からない君たちのような新人のために、冒険者ギルドには【訓練所】というものがあるのじゃよ」

曰《いわ》く、冒険者を半ば引退した実力者や活動の合間に手すきの冒険者の厚意を借りて、新入りに指導するための【訓練所】がグリードには存在するのだという。

迷宮探索のイロハや、厄介な魔物との戦い方、冒険者ギルドという組織の活用方法の指導等々、まさに駆け出しにもってこいの施設だと彼女は語る。

「だが俺たち金ないぞ」

「安心なさい。条件付きで費用はタダ！　所属してる間はなんと【名無し】でも都市の滞在費用免除！　宿泊用の宿まで完備！」

「いたれりつくせりでございますね」

本当に至れり尽くせりで、ウルが求めているすべてがあるように聞こえて、逆に詐欺のような気がしてきた。ウルは訝しみながら尋ねる。

「何のメリットがあってそんなコトしてんだ？」

「あー、うん…………アレなのよ」

「アレ？」

「新人って死ぬのよ」

「直球」

まあ、そこをごまかしても仕方がないのだろう。実際、ウルとシズクも初めての迷宮探索で思い切り死にかけた。

「でもそんなふうにポンポン死なれても、魔石とれなくなっちゃうじゃない？」

「そのための手ほどきくらいは必要経費と」

「冒険者の卵たちがむやみに命を散らすのは避けたい。新人冒険者は先人たちが培った知識をタダで得られる。まさにウィンウィンの関係。ご理解いただけたかしら？」

確かに筋は通っている。少なくとも、とんでもない落とし穴が突然足元にぽっかりと出現するような要素は皆無だった。

ウルはシズクに視線を向けると、彼女も頷いた。よし、と再び受付嬢に視線を返す。

「訓練所に入らせてもらいたい。いいだろうか？」

「ＯＫ！　じゃあ最後に一つだけ言っておくけど」

そう言うと、受付嬢はウルとシズクにニッコリと微笑んだ。

「ドンマイ！！！」

いきなり不安になった。

◆◆◆

大罪都市国グリード　冒険者ギルド・グリード支部　訓練所一階　講習室

指導教官であるグレンは、教壇の前に立ちながらぼやいた。

「……めんどうくせえ」

彼の目の前にはおおよそ三〇人ほどがテーブルについていた。性別も種族もバラバラである。只《タダ》人《ビト》、獣人《ガウル》、小人《コロポ》に鉱人《ドワーフ》と並んでいる。

彼らは全員が新人冒険者たちである。だがフレッシュさは皆無だ。どいつもこいつも、実にかったるそうな表情を顔に張りつけて、グレンにガンつけてる者まで結構いる。

「あー、いつもどおり活《い》きがいい奴らばっかだなー、早く死なねえかなあー」

「あのおっさん思ったこと全部口に出てるぞ……」

新人たちが軽く引いていたが、無視した。

まったくいつものことではあるのだが、ここに来るのは基本的にはロクでもない奴らばかりだ。チンピラ一歩手前どころか、チンピラそのものな連中ばかりである。

それもそのはずで、ここに誘導されるのは基本的に「あ、こいつ調子こいて死にそう」と見抜かれて、口三味線に乗せられた奴が大体だ。自分から希望する者なんてめったにいない。冒険者なんてクズの、その最下層連中を相手にしなければならない自分の運命をグレンは嘆いた。

「はぁーあ……もういいや、とにかくさっさと訓練終わらすぞ。クソども覚悟し――」

「グレンさん、訓練生追加でぇーす」

「死ね」

そこへ乱入してきた受付嬢マーリィと二人の子供を前に、グレンは直球の悪態をついた。

◆◆◆

新人冒険者用の訓練教室。好都合なその制度に飛びついたウルであったが、自分の判断が早計だったのではないかと、教室に入って早々後悔しはじめていた。

「ガラわっる」

「皆様寝不足なのでしょうか？」

自分たちと同じ訓練生となるであろう連中は、誰も彼もガラが死ぬほど悪かった。全身から「なんでこんなとこにいなきゃなんねえんだ」という不満がまき散らされている。今すぐ回れ右したい衝動に駆られたが、一方で「そうそう、冒険者ってこんなだよなあ」という、妙な納得と安心をウルは覚えていた。

ひとまず、明らかにシズクに対しての邪《よこしま》な視線も感じたので、彼女を壁際に逃がしてその隣に座り、教卓に立つ男を観察した。

「あーめんどうくせえ……」

早速不安になるような言葉を吐くその男は、四、五十歳くらいの只人《タダビト》だった。無精ひげ、赤黒いボサボサの頭。やる気を全く感じない生気のない眼。正直、教官という言葉があまりにも似合っていない風貌《ふうぼう》だった。本当に大丈夫だろうか、という不安が増す中、彼は口を開いた。

「ここで指導を行うグレンってもんだ。ようこそ、クソッタレな訓練所に。クソッタレな冒険者になろうなんて志したバカども」

コイツ本当に指導する気あるんだろうか？

他の奴らも多分そう思ったのだろう。警戒と同様のざわめきが起こった。平然としているのは、隣で小さく拍手をしてグレンを歓迎しているシズクくらいだ。が、コイツはコイツでちょっと反応としてはおかしい。

「そもそも訓練所なんて義務でもなんでもねえ。迷宮になんて行きたきゃ好きにすりゃいいんだ。なのに、ここにいるってーことは、受付の連中に騙《だま》くらかされたバカっつーことだ」

「私たち、そそのかされたのでしょうか？」

「そうなのかねえ……」

シズクの問いにウルは生返事する。

実際、冒険者が真面目に訓練する、というシチュエーションにちぐはぐな印象は覚える。冒険者なんて、もっと行き当たりばったりなものだ。真面目くさって一から少しずつ訓練なんて、らしくない！　と、そう思うのはウルがまだまだ冒険者に対して色眼鏡で見ているからだろうか。

「おいコラふざけてんじゃねえぞオッサン!!　てめえの話なんてどうでもいいんだよ！」

しかし、そんなウルの隣の同級生ががなりたてる。大変にうるさかったが、うんうんとウルは納得した。やっぱりこんなものだよ冒険者なんて、と。

「指輪をよこすっつーからこっちは来たんだよ！　寄越せよ！　銅の指輪を！」

指輪？　とウルは首をかしげ、シズクを見る。シズクも首をかしげていた。

銅の指輪の意味は分かる。今ウルたちが持っている【白亜の指輪】の上の階級。つまり、冒険者ギルドの一員として認められる、本物の証だ。それがもらえる？　ここで？　しかしそれなら、なぜあの愉快な受付嬢はそのことを言わなかったのだろう。

「サプライズとかではないでしょうか？」

「サプライズかあ」

と、間の抜けたやりとりをウルとシズクが交わす中、ブーイングを一身に受けたグレンは、面倒くさそうに懐から何かを取り出す。

窓の外から差し込む太陽神の輝きに照らされ、眩《まばゆ》く輝くそれは、正しく指輪だった。もちろん、ここにいる冒険者見習いたちが装着している白亜の指輪ではない。金と見紛《みまご》うばかりに輝くそれは、紛れもない【銅の指輪】に違いなかった。

「【銅級】、まあ冒険者ギルドの中じゃ最下位の指輪だが、それでもお前らが渡された白亜と比べりゃ、その持つ効力はデカい。〝都市滞在費用〟の免除まで与えられるからな。持っているだけで」

その一言で、不満をタラしていた訓練生たちは一斉に色めきたつ。現金だが、その気持ちはウルにも分かる。【名無し】にとって滞在費用の免除は、それだけで魅力的だ。【都市民】のように安全な都市の内側に、ずっといられるのだから。

「で、だ。指輪の手に入れ方だ」

グレンがそう言うと、ピタリと誰も声を上げなくなった。効果は覿面《てきめん》のようだった。

「どうせ長ったらしい説明してもおめーらは聞かねえだろ？　ここのルールを説明してやる」

そう言ってグレンは指を三つ立てた。

「この訓練所を出る方法は三つ。一つは退学、コレはいつでも自分の意思でそうしたいと思ったらそうすりゃいい。義務じゃねえんだからなココは」

そう言って一つ指を折る。しかし当然〝だったら〟とここを去る者はいなかった。全員、その目はグレンの持った指輪に集中している。

「二つ目、俺に認められること。もう訓練所に参加する必要はないと俺に思わせるくらいの実力を示すことだ。そうすりゃ卒業。ついでに指輪もプレゼントだ」

グレンは更に指を折る。

ウルはそのとき、グレンの顔をじっと見た。特に〝プレゼント〟と口にしたときの心底やる気のない顔を見ていろいろと悟った。だが、他の訓練生たちは彼の顔は見なかったようだ。未《いま》だ指輪を凝視している。今にも飛びかかりそうだった。

そして、グレンは最後の言葉を口にする。

「三つ目、俺を倒せ。手段は問わねえ。それでも卒業&指輪プレゼント」

それを言い放った瞬間、訓練生の何人かが椅子を蹴り飛ばして立ち上がった。どっから持ち込んだのか、刃物やら鈍器やらをそれぞれ握っている。リーダーと思しき男がグレンへと近づき、せせら笑った。

「てめえをぶちのめしゃお勉強会せず指輪もらえるってか？」

「おーそうだぞ」

「そいつはルールとかあんのかい？　タイマンじゃなきゃならねえとかよ」

「言っただろ、手段は問わねえって」

それを聞いた瞬間、彼は仲間たちを顎《あご》でしゃくる。そして吠えた。

「んじゃあ！　ここでのめしちまっても文句はねえってこったよなあ！！」

そう吠えて、なんの武具も身につけていないグレン一人に、武器を振りかぶって飛びかかった。

「……―――っ」

ウルはその瞬間、ぞわりと背中に悪寒が走った。経験則からくる直感が自身に危険を告げていた。

ウルは咄嗟《とっさ》に、隣にいるシズクの肩を掴んで一緒に頭を低くした。

「つつつつつつつつつハガゴバァ!?!!」

部屋全体に凄《すさ》まじい衝撃が走り悲鳴が響き渡ったのは、そのすぐ後のことだった。

「………………なん」

恐る恐るウルが顔を上げる。

目を離す寸前まで、グレンを殺す勢いで襲いかかった連中は、なぜか視界から姿を消した。そしてパラパラと石が落ちてくる。それにつられて、視線を上に向けた。

「…………………あ、が」

そこに、その天井に、グレンを襲ったチンピラたちがいた。頭から天井に突っ込み、胴体近くまで身体をめり込ませながら、つり下がっていた。奇妙な天井のインテリアと化したチンピラたちの哀れなる姿は、一周回ってシュールだった。

「おーし、ほかに挑戦者はいるかー。全員で来てもらってかまわねーぜ俺は」

グレンがにこやかに訓練生に笑いかけるが、それに応える者は一人もいなかった。

「……ええ？」

「とんでもない場所に来てしまったのでは？」

ウルはドン引きして、シズクは今更な言葉を呟いた。

冒険者ギルド・グリード支部　訓練所　第二四五期生
参加者三〇名、うち脱落者五名、残り二五名

◆◆◆

冒険者ギルド・グリード支部　訓練所　第二四五期生　訓練一日目

グラウンドに集合した訓練生は、五名の尊い犠牲者……もとい脱落者たちが出てからというものの、おとなしくなった。誰も天井インテリアの二の舞にはなりたくないのだろう。

「ここで訓練すれば、グレン様みたいになれるでしょうか」

「なったらいかん気もするが」

シズクが拳一つで男どもを天井インテリアにするところを想像すると、少し面白かった。ともあれ強くなる必要があるのは事実だ。せめて迷宮には安全に潜れるようにならねば――。

「んじゃ、迷宮行くぞカスども」

「ちょっと待て」

さすがに手を挙げてウルは制止を呼びかけた。

「なんだクソガキ」

「早《はや》ない？」

迷宮に潜るための力をつけるつもりだったのに、いきなり迷宮に突撃とはどういうことだ。

「なんというか、基礎訓練とかないのか。対魔物戦闘の手ほどきみたいなのは……？」

「魔物の殺し方学びたきゃ迷宮に行くのが一番に決まってんだろ」

正論ではあるのだろうが、指導教官がいきなり自分の職務を放棄しているのはどうなんだろうか。

「さっさと魔石を稼げ。指導代としてギルドで搾取するから」

「クソみてえな理由が聞こえたんだが」

条件付きで費用はタダ。という受付の女の言葉をウルは思い出した。条件とはつまりこれか。全然タダでも何でもないじゃないかあのアマ。

「ふざけんな！　ロクな指導もしねえ！　迷宮の稼ぎだけ搾取しますだあ!?　だったら訓練所なんて今すぐ辞めててめえで迷宮潜りに行くわ!!」

当然、ウル以外からも不満の声が湧き上がった。いくらグレンが怖かろうが、限度があったのだろう。もっと言ってやれ、とウルは思った。

「んじゃ、こうしよう。今回の探索で最も早く魔石を取得できた奴に指輪をくれてやる」

そう思っていたのだが、グレンの言葉を聞き終えた瞬間、バカたちは飛び出していった。

「皆様、足がお速いですねえ」

「ちくしょうアイツら使えねえ……」

鼻先に餌をぶら下げられた馬のようだった。

「なんだ、お前ら行かねえのか？」

「指輪なんて寄越すつもりねえだろ、アンタ」

「そりゃそうだ。誰がやるか、あんなバカどもに」

ウルの質問に対して、グレンは真顔で返した。当然のように。

「ほれ、さっさと行ってこい。目標は魔石一〇個な」

「いや、だから訓練――」

「今ここで木偶《でく》人形相手に剣槍《けんやり》振り回したって何の役にも立たねえよ」

渋い顔をしているウルに、グレンは断言した。先ほどのように適当に言っているかとも思ったが、彼の表情に気の抜けた様子はなかった。

「魔物を殺せば、魔物の魔力を魂が吸収し、身体能力は超人へと変わっていく」

そう言って、彼はグラウンドに転がってる木偶を拳で叩く。凄まじい炸裂音《さくれつおん》と共に木偶人形は吹っ飛んで、壁にぶつかって砕け散った。

「剣振り練習なんて、迷宮潜りのその後だ。わかったらさっさと行け」

ウルは色々と考えたが、反論は出てこなかった。安全確実なんてもの、冒険者という道を選んだからには期待するのは間違いだと気づかされた。

「腹くくって死にに行くかあ……」

「ウル様ー」

すると、シズクの声が遠くから聞こえてきた。そういえば、いつの間にかウルのそばから離れていたが、彼女は訓練所の部屋の中から手を振っていた。

「防具ありましたー！」

そう言って古びた防具類を掲げた。勝手に漁《あさ》っていいのか？　と思いもしたが、隣のグレンはそれを見て、『めざといな』と舌打ちする。

「あれ、使っていいのか？」

グレンは肩をすくめて頷いた。

「勝手に使えよ。持ち出し自由だ。使ったら整備して返せ」

「それなら言ってくれりゃいいのに」

「聞かれなかった。自分から好材料を探す気もないバカになんで説明せにゃならん」

「先に行った連中は？」

「周りを見れない不用意な考えなしは痛い目を見るし損もする。教訓だな？」

グレンは嘲《あざけ》りを浮かべた。どうやらこの教官殿は暴力的なうえ、性格も悪いらしい。

◆◆◆

冒険者ギルド・グリード支部　訓練所内　防具保管庫

「まあ、とはいえロクな防具ねえな……迷宮鉱山よかマシだが……」

「これとかどうでしょうか？」

「なんか異様なにおいがしないか、それ？　何のにおいだ……？」

「ウル様。その革鎧《よろい》、背中にべったり黒ずんだ痕《あと》が」

「この盾、カビはえてる」

「青紫色で少し可愛いですね？」

「毒々さしか感じない……ディズはどういうところを見てたっけか」

当たり前のことではあるが、保管された防具で状態が良いものは少なかった。迷宮鉱山と比べればまだマシだが、前の使用者の末路と思しき痕跡がなかなか憂鬱な気分にさせてくる。

「ですが、皆様大丈夫でしょうか」

いくつかマシそうなものを探している最中、ぽつりとシズクが呟いた。

「皆様ってアイツらかよ。ほっとけばいいだろ」

我先にと飛び出していった連中をシズクは心配しているらしい。そのお人好《ひとよ》しさにウルは呆《あき》れた。

「あんだけ自信満々だったんだ。案外上手くいっちまうかもしれないぞ」

彼らの中には既に武具を身につけている者たちもいた。ギルドに顔を出す前から似たようなことをしてきた経験者なのだろう。思いのほかアッサリ課題をクリアする可能性は確かにあった。

「それはないと思います」

しかし、シズクは首を横に振った。ハッキリと確信するように。

「ん？　なぜ？」

「皆様、迷宮のことを侮っているようでしたから」

侮り、と言われると確かにそのとおりだ。彼らはグレンがちらつかせている指輪にばかり意識がいって、迷宮に挑むことは容易《たやす》いと侮っていた。そうでなければ準備もなしに飛び出したりすまい。

「私も迷宮探索の経験はウル様と一緒に戦ったときくらいでしたが、侮ってかかって上手くいくような場所ではないというのは理解できました」

その彼女の考えはウルも納得できた。放浪の中でいろんなヒトをウルも見てきたが、「楽勝だ」と侮りを見せる輩《やから》は遅かれ早かれ消えていったからだ。

「今回の依頼《クエスト》はそういった皆様を失敗させるためのものだと思います」

「鼻っ柱をへし折って、言うことを聞かせやすくするために失敗させると？」

「だから、酷い目には遭っているかもしれません。心配です」

シズクはそう言って、悲しげに目を伏せた。まあ確かに、あの指導教官は性格の悪さ的にも、実にそういうやり口を好みそうだった。しかし、なんというか……

「まあ大丈夫だろ。あの受付が『死にやすいのは困る』って言ってたのは嘘《うそ》じゃないだろうし、保険は用意してるさ。それより自分の心配をした方がいい」

さすがに、あんなバカでかい釣り針に引っかかる連中を心配してやるのは優しいが過ぎる。

「他人気にする余裕なんて、俺にもお前にもないだろ」

だから気にするなと、そう言ったつもりだった。しかし、シズクはそんなウルを見て、眼を細めて微笑みを浮かべた。

「なんだよ」

「ウル様、ずっと私のことを気にかけてくださっていましたから」

「それは……」

否定しようとしたが、ここまでシズクを気遣って動いていたのは事実だった。

「徳を仰げ」という育ての親の教えを条件反射でやっただけなのだが、わざわざ露悪的に自分を貶《けな》すのも馬鹿馬鹿しかった。

「はい」

「別に、手の届く範囲だったたってだけだ。いざとなれば自分を優先するよ」

「……分かってる顔されるの、ちょっとむかつくな」

「まあ」

やや理不尽な難癖をつけたが、シズクはニコニコと微笑むばかりだった。ウルは諦めて防具探しに集中すると、彼女もその隣で同じようにしながらも呟いた。

「私、ウル様と出会えて幸運です」

「そうかい」

以降は二人とも無言で、探し終えた頃には最低限、冒険者もどき程度の姿に変わっていた。

◆◆◆

迷宮都市グリード　行軍通り

迷宮大乱立時代、迷宮から溢れ出んとしていた魔物たちを抑え込むため、通りには多くの【神官】と彼らを支援する【従者】、そしてそんな彼らを守る無数の【騎士団】や【冒険者】たちが集《つど》っていた。その頃の鮮烈な光景がそのまま名前としてつけられた。大通りだ。

「様々な店がありますね」

シズクは興味深そうにあちこちを見回るが、ウルには見慣れた光景だ。ギラギラした商人たちが片っ端から声をかけてくる。相手にしていたらキリがない。

「おっと兄さんたち！　迷宮初挑戦かい？　いい物があるよ！」

「いらん、結構だ、商売頑張ってくれ、それじゃ」

「ちょいちょいちょい！　もうちょっと興味示してくれてもいいんじゃねえの!?」

面倒なので、速攻で袖にしようとしたが、食い下がってきた。無視しようとも思ったが、シズクはまだあちこちに興味があるらしい。しかたなくウルが足を止めて見ると、小さな小物店だった。それも、精霊たちをあしらったものだ。

「初探索かい!?　お守り買っていこう！　大勝負だ！　精霊様に祈るのは大事だろう！」

「【神官】でもないアンタの商品に、精霊様の加護があるようには思えんがなあ……」

そもそも精霊の加護が載った【聖遺物】が売られるわけもない。こういうのは、少しでも精霊たちの慈悲を授かれるよう、縋《すが》るためのお守りのようなものだ……とはいえ。

「そもそも金ねえよ。からっけつだ。他の客を探せよ」

「いや、そう言ったってちょっとくらいあるだろ？」

「残金、銅貨三枚。ちなみに全財産な」

大牙猪《グレートボア》の魔石を換金して得た資金は靴代やらなにやらで消費され、残ったのはこれだけだ。ソレを見た商人は憐れみの顔で沈黙した。ご理解いただけたようでなにより、と、ウルはそのままその場を去ろうとした。

「……あー、待て待て兄ちゃん、ほれ、じゃあこれどうよ。その銅貨一枚でいいから」

「要らねえって……髪飾りか？」

それは少し奇妙な髪飾りだった。その男が並べてる商品はどれも何かしら、精霊の御姿《みすがた》や文字が刻まれているが、それにはない。輪っかの中は空っぽだった。

「本当はその輪っかの中、精霊様のモチーフを納めるはずだったんだが、職人が途中で仕事ほったらかしにした未完成品なんだ」

「んなもん買ってもしょうがねえだろ」

「椅子が空いてりゃ、状況に応じて好きな精霊様が守りに来てくれるかもだろ？」

都合良い話だな、と言おうとしたが、目の前の商人の表情に悪意はなかった。少し考え、ウルは握った銅貨一枚を商人に渡した。「まいど！　死ぬなよ兄ちゃん！」という彼の言葉に手を振って、そのままウルはあちこちを見て回るシズクの方へと向かった。

「ああ、ウル様。ごめんなさい、キョロキョロとしてしまって――」

「つけとけ」

そのまま、購入した髪飾りをシズクに押しつけた。シズクは不思議そうに首をかしげる。

「なぜですか？」

「可愛いくて似合いそうだから」

それだけ言って、ウルはそのまま道を進んだ。シズクは与えられた髪飾りとウルを何度か見た後、そっと自分の頭につけて、ウルへとついていった。

◆◆◆

行軍通りはその後も活気づいて賑わっていた。様々な店舗が立ち並び、様々な人種が行き交い、商人たちが声を張り上げる。その通りを進んだ先にあるのが――

「……ここが」

【欲望の顎】と呼ばれる大広場の中で、肌身を刺すような異様な冷気が漏れ出す古びた門の先、深く深くどこまでも下へ誘《いざな》うような地下への階段。大罪都市国グリードの中心にして、イスラリア大陸最大規模の迷宮の一角。

【大罪迷宮グリード】の入り口だ。

「…………」

「…………」

ウルは黙る。シズクも同じく黙った。ぽっかりと開いた闇の中へ、足取り軽く進むことはできなかった。自然と汗が噴き出し、足が無意識に後ずさる。誰に教わるでもなく本能が夜闇を忌避するように、この先に進むことを忌避していた。

しかし、もう引き返すことはできない。

「……行くか」

根が張ったようになっていた足を強引に引き抜いて、ウルは一歩前へと歩みを進めた。それにならうようにシズクも続く。

二人は間もなくして、迷宮へと続く大穴の闇に飲まれ、見えなくなっていった。

◆◆◆

迷宮大乱立。

約六〇〇年前を境に突如世界中に発生した大災害。魔を孕《はら》む魔窟、【迷宮】の大量出現。

現在、人類が太陽の結界に護《まも》られた、ごく僅かな土地にしか住まうことが許されなくなったすべての原因であり、この災害に人類は数多《あまた》の犠牲を重ねながら立ち向かい、迷宮を攻略していった。

しかしそんな中、出現時から数百年経過した今でも、未だに攻略が果たされていない迷宮が存在した。通常の迷宮とは比較にならない圧倒的な規模と、凶悪な性質を秘めた超巨大迷宮。それらはヒトが背負いし宿業を名付けられた。

強欲　憤怒　嫉妬　怠惰　暴食　色欲　虚飾

その中でも、強欲《グリード》の名を関する迷宮がこことなる。

「バカ広いな……」

長い長い階段を下っていった先に待っていたのは、円形の巨大な広間だった。燭台《しょくだい》のような光源はないが、やはり魔力の光でうっすらと、薄気味悪い色合いで全体が輝いて見える。天井も自分が小人《コロポ》にでもなったかと錯覚するほどに高い。

空気は淀《よど》み、饐《す》えたにおいと生ぬるい湿気が肌に纏わりついて不快だった。

「やっぱ、俺が知ってる迷宮とは全然違うな……」

それは当然のことではあった。ウルたちがいるのはイスラリア大陸最大の魔窟、【大罪迷宮】だ。小型の洞穴が迷宮化したものとは訳が違う。しかし、頭で分かっていても恐ろしいものは恐ろしい。自然と手が震えた。

「怖いですか？」

それを見られたのか、シズクが尋ねてきた。虚勢を張っても意味がないと、ウルは頷く。すると不意打ちに、シズクがウルのその手を握りしめた。

「なんだよ」

「人肌の温度は恐怖を紛らわせてくれるそうですよ？」

「いや、こんなとこで――」

さすがに恥ずかしいと手を振り払おうとした。が、そのタイミングで不意に気づく。彼女の手は不死者か何かと勘違いするほどに冷たくて、小さく震えている。

「……ありがとう、助かるよ」

ウルは小さくため息をつくと、もう片方の手を彼女の手に重ねて、温度を分け与えるように強く握った。シズクは少し驚いたようだったが気にしない。

「さて、と」

そして手を離して前を向く。修羅場を前にイチャついている場合ではない。

武器は役立たずのガラクタ竜牙槍《りゅうがそう》、防具は先輩冒険者の遺品《リサイクル》。シズクも似たり寄ったりで、おまけに二人とも素人。万全とはほど遠いがやるしかない。

「目標は魔物一〇匹だよな……」

雑にグレンから指示された命令であるが、ひとまずはそれを指針として動くべきだろう。魔物を一〇匹狩り、その魔石を集める。それが今回の迷宮探索の目的となる。

「では、入り口のそばで魔物が来るのを待っていましょうか？」

シズクは先ほどウルたちが下ってきた階段を借り物の古びた杖《つえ》で指した。

「入り口で魔物を一〇匹倒せれば、すぐに帰れます」

「なるほど超賢い」

「ただなあ……」

実に合理的で無駄のない作戦で、ウルも同意したい気持ちだったが、しかし、

「ダメです？」

「俺もそこまで迷宮には詳しくないんだが、もしかしたらグリードは――」

そう言って説明しようとして、シズクを見た。

彼女の背後、彼女が背を向けた壁からずるりと、おぞましい面構えの【小鬼《ゴブリン》】が這い出してくるのをウルは目撃した。

「しゃがめ！！！」

そのまま、思い切りウルは竜牙槍を振りかぶった。言われるまま、シズクも素早くかがむ。ほぼ

同タイミングで、ウルはそのまま出現した直後の小鬼《ゴブリン》の頭に竜牙槍を叩き込んだ。

『GAAAAAAA!!!?』

「湧くの早っ……！」

想像より遥かに、あっという間に魔物が出てきた。もちろん、魔物を殺し、稼ぐことが目的のウルたちにとって喜ばしいことではある。あるのだが、これは――

「ウル様！」

シズクの鋭い声。その意味することは分かる。また魔物が湧いたのだ。魔石を拾おうとした手を止める。シズクは魔術を使えるが、詠唱には時間がかかる。だとすれば、自分が前に出なければならない。ウルは槍《やり》を再び構えて前に出る。

「下が――」

れ、と言おうとした。しかし、その前に既にシズクは自分の杖を振りかぶり、まっすぐに小鬼《ゴブリン》に対して振り下ろしていた。

『GUGYAA!?』

脳天が割れて小鬼《ゴブリン》が悶《もだ》える。小鬼《ゴブリン》の頭をかち割ったシズクは、痛ましそうに表情を歪《ゆが》めながらも、ウルに対しては強く頷いてみせた。

「力いっぱい、振り回すことは、できますね？」

「――頼もしいよ」

ウルは悶える小鬼《ゴブリン》に止《とど》めを刺しながら、頷いた。

相手が人類に仇《あだ》なす魔物であっても「殺す」という行為に対して躊躇《ちゅうちょ》を覚える者は多い。ウルはそれを悪いとは思わない。殺生そのものに対して躊躇《ためら》いを覚えない方が、どう考えたってヤバい奴だ。心に欠落がなければ、誰だって忌避感はある。

その忌避感を持ったうえで、躊躇わず「力いっぱい」ができるシズクは大変に心強い。

『GYAAAAAAAAAA！！！』

「あと二匹！　やっちまうぞ！」

「はい！」

◆◆◆

大罪迷宮グリード入り口　大広場　欲望の顎

「さーって、どれくらい辞めるかなっと」

冒険者ギルドの指導教官グレンは、広場の前に移動していた。長く手入れされていないような古びたベンチに腰掛けて、青い空を見上げていた。

「もう少しマシなやり方ってないの？」

そんな彼の姿を見て、彼についてきていたロッズは呆れた声を上げた。

訓練所に入ってきた新人冒険者たちをいきなり迷宮に叩き込む。

このやり方はグレンが教官になってから恒例行事と化していた。以前はもう少し段階を踏んでいたが、彼が指導教官になってからはずっとこうだ。ハッキリ言って「雑」の一言に尽きるやり方なのだが——

「あんなチンピラもどきにバカみたいな時間と金かけていいなら、あるかもな」

「そうなるわよねえ……」

結局、ものにならないかもしれない人材を手厚く扱うことはできないのが現実だ。金も時間も無限ではない。ついでに言うなら、彼のやり方は雑で乱暴だが、事実として新人の生存率向上には一役買っているので、それをやめろとも言いがたいのだ。

「……そういえば、ちょっと変わった新人が来たってマーリィが言ってたんだけど」

「ああ、あのガキどもか」

思い当たるのか、グレンがだらけきった表情を少しだけ切り替えて顔を上げる。

「灰色のガキはどこにでもいるようなつまんねえ、ついてねえガキにしか見えなかったがな。今の、、、ところは」

「もう一人の子は？」

少年の方はともかく、もう一方の少女はマーリィ以外からもちらほら話に聞いている。目を奪われるほどの美しい少女が、わざわざ冒険者となるためやってきたと。

「……さあな」

グレンは素っ気なく返した。しかしそれが興味のなさ故の雑さでないことは、それなりにグレンと付き合いのあるロッズにはすぐに分かった。

「意味ありげじゃない」

「うるせえな。知りたきゃ自分で見てこいバーカバーカ」

幼稚極まる罵倒《ばとう》にロッズは肩の力が抜けた。

「これが冒険者の最高峰だっていうんだから……」

「文句があるならそう決めたトップに言え」

「言えるわけないでしょまったく」

◆◆◆

大罪迷宮グリード　第一階層

「【焔《ほむら》よ唄《うた》え、我らが敵を討ち祓《はら》え――火球】!!」

シズクの美しい、鈴のような声と共に紡がれる魔術の詠唱と、そこから放たれる火球は、まっすぐに小鬼《ゴブリン》たちに直進し、焼き払う。

『GIIAAAAA!?』

「と、どめ!!」

身体を焼く炎に悶える小鬼《ゴブリン》たちに、ウルは竜牙槍を叩き込む。刃はやはり潰れていたが、炎に悶える小鬼《ゴブリン》の脳天をかち割るには十分だった。

「つふぅ……」

ウルはため息をつく。魔物の出現はひとまず収まった。いきなりの戦いで肝が縮んだが、今の攻防で四匹の小鬼《ゴブリン》を討って、残り目標は六匹だ。

小鬼《ゴブリン》たちの死体があった場所に転がる魔石を拾い集める。この調子を崩さず、気をつけていけば、残り六匹分の魔石も問題なく集められる――

「ウル様」

　魔石を布袋に突っ込んでいると、シズクが声を上げた。魔物はいないはずだが、やや緊張を孕んだ声だった。応えるようにウルは顔を上げる。

「どうした？」

「ここはどこでしょう？」

　最初、彼女が言っている言葉の意味が分からなかった。今いる場所は迷宮の出入り口で、そこから動いていない――そのはずだった。

「…………ん？」

　ウルたちが立っている場所、迷宮の出入り口だと思っていたその場所は、景観が変わっていた。確かに小鬼《ゴブリン》との戦いの最中、ウルたちは戦いやすい場所へと移動したが、そこまで動いたつもりはなかった。そのはずなのに、今はもう自分たちがどこにいるか分からない。

「迷宮に引きずり込まれたか……？」

「迷宮に？」

「迷宮は、入ってきた奴を奥に引きずり込んで殺すんだって」

「物騒ですね？」

　昔冒険者をやっていたとかいう飲んだくれが、ウルやアカネ相手に繰り返し言っていた。迷宮は時に意思を持っているかのように、冒険者《じぶん》たちを殺そうとするのだと。気がつけば取り返しのつかないほどの奥にまで、追いやられて殺されるのだと。

そのウルの予想を肯定するように、通路からずるりと何かが這い出る音がする。ウルが振り返ると、迷宮の壁から無数の【影犬《ロウドッグ》】たちが現れ、ウルたちを睨んでいた。

「まずい……！」

『GAAAAAAAA!!』

影犬《ロウドッグ》たちの咆哮《ほうこう》に、ウルとシズクは急ぎ下がる。数が多すぎた。

「くっそ、このガラクタ、【咆哮《ハウル》】が使えりゃなあ……！」

竜牙槍に存在する本来の機能に思いを馳《は》せるが、そんな機能、ウルの持つ竜牙槍もどきにはない。駄々をこねたところでないのだから、考えても意味がなかった。

「次の十字路を曲がって止まって、迎え撃つ！」

「はい！」

背後から来る影犬《ロウドッグ》は四匹。足を止めて戦うには数が多すぎる。反撃を喰《く》らうのも覚悟で、せめて不意打ちで一匹を落とす！　その覚悟でウルは目の前の十字路を曲がった。

『OOOOOOOOOOOOOO……!!』

その曲がった先に、ウルとシズクが二人並んでも優に超えるような幅の、巨大な足が出現した。

「んんんん!!!?」

ウルはみっともない悲鳴を上げる。同時にその足がウルの方向へと動き出し——

◆◆◆

「おーおー、ゴミ虫どもが次々に」

指導教官グレンは、のんびりとした口調で目の前の光景を眺めていた。

「…………」

「……ぅう」

「いでぇ……いでぇ……」

大罪迷宮グリードの出入り口付近には、大量の冒険者見習いたちが倒れていた。彼らは揃《そろ》って訓練所内でグレンに悪態をついていた連中だった。

「威勢良く飛び出していったくせになっさけねえなあ。指輪欲しくねえのか？　お？」

「やめなさいっての……」

グレンは追い打ちをかけるように更に煽《あお》るが、見習いたちは言い返すこともできず、地面に倒れ込んだままだ。パクパクと口を動かすが、か細い呻《うめ》き声になって消えていった。

「なんでえ、根性のねえ。まだ罵《ののし》る気力残ってたら割と見込みあったんだがな」

「相変わらず無茶苦茶」

すると迷宮へと続く階段からまた新たな声がした。グレンとロッズがそちらに目線を向けると、一人の女冒険者が迷宮から姿を現した。獣人《ガウル》特有の耳、片手には剣を握り、そしてもう片方の手で、ボロボロになった冒険者見習いを引きずっていた。

「新人未満たちの救出部隊《サルベージ》なんて厄介な仕事を押しつけないで」

「んだよ。お前くらいなら楽勝だろ、カルメ」

『魔石を横取りするな！』って殴られそうになった。また無駄に煽っただろう、教官」

「お前のときみたいにな」

そう言われて、カルメと呼ばれた冒険者はとても苦々しい顔になりながら、救助した冒険者を容赦なく放り投げる。

「いっでえ……！」

「戦闘中の横やりなんて、冒険者によっては普通に殺されるぞ。次はないと思え」

迷宮に騎士団はいないのだから、と痛みに悶える見習いたちに容赦なく言葉を浴びせる。何か言い返そうと顔を上げる彼らの目に、彼女がしている銀色の指輪が飛び込んできた。

「銀級……」

それは間違いなく、冒険者の中でも英雄として扱われる【銀級】が持つ指輪だった。

「ちなみに、最初に魔物一〇匹狩ってきたのもカルメなので賞品コイツのな」

「要らない」

最初の約束がペテンであることを明かされてなお、文句を言う気力が残っている者はここに残っていなかった。

「これで全員か……？」

「あと二人だ。男女のガキコンビ」

グレンは即答する。誰が迷宮に入り、誰が残っているのかをグレンは正確に把握していた。いつも雑だが、こういうところはよく見ているからこそ彼は教官職を続けられる。

「……分かった。とにかく残り二人。上手くいきそうなら放置してもいいが――」

カルメがそう判断しようとしていたときだった。

「おおうカルメか。鼻垂れどもの救助ご苦労さんじゃ」

広間のすぐ横、迷宮から帰ってきた冒険者たちの魔石を鑑定する換金師、ゴゴ爺《じい》がやってきた。

普段仕事場から動かない彼が珍しいと、カルメは首をかしげて尋ねた。

「まあ仕事は面倒だけど、どうした」

「いや、気になってな？　大丈夫か？」

「何が」

ゴゴ爺は顎でしゃくる。そこには新人たちとは別に複数の冒険者たちが集まり、何か会話をしていた。装備を見るに〝白亜〟の連中なのだろうが、表情は全員深刻だった。

「どーも、中層の水晶地帯で彷徨《うろつ》いている【宝石人形】が上層まで上がってきたらしくてな？　もしかしたら活性期が始まったのやもしれん」

新人と遭遇したら木《こ》っ端《ぱ》微塵《みじん》じゃろ？　と半ば半笑いで、半ば真剣に彼は語る。カルメがグレンとロッズを見ると、ロッズは顔を強くしかめ、グレンは軽く肩をすくめて言った。

「死ぬかもな？　ガキども」

「言ってる場合!!!?」

カルメは迷宮へと再び飛び込んだ。

◆◆◆

それは大きく、宝石のように輝いていた。比喩ではなく本当に輝いていた。

全長一〇メートル超。巨大なヒトの形を模した怪物。所謂《いわゆる》、人形《ゴーレム》と呼ばれる魔物であることはウルにも分かった。ウルの知っているものと違いがあるとすれば、その身体を構成する物質が、キラキラと輝く宝石のような石でできている点だ。

迷宮の通路の仄《ほの》かな光を反射し妖しく輝くその人形《ゴーレム》は、奇妙な荘厳《そうごん》さすらあった。

問題は、その眩い巨人が自分たちを踏み潰そうと迫ってきていることである。

『ＯＯＯＯＯＯＯＯＯ………！』

「まてまてまてバカバカバカ死ぬ死ぬ死ぬ!!」

「死にます！！！」

ウルとシズクは必死に走っていたが、なかなか引き離せない。

巨人の動きは一見すると緩慢に見えるが、一歩進むだけで、全力疾走するウルたちとの距離を詰めて、ついでに踏みならした衝撃でこちらを転げさせてくる。

「俺たちはネズミか！」

まさにそんな感じだった。走っても走っても、人形《ゴーレム》から距離を離せない。それだけでも危機的状況だというのに、更にまずいことがある。

「私たち、どこを走っているのでしょうか……!?」

「分からん!!」

ただでさえ自分たちの位置を見失っていたのに、人形《ゴーレム》に追い回され、いよいよもってウルたちは迷子になっていた。どんどん奥へと進んでしまっている気がするのがなおまずい。

「追ってきてるのは!?」

「人形《ゴーレム》だけです！」

唯一良いことがあったとすれば、あの人形《ゴーレム》が影犬《ロウドッグ》たちを木っ端微塵に踏み潰したことくらいだ。

だが、結局追われている構図に変化はない。

『ＯＯＯ……!!』

「【帰路を示せ】!!」

右手をかざし、白亜の指輪に込められた魔術を起動させる。魔導具としての唯一の機能。迷宮の出口を示す超簡易の魔術。しばらくすると指輪の上部にシンプルな矢印が表示された。それはウルたちの進んでいた方角と反対を指し示した。

「やっぱ逆か！」

ここを出るには、今宝石人形が迫ってきている方角に向かわなければならない。つまり、隙《すき》を見て、あの巨人の身体をかいくぐって引き返さなければならなかった。だが――

『ＯＯＯＯＯＯ……』

「どの、タイミング、で……！」

宝石人形は引き続き追いかけてきている。下手に足を止めれば踏み潰される。

「落ち着け、ここは第一層のはずだろう……!?」

ウルは自分に言い聞かせる。あまりの巨大さに思わず逃げの一手になってしまったが、ここは迷宮の入り口だ。ウルと同じような素人たちがうろうろとするような浅い階層に、本当にどうしようもないような敵がいるとは考えにくい。

『ＯＯＯＯ……！』

拳が掠《かす》める。寸前で転がるように回避したウルは眼前に伸びているキラキラと輝く人形の腕に、ものは試しと竜牙槍を振り下ろした。

「こんの――――!?」

がいん、というあまりにも不細工な音が響いた。跳ね返ってきた感触は、鈍く、堅く、そして、無慈悲だった。そして宝石人形の腕には傷一つ残されていなかった。

コレは無理だ。

今の自分の実力では、そしてこの竜牙槍《ガラクタ》では、百万回攻撃を振り下ろしても、傷一つつけることは叶わない。それを強く確信させる感触だった。だが、それに気づくのが遅かった。既に宝石人形は次の攻撃動作に移っている。

「隙を作ります！」

すると、シズクもウルの判断ミスを理解していたのだろう。再び鈴の音のような声で唄《うた》を奏でる。詠唱によって精度を高めた魔術を即座に放った。

「【火球】！」

シズクの炎が宝石人形の頭部に着弾し、僅かに頭部を退けた。

『ＯＯＯ……！』

ダメージを受けた、ようには全く見えなかったがよろめきはした。その結果ウルへの攻撃がブレ、すんでのところでウルはミンチとならずにすんだ。

「うっおお……!?」

ウルは命拾いをしたが危機はまだ去っていない。宝石人形は、今度は火球を叩き込んだシズクの方へと身体の向きを変えていた。まずいぞ！　とウルは振り返るが、シズクはなぜか上手くいったと言わんばかりに頷いた。

「ウル様！　私が囮《おとり》になりますから逃っ、あいた!?」

「バカかお前!?」

のたまいはじめたので振り返った勢いのまま頭突きして、そのまま首根っこを掴む。

「人形は私を狙ってます！」

「だから逃げてんだろうがボケェ!!」

引っ張りながら前へと走る。人形から離れるのではなく、人形の真正面をくぐる。

このタイミングが正解なのかはウルには分からない。ただ、見上げても頭部が見えないほど接近した人形に更に突っ込むのは、否応《いやおう》なく足が竦んだ。

『OOOOOOOOOO……！！！』

宝石人形の手が動く。先ほどのシズクの魔術によってややバランスが崩れているが、乱雑にウルとシズクへと手を伸ばす。ウルは咄嗟に竜牙槍を上段へと構え、身を守ろうとした。

次の瞬間、上から全身の肉が一気にひしゃげるような重量が降りかかった。

「ぐっぉ…………が……!?!?」

死ぬ。これは死ぬ。全身の筋肉が悲鳴を上げて骨が軋む。虫を払うような人形の攻撃一つで、ウルは虫のように死にそうになった。

「ウル様！！！」

「動、な、…………!!」

シズクを制止しようとするが、もう声も出ない。潰れて、ミンチになって死ぬ。

「…………!【焔よ唄え、我らが敵を討ち祓え】!」

次の瞬間、シズクはウルの命令を無視して動いた。人差し指を突き出して、再び魔術の詠唱を開始した。あの小迷宮のときを思い出す。彼女は三回目の魔術で限界だった。つまりだいぶ無理をしている。だが、今のウルに彼女を気遣う余裕は皆無だ。

「【火球】!」

シズクの三発目の魔術は、その狙いどおりまっすぐに飛んでいった。彼女の狙いは宝石人形の頭部ではない。ウルの竜牙槍にのしかかった中指、その先端だ。

ウルを圧《お》し潰そうとしていた指先は、火球が直撃した衝撃でほんの僅かに浮き上がり、ウルをその重量から解放した。

「っっっだあああ!!!」

肉が潰れ骨がへし折れる寸前、その一瞬の隙を縫うように、竜牙槍を斜めにした。力は流れ、指はそのまま地面に落下する。そばの二人を掠めて、宝石人形の分厚い指は地面に食い込んだ。

「つぶは!!」

詰まりかけていた肺から息を吐き出す。痛みと汗が一気に噴き出して身体が麻痺《まひ》する。だが、まだ倒れ込むわけにはいかない。

「逃げる!!!」

「はい!!」

ウルとシズクは同時に駆けだした。二人とも分かっていた、もう限界だと。あとは逃げる以外やれることはないと。

だが、ウルは既に疲労困憊《ひろうこんぱい》だった。足が動かせているのが奇跡に近い。このままだと追いつかれる――――!?

『OOOO…………』

「「……は？」」

だが、そんなウルの絶望的な予想とは真逆に、宝石人形は追ってはこなかった。それどころか、一瞬こちらを見ていたが、次の瞬間には振り返って迷宮の奥へと進んでいった。そのまま闇に呑《の》まれて見えなくなった。

「いきましたね」

「…………らしい、な」

最後までそれを見届けた後、ウルはがっくりと両膝をついて地面に倒れた。隣のシズクも同じようにした。

「しぬかと、おもった」

「おもい、ました」

まだここは迷宮だとか、魔物が来る危険性だとか、そんなことを考える余裕は二人にはなかった。ただただ、嵐が過ぎ去っていった事実に呆然《ぼうぜん》となるしかなかった。

「まさかあれが、いつもどおりとか、言わねえよなあ……あんなん無理だぞ。うん、無理無理」

「どう、でしょう……？　さすがに、危険が過ぎると思いますが」

「……そういや、魔石一〇個って集まったっけ？」

「途中で、影犬《ロウドッグ》が木っ端微塵になったので、まだ……」

「冒険者辞めてえ……！」

ウルの切実な嘆きが迷宮に木霊《こだま》した。

◆◆◆

大罪迷宮グリード入り口　大広場　欲望の顎

「さて、無事の帰還おめでとう雑魚ども」

グレンの目の前には、ズタボロの悲惨な姿になった冒険者見習いたちの姿があった。彼らは一様に怪我《けが》を負っていたり、自慢の武器がへし折れていたりと、なんとも哀れな状況だ。迷宮に飛び込んでいったときの勢いは皆無だ。

「本当に、死ぬかと思った……」

「カルメ様が来てくださって本当に助かりましたね」

そしてその中にウルとシズクの姿もあった。

あの地獄の鬼ごっこの後、騒音を聞きつけた救助部隊《サルベージ》の銀級冒険者によってウルたちは救出された。結局、魔石一〇個を集めることに失敗したわけなのだが、それ以上粘るのも限界だったウルとシズクは、素直に救助を受け入れた。

――初探索で宝石人形に追い回されるとは、貴重な体験だったな。

銀級冒険者にそう言われたが、それが慰めなのか何なのか判断に困った。

「宝石人形に追い回された哀れな奴らもいるらしいが、別に迷宮でイレギュラーなんて珍しくもない。救助部隊が用意されていたなんて幸運だったな？」

明らかにウルたちの方を見て肩をすくめるグレンに、この野郎と思わないでもなかった。だが想定外が迷宮につきものというのは、今回の探索で十分思い知った。聞いてない！　不備がある！　なんて文句をつけたって、聞いてくれる者はいない場所なのだ。

「んーよし、あとはカルメ。なんか言え」

「面倒だからって仕事を投げるな」

「いーだろがよ。報酬はギルドからもらってんだろ？　頑張れ」

割に合わない、とウルたちを助けてくれたカルメという冒険者はため息を吐き出すと、ボロボロの一同を睨んだ。

「理解できただろう。迷宮探索は、特に大罪迷宮探索は決して容易くない」

鋭いその声は疲れ切ったウルたちの頭に深々としみ込んでいった。

「魔物の凶悪さ、出現頻度の高さ。だが何よりも違うのは、迷宮の悪意だ」

悪意。その言葉にウルは、自分たちが為《な》す術《すべ》なく迷宮の奥へ奥へと引きずり込まれるように進んでしまったことを思い出した。

「侮り、油断した者の心を大罪迷宮は容易く喰らう。小規模の迷宮を攻略して図に乗って、ここも同じだとタカをくくって死んだ冒険者もどきは数え切れない」

びくりと、思い当たる節がある者は反応するが、返す言葉はなかったのか顔をうつむかせる。

「常に気を張り詰めろとまでは言わない。だが、自分たちが世界最大の迷宮に挑んでるという自覚は忘れるな。あとは……そうだな」

彼女はしばし考えた後に、自身の銀の指輪を爪でキンとはじいた。

「気づいているだろうが、この訓練所で本物の指輪を渡す気なんぞ最初からゼロだ」

そして、腕を組んでのんびりとしているグレンをびしと指さした。

「この男、実力は確かだが指導方法が壊滅的に雑だ。壊れたくなければ盗めるところは早いところ盗んで、適当に見切りをつけろ。以上」

それだけ言って、仕事は終わったと言わんばかりに彼女は再び迷宮へと潜っていった。救助の仕事をこなして更に迷宮に潜るつもりのようだ。一流の冒険者は体力も違うらしい。

そしてグレンは、先ほどのカルメの罵倒めいた指摘をまるで気にする様子もなく、朗らかな口調で言った。

「そんじゃーけーるぞー。帰ったらグラウンド二〇周なー。魔力なじませねえと」

まだやる気があるならな？　と、最後に挑発的に告げたが、それに応じて声を上げられる元気の残っている者は一人もいなかった。

冒険者ギルド・グリード支部　訓練所　第二四五期生
参加者二五名、うち脱落者八名、残り一七名

三章　冒険者になろう！阿鼻叫喚編

EPISODE 3

冒険者ギルド・グリード支部　訓練所　第二四五期生　訓練二日目

「おう、新人ども。良い朝だな、目覚めはどうだ」

「だりぃけど、それ以上にお前がしごいたガキ二人が死んでんだけど」

「息はしているな。よし、今日は朝から迷宮な。魔物を殺してこい。目標二〇匹な」

「この前の二倍になったんだが」

「なんだ、ならランニングするか。日が暮れるまで走り続けてもいいぞ」

「逝ってきます」


参加者一七名、うち脱落者三名、残り一四名

◆◆◆

訓練三日目

「おーおー、死屍《しし》累々《るいるい》だな。死んでるんじゃねえのコイツとか」

「殺した張本人がよく言うな……」

「まーしゃーねえ、今日は休みだ休み。休みなく身体を酷使しても死ぬしな」

「……教官、そのごん太《ぶと》な本はなんでしょう」

「身体を休ませてる間は脳を動かせ。魔物の知識はあるだけ身を助けるぞ」

「まあ、生死を彷徨《さまよ》うよりは座学の方が……」

「なおテストでトチったら殺す」

「生死を賭けないと気が済まないのか」


参加者一四名、うち脱落者二名、残り一二名

◆◆◆

訓練四日目

魔術ギルドのギルド員、ミナミはその口憂鬱《ゆううつ》だった。

理由は明快だ。今日は冒険者ギルドの要請で、新人の冒険者見習いたちに魔術の指導をしてあげなければならないのだが、これがまた面倒なのだ。

冒険者は粗暴で、口が悪くて、覚えが悪くて、失敗するとこっちのせいにしてくる。

もちろん、全員がそうでないことは知っている。【白海《はっかい》の細波《さざなみ》】のベグードや冒険者ギルドのトップ【神鳴《かむな》のイカザ】は吟遊詩人の語る定番の英雄だ。でも見習いたちはもちろん英雄たちではないのだ。

「まったく、魔術をなんだと思ってんだか……」

世界に満ちた魔力というエネルギーを活用するため、血の滲《にじ》む研究の果ての結晶。偉大なる精霊様たちの力を、ヒトの手で再現するための業深き技。その上澄みを教えてやろうというのに適当な態度をとられると、顔面に英知（火炎魔術）を叩《たた》き込みたくなる。

いや、もし今日舐《な》められたら本当にそうしようとミナミは決意していた。

「今日はよろしく頼む。ミナミさん」

だから今日生徒となったウル少年を前にしたとき、ミナミは割と肩透かしを喰《く》らった。

彼の年齢は十五なので一応成人扱いだが、もっと幼く見えるのは小柄だからだろうか。ボサボサの灰色の髪、目つきは悪いが、以前ミナミが指導した冒険者のようにいきなりオラついて侮ってかかるような真似はしないだけで、好感が持てた。

授業態度はどうだろうか、と身構えるとこれまた悪くはない。

「【魔言】を唱えての【詠唱】。あるいは【術式】の記入、図形を用いた【魔法陣】、いくつものプロセスを経て魔術は完成するの。冒険者なら【詠唱】か【術式】ね」

「【魔法陣】は？」

「他の二つと比べて工程が複雑なぶん、冒険者にはあまり好まれないわね。迷宮でダラダラと地面に絵図を描き込んでる暇なんてなかなかないでしょ？」

「なるほど」

頷《うなず》くウル少年の殊勝な態度に、ミナミはニッコリと微笑《ほほえ》む。少年はこちらの指導に対して従順だ。良い意味で冒険者らしからぬ少年だった——彼の他の生徒は机に突っ伏して眠りこけやがったので、後で英知（雷魔術）を喰らわせてやるつもりだが。

「熱心ですね。魔術に興味が？」

「正直言うとこれまではあまり。便利なのは知っていたんだが……」

学ぶ時間なんてなかったし、と少し恥ずかしそうにする。そういった姿はやはりどこにでもいる名無しの少年の悲哀を感じた。

「ただまあ、今一緒に迷宮に潜ってる相方に魔術を頼りっぱなしだからな。せめて、戦闘以外の魔術はフォローできるようになりたいと思ったんだ」

少年は真面目な表情でそう語る。その表情に何かを感じ取ったミナミはニヤリと笑った。相方というのは女の子なのだろう。良いところを見せたいのだろうか。ほほう、青春ですな。となにやら勝手に盛り上がってしまった。

「その相方さんも今日は勉強に？」

「あー……」

尋ねると、なぜか少年は少し複雑そうな表情を浮かべながら、隣の教室を指さした。

「隣の教室で魔術ギルドの男を侍《はべ》らせてる」

「ん？？？」

隣の教室を見る。白銀の少女が机に座って授業を受けていた。教卓には当然、指導員の魔術師がいるのだが――――多い。なぜか五人くらいの魔術師たちが集結している。

「いやあ、君の魔術の才能は素晴らしいね!!　天才だよぉ！」

「まあ、ありがとうございます、レレイン様」

「フフフ、いやあ君みたいな可憐《かれん》で優秀な子が欲しかったなあ！　ほら、魔術ギルドの女性員って……変人が多くってねえ？」

「あら、いけませんよメル様。そんなふうに言ってしまっては」

「ハッハッハ!!　よーしおじさん！　最近発明した最新魔術教えちゃうぞぉー！」

「凄《すご》いです!!　ロロンド様！」

わっはっは、と実にデレデレな野郎どもの大合唱が隣の教室から響き渡った。

「――ちょっと待っててね、ウルくん」

「え、あ、はい」

そう言い残し、ミナミはメリケンサック型魔導具を右手に装着し、隣に乱入した。

「英知ぃぃいいいいいいい!!!!!!」

英知（爆散魔術）が輝き、魔術教室の一つに盛大な爆発音が響き渡った。

◆◆◆

冒険者ギルドの訓練生であれば、無料の宿泊施設をご利用いただけます！

というのは、訓練生として参加するうえで釣り餌として利用される構文の一つなのだが、その宿泊施設というのがギルド内に建築された【宿泊棟】と呼ばれる施設である。

あまりに直球な名称であるが、この建築物のホスピタリティは底辺だ。

汚い、狭い、ベッドは臭い。日の光は当たらないしかび臭い。空き部屋だけは充実しているので広さだけは確保できるそんな最悪な宿の一室にて、

「と、いうわけで親切な魔術ギルドの皆様にたくさんの魔術を教えていただきました」

「その親切なおじさんたち、黒焦げで吹っ飛んでったけどな」

ウルとシズクの二人は、その日の戦果を報告し合っていた。

普段はこんな報告会はしないが、今日の訓練は魔術の学習である。通常の鍛錬よりも圧倒的に手札が増える好機であることを踏まえ、確認のためにこうして場を設けた。

とはいえ、さすがに寝室に女を招くのは失敗だったのかもしれない、と寝間着――というほど上等なものもなく、ほぼ下着姿――のシズクから目を逸《そ》らすようにしながら思った。

「これでもっとウル様のお役に立てます」

当のシズクは、そんなウルの気遣いなど気にも留めていないらしい。今回学んだいくつもの魔術を確認し、嬉しそうに微笑みを浮かべている。

「もう十分に役に立ってるけどなあ」

お役に立ちすぎて、ウルの方が足を引っ張っている気がしてならない。

出会ったときから薄々感づいてはいたが、彼女は容姿のみならず、魔術師としてのセンスも並大抵ではなかった。今回覚えたという魔術の数は、どう考えても一日で習得できる数ではない。早くも彼女は一端《いっぱし》の魔術師として開花しつつある。

対象の汚れを消し去る【浄化】の魔術くらいしか身につかなかったウルとは違う。

「ですが、【浄化】もとっても便利な魔術ですよ？」

「そういう魔術を選んだからな」

迷宮で活躍してもらうぶん、普段は魔力を温存してもらわねばならない彼女の代わりに活用できる魔術を選んだのだ。そうでなければ困る。

「あとは……手、触っていいか？」

「はい」

ソレともう一つ、ミナミに教えてもらったものがある。

ウルは差し出されたシズクの掌《てのひら》に優しく触れる。そしてミナミから指導されたとおり、いくつかのツボをそっと優しく指圧していった。

「……ウル様？」

「魔術師が急成長すると、自分の魔力で身体を痛めるって聞いたんだ」

特に魔力を溜《た》め込む【魂】の末端部分である掌、指先は痛みやすいのだという。そのケアの仕方をウルは学んでいた。付け焼き刃だろうが、やらないよりはいいだろう。

「……ありがとうございます。ウル様」

「これくらいしかやってやれないだけだよ」

そう思いながら指圧を続ける。少しだけくすぐったそうにしながらも、シズクはウルの手を振りほどくことなく受け入れた。嫌がられてはいないようでウルは安心した。

「ウル様は優しいですね」

「そうかね」

「あと、タラシと言われたことはありませんか、ウル様」

「なんで？」

解せぬ。と思いながら、その夜は更けていった。

参加者一二名、脱落者なし（魔術ギルドの臨時教官、爆散魔術により五名負傷）
冒険者見習いウル【浄化】の魔術習得
冒険者見習いシズク【四属性】の魔術を複数種類習得

◆◆◆

訓練五日目

第二四五期生の訓練生の一人、クラフト。獣人《ガウル》の名無しである彼は、これまで何度も小型の迷宮に潜ったことのある、典型的なもどきだった。なまじ、魔物退治の経験は何度かあったものだから、訓練所の話を聞いたとき、彼はまあまあ舐めくさっていた。

――シロウトどもに囲まれてオベンキョウするだけで、宿泊費免除なんてラッキー！

と、このように侮りと慢心を抱え、彼は訓練所に足を踏み入れた。その結果、

「おらぁ!!　なあに寝惚《ねぼ》けてやがるんだコラ！」

「おがあぁ!?」

彼はそこそこの地獄を見ることとなった。

——今日は模擬戦だ。俺を魔物と想定して全力で殺しにかかれ。

あの忌々《いまいま》しい無精ひげ。グレンから、その日の訓練の内容を聞いたときは好機《チャンス》だと思った。何の好機かと問われれば、もちろん復讐《ふくしゅう》の好機である。今日に至るまで散々、好き放題殴ってきたクソヤローに一矢報いる好機だと。

そう思ったのは自分だけではなかった。他の同期生たちも思いは一緒だ。戦いが始まる前、ギラついた眼をした奴らがグレンを取り囲んだ。手に持っているのは木製の武器だが、脳天を殴れば死ぬだろう。実際殺す勢いの奴が何人もいた。

「おっしそんじゃ開始————死ね」

そして戦いが始まった途端、彼らは宙を舞った。比喩ではなく文字どおり全員空へとぶっ飛んで、地面に墜落してピクピクと痙攣《けいれん》した。

「まだまだ威勢があるみたいで俺は嬉しいよ。嬲《なぶ》り甲斐《がい》がある」

グレンはそう言ってニッコリ笑った。

コレは訓練じゃなく邪悪なリンチだ、とクラフトはそのとき理解したが、遅かった。

「オラァ!　さっさと立ち上がれ!　殺すぞ!!　立ち上がったらちゃんと殺してやる!!」

「つごえ……!?」

自分にも腹に蹴りが飛んできて嘔吐《おうと》する。この野郎は悪魔に違いなかった。既に新人たちは壊滅状態だ。未《いま》だに立っていられる者は、たった一人しかいなかった。

「大変、です……」

銀髪の少女、シズクだ。

訓練生の中でも一番目立っていた少女だ。なにせあまりにも容姿が際立っていた。口さがない者に、その容姿を売り物にした方がいいと陰口を叩かれていたこともあった（その際、彼女とコンビを組んでる灰色のガキと喧嘩《けんか》になってる奴もいた）。それくらい場違いな感じの少女だった。

「立ってるのはいいが、棒立ちか？　それならいい的《まと》だなあ？」

「です、ね。【氷よ唄《うた》え、穿《うが》て】」

彼女だけがグレンのリンチを耐えていた。容姿だけでなく根性も一流らしい。しかし、

「敵の前で詠唱始めるなら手立て考えてからやれ！！！」

「つが!?」

その彼女の才能でもってしても、グレンにはまるで通じていなかった。

「壁いねえ魔術師なんぞサンドバッグだ！　女殴られて寝たままとかタマついてんのか！」

知るかボケ!!　っつーかいいように殴ってるのてめえだろうが！！！

と心底思ったが、声に出すことはしなかった。気絶したフリをして倒れ込んだ。あの悪魔の前で盾になろうとは、とても思えなかった。他の連中も同じだった。立ち上がろうとする者は――

「あ゙あ゙……しんど……」

一人いた。あのシズクとコンビで迷宮に潜っているウルだ。見ればグレンに殴られて切ったのか額から血を流しながら、ぐったりとした顔で立ち上がった。

「お、おいバカ、や、やめとけって……」

「ああ？」

思わず声をかけてしまった。少年の姿はあまりにもヘロヘロだった。その有り様でグレンへと突っ込んだら本当に事故になりかねない。

「寝とけって……！　死ぬって……！」

「かーもーな……」

しかし、そんなクラフトの親切を無視して、ウルは竜牙槍《りゅうがそう》を掴んでグレンに向かって突っ込んだ。

疲労と痛みでロクに頭が回っていないのだろう、無策の特攻だった。

「つごえ……」

そしてその結果は、やはり無残だった。ウルはシズクの盾となることもできずに、一瞬でグレンに吹っ飛ばされてクラフトのいる場所に転がった。

「だから言わんこっちゃ……」

「あー口切れた……いでえ」

「だから寝てろって……!!」

血と土の混じった反吐《へど》を吐きながら、再びウルは立ち上がる。クラフトは悲鳴を上げた。

「ここで意地張ってもどうこうなるわけじゃねえだろ？　やり過ごせって……！」

クラフトも少しはウルの事情を知っている。シズクの巻き添えで、ウルもやや訓練生の中では目立っていたので、興味本位で彼の話を聞いていたのだ。

「妹助けるためだとして、ここで死んだら元も子も――」

「アカネ……？　ああ……そういえば、そうだった」

だが、灰色の少年の口からこぼれた言葉は、クラフトの想像したものとは違った。

「はあ!?　じゃあなんで……」

「アレを」

ウルは目の前でシズクが嬲られてる姿を睨《にら》むように見つめ、血を吐き捨てた。

「見て見ぬふりするのがむかつくってだけ――だ！」

吠《ほ》えて、再び突撃する。確実に、また無残にぶん殴られて地面に転がされるオチが待っている。

それを理解してなお、彼に躊躇《ためら》いはない。その姿を見てグレンは笑った。

「――へえ、いい面《つら》できるじゃねえか。だが死ね」

「うるせえ、お前が死ね」

再び少年少女が殴られはじめる。だが、それは先ほどよりも長く続いた。その音を聞きながら、倒れ続けたクラフトは静かに決意した。

冒険者を志すのはやめよう。

◆◆◆

参加者一二名、うち脱落者四名、残り八名

訓練六日目

「おーおー。だいぶ人数減ってきたな、よっしゃ」

「本音を包み隠せゲス野郎」

「めんどうくせえんだよ。お前らも早く辞めろ」

「冒険者ギルドってのは、どこもかしこもこんなひでえ訓練やってんのか……」

「他の訓練所はもっとまともらしいぞ。この前ロッズに注意受けたからな」

「マジかよ他の都市行きてえ……」

「お、行くか？　手続きなら受付で書類をもらえるぞ。都市間の移動なんて普通なら自己責任なんだが、冒険者ギルドの訓練って名目なら【移動要塞《ようさい》】の利用と減額が許可される。この手続きにも抜け道があってだな」

「普段の指導の百倍熱心で丁寧な説明」

参加者八名、うち脱落者二名、残り六名

◆◆◆

訓練七日目

「しんど……」

「つかれ、ましたね……」

太陽神《ゼウラディア》がその日の仕事を終え、身体を休める夕暮れ時。ウルとシズクの二人は、通算五回目くらいになる迷宮探索を終えた。行軍通りをぐったりとした歩調で進みながら、魔石を換金して得た麻袋の重みを確認する。

「銀貨一枚と銅貨二〇枚か……」

「増えてきましたね？」

シズクが言うとおり、確かに一回目の悲惨な探索と比べても、あるいはそれ以前の探索と比べても順調に収入は増えていた。

「訓練のおかげとは死ぬほど言いたくないがな……」

「では、訓練のせいでしょうか？」

「正解」

グレンの指導は雑で野蛮で確実にアレなのだが、確かにウルは強くなっていた。徐々に、一度の探索での収入は増加している。それは間違いない。だが、

「ただ……これが命がけで稼いだ金ってなるとな……」

迷宮に潜り魔物たちと戦い、そして勝利する。当然その間怪我《けが》なしで、とはいかない。傷を負えば回復薬《ポーション》も必要だ。それ一本で大体銅貨三枚。消費を上手《うま》く抑えられればいいが、大体一度の探索で二〜三本は消費する。シズクは回復術を使えるが、攻撃に回した方がいい。

「つまり一回の探索につき、回復薬だけで最悪銅貨一〇枚は消費する」

これはあくまで、回復薬で治る怪我で済んだ場合のみだ。大怪我を負えば癒療院に行かねばならず、赤字に転じる。死んでしまえばもちろんそれまでだ。

綱渡りだ。改めてそう思う。

冒険者ギルドに防具や宿泊費その他諸々《もろもろ》を支援してもらってなお綱渡りであり、そしてその支援は永遠には続かない。支部長のジーロウが「その日を凌《しの》ぐだけになる者が大半」と言っていた意味が骨身に染みるようによく分かった。

「しかも、今の稼ぎは折半だ」

「共有財産ということでいいのでは？」

「……半ばそんなふうになっちまってるがな」

やっぱり冒険者という生業《なりわい》は厳しい。選択肢がないとはいえ、選びたくはなかった。

「残り三週間の間に生計立てる準備整えないとな……さしあたっては装備の更新か」

「今度、一緒に見に行きましょうか」

「だなあ………ん？」

訓練所が見えてきた辺りでウルは眉を顰《ひそ》める。その巨大な門の前に見覚えのある人物が立っていた。日暮れの暖かな日差しを受け、キラキラと眩《まばゆ》く輝く髪を短く切り揃《そろ》えた美しい少女。ウルを助け、ウルをどん底に突き落とした恩人にして怨敵。

「やあ、元気そうだね。ウル」

【黄金不死鳥《ゴルディン・フェネクス》】のディズが冒険者ギルドの前で待ち構えていた。

◆◆◆

冒険者ギルド・グリード支部　訓練所内　講義室

「さて、元気そうでなによりだね。ウル」

シズクと別れ、人気《ひとけ》のないその教室にて、突然の来訪者であるディズと対面するハメになったウルは、彼女の言葉に苦々しいため息をついた。

「元気に見えるかー？」

回復薬《ポーション》を使ってても癒えきってはおらず、ウルの顔や身体には傷や打撲痕《だぼくこん》が残っている。その半分くらいは邪悪なる指導教官のものなのだが、とにかく元気な姿からはほど遠かった。

「比較的、かな。少なくとも大罪都市国グリードでも悪名高い【新人潰《つぶ》し】、冒険者ギルド・グリード支部訓練所に一週間在籍している割には」

「そんなおっそろしい評判ついてんのここ!?」

どうやら想像を遥かに超え、グレンの評判はアレであるらしい。

「君が最低限の根気があることは認めるよ。少なくとも、その場凌ぎで冒険者になるなんて口走ったわけじゃあないみたいだ」

「妹がかかってるんだから当然だろうが」

「肉親だろうとぞんざいに扱う輩《やから》は山ほどいる。君だってよく知ってるだろう？」

もちろん知っている。ウルは苦い顔でため息をついた。

「それで、アカネは？」

「いるよ」

「どこに」
「ここ」
そう言ってディズは自分の衣服のボタンを一つ外した。すると、そこからぬるりと紅《くれない》と金の二種の色が入り交じった〝ナニカ〟が飛び出して、ウルの顔面に飛びついた。
《にーたーん!!》
「おぼああ」
それが粘魔《スライム》のように不定形の形となったアカネだった。少し生温かかったが、深く考えないようにしながら、ウルは妹を顔面から引っぺがして摘《つ》まむ。
もにゃもにゃとした、色のついた水泡のような形だったそれが、徐々に形を変える。次第に掌《てのひら》サイズの羽の生えた妖精の姿になった。
《にーたんへーきか？　しんどらんか？》
妖精姿のアカネがムニムニとウルの頬《ほお》をその小さな手で摘まむ。ずいぶんと心配をかけたらしい。ウルは少し気が抜けたように笑った。
「大丈夫だよ……ギリ」
《ギリではダメだが？》
「俺らいつもギリじゃん」
《それはそうなのよ》
アカネがあっさりと同意してしまう程度には、これまでウルとアカネの人生はそれなりに「ギリ」であった。綱渡りするような目に遭ったこともあった。

だからといって、心配でなくなるわけではないのだが。

「ディズに酷《ひど》いこととかされてない？」

《ジュースもらって、ふかふかべっどでねた》

「おや、俺よりも生活環境が良い」

ウルたちの利用しているベッドは、堅くて狭くてかび臭くて寒い。

「契約上既に私のモノだけど、自分のモノは大事にするよ。私は」

「ありがたくて涙が出るね」

ウルは顔をひん曲げて感謝を告げた。もしディズが物を大事にしない輩で、アカネのことを雑に扱っていたとしても、ウルに彼女を咎《とが》める権利はないのだ。大事にしてくれるというのなら、それに越したことはない。

「それで、わざわざ顔を出したってことは俺と契約してくれるってことなのか？」

「その前段階かな？」

カツン、とディズは指先で机を叩く。

「以前も言ったとおり君には価値がない。その価値が今後向上していく保証もない。そんな君の都合のために、アカネの身柄を保証し続ける理由が見当たらない」

机を叩くのをやめる。そしてその指先をウルの方へと向けた。

「証明してほしい」

「証明？」

「君が類《たぐ》い稀《まれ》であるという証明。君の妹と同等以上の価値があるのだと示してほしい」

アカネ以上の価値。精霊憑《つ》きという、世にも稀で、特殊すぎる現象を体現する彼女以上の価値。言っていることは分かる。確かにそれくらいのことが示せなければ、ディズにウルを待つ理由はないのだ。

「どうやって証明しろと？」

「それを考えていた。不可能な条件では意味がない。半端な条件でも意味がない」

そう言って、彼女はその指の矛先をウルの手へと向けた。より正確に言えば、ウルが右手につけている白亜の指輪だ。それを指しながら、彼女は言う。

「【銅の指輪】」

冒険者ギルドの一員であることを示す指輪。白亜の指輪のような、ただただ迷宮に潜る許可書がわりではなく、本物の開拓者の証《あかし》。

「冒険者を志して一ヶ月。つまり残り三週間で獲得できたら、君の価値を認めよう」

依頼《クエスト》発令

［銅の指輪を一ヶ月で手に入れよ］

◆◆◆

銅の指輪の取得。

言うまでもなく、ウルに銅の指輪獲得のための知識はない。そもそも冒険者の訓練を始めて一週間なのだ。何も分かっていないようなものだ。

ではどうするか。知識のある者に聞くしかない。

「――と、いうわけなんだが……」

なのでグレンに事情を説明した。その結果、

「……」

グレンは絶句していた。呆《あき》れ果てていたとも言う。

「…………バカか？　お前は」

しばらくの間黙りこくった後に、絞り出すようにしてウルを罵倒《ばとう》した。

「余裕がなかったんだ」

「それにしたってもお前……黄金て……銅を一ヶ月って……」

グレンはしばらくぶつぶつと呟《つぶや》いた後、珍しく沈痛な顔でウルの肩を叩いた。

「妹のことは残念だったな」

「死んだ前提で慰めようとしている」

妹はまだ存命だ。しかし、グレンは可哀想《かわいそう》なものを見る目をしていた。

「無理だ。諦めろ」

「理由を聞いてもいいか？」

「立ったばかりの赤子が『竜を退治する』って言ってるようなもんなんだよ。銅の指輪一ヶ月で入手して、そのあと黄金級？？？」

無理だ。と、グレンは重ねて断言する。

「銅の指輪獲得の基本条件は一年以上の継続的なギルドに対する貢献と魔石の獲得だ。一年だ。数字は分かるよな？」

「数の部分はあってるな」

ぶっ殺すぞお前。とグレンは容赦なく拳《こぶし》を振り下ろした。とても痛かった。

「念のため言っておくが、お前の事情を汲《く》んでギルドが温情をかけることはない」

「ヒトの命がかかってもか」

「『指輪を手に入れられないと破滅する』『早く稼がないと病気の家族の命が危ない』なんて輩は山ほどいる。知ってるだろ？」

「そうだな」

もちろんウルも知っている。ありとあらゆる哀れみと同情を誘う〝やむにやまれぬ事情〟を抱えた冒険者もどきは山ほどいた。そういった者たち全員に慈悲を分け与えていては、指輪はいくらあっても足りないだろう。

「だけど、ひと月で取得する方法はあるんだろ？」

「あ？」

「アンタは一年という銅の指輪取得条件を『基本的に』と言っていた。つまり基本的ではない方法があるということだろ？」

「…………」

グレンは否定もしなかった。

「グレン」

「オイ待て、期待した顔でこっちを見るな鬱陶《うっとう》しい」

　グレンはウルの額をデコピンで弾《はじ》きとばして、深々とため息を吐き出した。

「華々しい成果を早々に上げるような期待の新星を囲うために指輪を与える事例はある。エリート待遇ってな。で、お前はエリートか？」

「平々凡々」

「自分のことを正しく認識できていて、指導教官として鼻が高いよ」

　少なくとも今日までの訓練で、自分の天才性を示せたことは一度もなかった。才能という点で言えばシズクの方が遙かに上だ。

「そんなクソ雑魚がどうやってギルドに『どうぞ銅の指輪を受け取ってくださいませ』って言わせるんだよ。夢見てんじゃ――――」

「ウル様ー」

　あ？　と、グレンは眉を顰めた。いつもどおりのニコニコの笑顔で教室に入ってきたシズクはウルに向かって一枚の紙を差し出した。

「これは……？」

「銅の指輪を手に入れる方法、ありました！」

　まるで渡りに舟のような言葉に、ウルは喜ぶよりも先に眉を顰めてグレンと顔を見合わせた。そのまま彼女を見ると、シズクはペコリと頭を下げた。

「ごめんなさい、教室でディズ様とウル様が話しているのを聞いてしまいました」

「ここで交渉したのかよお前……」

「ごめんて」

グレンの呆れ顔から目を背けるように、シズクの差し出した紙に目を通す。すると、

「……賞金首？」

その紙は所謂《いわゆる》、賞金首《ウォンテッド》が書かれた紙だった。人類の活動を脅《おびや》かすほどの脅威を持った凶悪な魔物。

冒険者ギルドの依頼掲示板《クエストボード》にも貼られているのを見たことがある。

しかも、シズクが渡してきた紙に描かれているその賞金首の姿は、

「【宝石人形】……」

ウルとシズクが大罪迷宮グリードを最初に探索したときに遭遇した、あの恐ろしくも美しい巨大人形《ゴーレム》だった。

「これを倒せば、ウル様の優秀さを認めてもらえるかもしれません！」

「できるかチクショウ」

「まあ」

反射的に弱音を吐いてしまったが、しかし本心ではある。一回目の遭遇時の、あまりにも散々な結果を忘れたわけではない。

「っつーか、倒しただけで指輪もらえるわけじゃないんだろ？」

思わずグレンにも同意を求めるように尋ねた。しかしグレンは眉を顰めながらも、真剣な表情でシズクの持ってきた賞金首の紙を睨みつけていた。

「……悪くはねえ」

「マジか？」

思わぬ言葉が彼の口から零《こぼ》れた。

「エリート待遇なんて言ったがな、ギルドの審査はいちいち身体能力測定なんてしない。結局、見るのは実績なんだよ」

「賞金首が、その実績だと」

「賞金がつくってことは、金がつかなきゃ誰も討伐しないような厄介な魔物か、状況ってことだ。しかもコイツなら――っと、まあそれはいい」

グレンは途中で話を区切ったが、とにかくこの宝石人形の撃破はウルの指輪獲得に直結するというのだけは間違いないらしい。グレンは適当を言うことはあるまい。

「……なら、どうやって倒したらいいか教えてくれ」

「私からもお願いいたします。グレン様」

二人の言葉に、グレンはもう一度大きく、深くため息を吐き出した。

「めんどっくせえ……」

それは拒否の台詞《せりふ》ではなく、厄介な仕事が増えたことに対する嘆きの言葉だった。

「……二つ、約束を守れ。それができなきゃ諦めろ」

そう言ってグレンは指を二つ立て、ウチの一つを折る。

「これからは一日で迷宮には二回潜れ。朝潜り、昼訓練して、その後更に一度潜る。今日からそうしろ」

「おおう……」

太陽神《ゼウラディア》は既に沈んで夜闇が空を覆っている。この時間帯から再び迷宮に潜れとグレンは言っているのだ。

「安心しろよ。迷宮は二十四時間営業だ。どんな時間に潜ろうと文句は言われねえ」

ウルは顔が引きつりそうになった。現在の迷宮探索と訓練だけでもヘトヘトな状態だ。そこから更に迷宮に行ったら普通に死ねる。しかし、グレンは本気の顔だった。

「コイツと三週間でやり合うには金も力もない、なら時間を圧縮するしかない」

「…………分かった」

ウルは泣き言が出そうになる口を歯を食いしばって塞《ふさ》ぐと、頷いた。分かっている。自分は無茶苦茶を言った。ならば今度はグレンの無茶にウルが応える番だった。

「それともう一つ。お前の〝目的〟を明確にしろ」

そしてグレンはもう一つの指を折る。

「俺の、目的……そんなのは」

言うまでもない、と言おうとしたが、グレンは首を横に振った。

「妹のため？　それじゃダメだ」

「ダメなのか？」

これほどまでの強固な動機はないのでは、と思ったがグレンは続けた。

「銀級と黄金級、違いが分かるか？」

「違い」

「銀級冒険者は英雄と呼ばれるだけの実力を有している。だが連中は黄金には至らない」

それはなぜか？　問われ、ウルは首をかしげる。

「才能？　努力？」

「どっちも違う」

才能でも努力でもない。違うのは、

「決断だ」

グレンは少しウルたちから距離を取ると、ぐいっと服をはだけた。

「自分も、自分の周りも、すべての運命をも擲《なげう》つ狂気たる決断が、銀を黄金たらしめる」

グレンの鍛え上げられた肉体。その右肩から左下に黒い傷跡が真っ二つに身体を引き裂くようにして刻み込まれていた。

◆◆◆

その傷は異様だった。

右肩から雷が奔《はし》ったかのような鮮烈な痕跡は、まっすぐに胴を跨《また》いで左の腰まで到達していた。真正面から切り刻まれたというよりも、まるで巨大な魔物に丸ごと食い千切られたような痕。

そんな悍《おぞ》ましい傷を受けてなお生き延びているグレンを目にし、ウルは理解した。

「――黄金級なのか、グレン。アンタは」

「おうとも。【紅蓮拳王《ぐれんけんおう》】たあ俺のことよ……自分で名乗るときっついなコレ」

【紅蓮拳王】の名はウルも聞いたことがある。十数年前に存在していた一行《パーティ》【緋色《ひいろ》ノ王山《おうざん》】、幾多の災厄を起こす魔物たちを打ち倒し、最後は大罪迷宮グリードの深層にて、〝最悪の魔性〟を打ち倒した伝説の一行《パーティ》。

その一行《パーティ》の大英雄が、こんな、こんな――

「無精ひげですげえやさぐれてるオッサンとは……」

「どつくぞ」

「もう既に殴ってる」

ウルは殴られた頭をさすった。指導教官は〝成功を収めた引退者〟であることが多いとは聞いていたが、まさか目標としている黄金級がこんな身近にいるとは思わなかった。

「アンタは、黄金級になれたんだな」

「そうだな」

「その黄金に至れた理由が『目的』と『決断』？」

「そうだ」

「アンタのそれは、なんだったんだ」

「復讐」

その言葉を告げた瞬間のグレンの形相に、ウルは息を呑《の》んだ。それほどに凄《すさ》まじい表情だった。

その胴体に刻まれた傷に勝るとも劣らないほどに、壮絶で悲惨だった。

「俺たちはな。俺たちの家族や仲間を殺した魔物たちを、殺したくて殺したくて仕方がない連中の集まりだったんだよ。全員がそうだった」

　魔物は人類と敵対している。そこに例外はない。魔物たちは圧倒的な暴力でもってこの世界に住まう様々な人類を焼き払い、呪い苦しめ、そして殺している。魔物全体に対して憎悪を抱いている者は当然存在している。

「復讐《ふくしゅう》から引き返すこともできた。ある程度のところで満足して、誤魔化《ごまか》すこともできた。だが俺たちはそうしなかった。だからグリードの奥地で、〝最悪の魔性〟をぶち殺すことができた。俺以外の全員の仲間と家族を犠牲にしてな」

「……家族を、犠牲にする覚悟をしろと」

「違う。犠牲は結果でしかねえ。言ったろ、重要なのは決断だと」

拳で机をゴンゴンと叩きながら、グレンは言葉を重ねる。

「他人がどう言おうが、世間がどう言おうが、構わず〝己の目的〟を達成すると決めること。橋の架かっていない崖から、すべてを失う可能性を承知して、躊躇いなく飛び降りる決断」

銀が黄金へと至れないのは、決断を避け目的を妥協したから。あらゆるものを擲つことを避けたから。グレンの言いたいことがウルにも徐々に分かってきた。

「この決断は、他人を動機にして考えるのをやめてたらひっくり返っても出てこない。お前の内側、魂の底から出てくるお前自身の声を引き出せ。これが二つ目だ」

「……」

アカネを護《まも》ること、それは今日まで生きてきたウルにとって最大の目標だった。そのために苦労はしてきたし、相応に危うい道も渡ってきた。

しかしその動機を、内から湧き出る活力としてウルは向き合ったことはなかった。妹だから護るべきだと思考を停止させていたのは事実だった。毎日が必死で、自分を見つめ直す暇なんてなかった。ソレと向き合わねばならない時が来たのだ。

「自分を見つめ直すのは迷宮探索と同時並行だ。死にもの狂いで考えろ」

今日はノルマ五匹で勘弁してやる、と容赦なくグレンはウルを蹴り飛ばす。蹴り飛ばされたウルは疲れた果てた身体を引きずり走りだした。言うまでもなく厳しい。だがそれはウルが願ったことだった。

◆◆◆

「ウル様」

訓練所の外に出て装備を直していたウルに、シズクが声をかけてきた。ウルはお古の革鎧《よろい》を身につけながら、彼女に軽く頭を下げた。

「シズク、さっきは助かった。んじゃ行ってくる」

グレンの説得を手伝ってもらったことの礼を告げて、ウルは立ち上がる。重い身体を引きずっていざ再び迷宮へ、と足を動かそうとしたときシズクがその腕を掴んだ。

「私も行きますよ？」

見ると彼女もなぜか迷宮に挑むための装備を身につけている。

「いや、さすがに……これは俺の都合だ」

現在のウルは既に限界ギリギリだが、それはシズクとて同じだ。ウルよりもセンスがあるのは間違いないが、センスで体力を補えるわけではない。しかし、シズクは首を横に振る。

「宝石人形の件、グレン様に提案したのは私です」

「だがな……」

「ウル様が目指す黄金級を私も目指したいのです。それもできる限り急いで」

シズクの目には強い意志があった。絶対に譲ることができないという、不動の決意があった。だが解せなかった。

「黄金級になってどうするんだよ？　なんだってそうなりたいんだ？」

ウルがやろうとしていることは無茶だ。それは分かっている。ディズに無理を言い、グレンに無茶を言って無理を通そうとしている。どれだけシズクが高みを目指そうとも、そんなウルの凶行に付き合う意味はない――と、思っていた。

「私は【竜】を討たねばならないのです」

【竜】

それはこの世界における最大の魔性。理想郷と言えたこの世界に無数の迷宮を作り出し、あらゆる魔物を地上に送り出したすべての元凶。【大罪】とその配下の者たちの総称だ。グレンが黄金級と認められたのも、この最大の魔性を討ったからだ。

その名を呼ぶことすら畏れられる怪物を討ちたいのだと、彼女は言う。

「黄金級の冒険者として認められるには、竜を討つ必要があるという話を聞きました。ウル様が黄金級を目指すというのは、私にとっても都合が良いということが分かったのです」

だから、とシズクはウルの手を取った。

「罪悪感を抱く必要も、感謝をする必要もウル様にはありません」

そう言って、ウルの手を自分の胸に押しつけるようにして微笑む。その微笑みはどこまでも献身

的に見えたが、

「私をどうか好きなように使ってくださいませ。貴方《あなた》のためなら、なんだっていたします」

あまりにも魅惑的が過ぎて、魔性ですらあった。

「…………随分回りくどくて、露悪的な言い方だな」

促されるままに頷くところだったのをウルは寸前で自制し、言葉を吐いた。ウルの中にある何か——とてつもなく強固な中心に根ざした何かが、彼女の魅惑を拒絶した。

「そう、ですか？」

「互いの目的のために協力し合おうって話だろう。構わないさ。だけどそれなら『使う』とかいう言い回しはなしだ」

そう言ってウルは彼女に手を差し出す。シズクはその意図を理解できずに首をかしげるが、ウルは引かなかった。

「俺たちは協力者で、仲間だ。それでいいだろう」

もっと早くに交わすべき契約だったのかもしれない。だが、まだ遅くはないだろう。シズクはウルの言葉に戸惑いを見せていたが、最後はウルの手を取った。

「よろしくお願いします。ウル様」

「よろしく頼むよ。シズク」

こうして、ウルとシズクは正式な一行《パーティ》となった。

この言葉だけで交わされた約束が、契約が、これからの彼の長い旅路における最も重大な契機となったことを、このときの彼は知る由もなかった。

◆◆◆

冒険者ギルド　資料室

世間から荒くれ者としてのイメージを持たれることが多い冒険者たちであるが、それでも彼らの中にも自分たちが得た知識や経験を記録し、後世に伝えようという殊勝な考えを持つ者たちは存在した。資料室はそんな彼らの努力の一端だった。

「あ〜〜〜面倒くせえ」

その部屋の中心に、書類の山に埋もれ嘆く男の姿があった。訓練所の主《ぬし》であるグレンが、なぜか大量の書類と向き合って、うんざりとした声を上げていた。

「本当に珍しい客がいるわね。明日雷でも降るのかしら」

彼をそれなりに知る受付嬢ロッズにとっても、資料室で書類に埋もれる彼の姿はレアだった。面倒くさがりの彼はよっぽどのことがない限り、自分からこんな場所に足を運ばない。

「受付嬢、【宝石人形】の書類寄越せ」

グレンはロッズへと心底億劫《おっくう》そうに命じてきた。

「態度わるいわね」

「持ってんだろ。ここ数日で賞金懸けられてんだから」

「……まあいいわ。珍しく仕事しているみたいだし」

そう指摘された瞬間、グレンはますます顔をしかめた。『屈辱だ』と言わんばかりの顔で、ロッズは少し愉快な気分になった。

「面倒くさい奴らが入ってきちまったせいでな」

「それって、ビーラが言ってた？」

「そうだよ。アイツに文句言っておいてくれ。面倒な事情抱えた奴連れてくんなってよ」

〝彼ら〟の事情をロッズは知らないし、わざわざ探ろうとも思わない。しかしグレンの求める資料を考えれば、何をしようとしているのか察しがついてしまった。

「【宝石人形】……あの子たち、できるの？」

「いけるわけねえだろバーカ――と、言いたいが」

返ってきた答えはロッズの想像とは違った。無理に決まってる、そう言うと思っていた。

「銀髪はまだ、可能性はある」

「才能のある子とは聞いていたけど、そんなに？」

「今まで俺が見てきたもどき共の中でもトップだ」

ロッズは更に驚いた。グレンがコレまで見てきた冒険者たちは、相当な数だ。ほんの一時《いっとき》であっても彼は訓練所にやってきた見習いたちの能力を見誤ることはない。

「貴方がそう言うなら、本当に相当ね……でも、もう一人の子は？」

灰色の髪の少年、ウルについても尋ねる。するとグレンは、今度は即答した。

「並」

「残酷……」

本当に残酷な答えだった。なまじシズクとウルはコンビを組んでいるとロッズも知っていたから、余計に残酷に思えた。才能に格差のある一行《パーティ》が離散する光景をロッズは山ほど見てきた。

「根性が妙にあるのは認めるが、そんだけだ」

「根性……妹の問題があるみたいだものね」

「妹ねえ……」

「なによ」

問い返すが、グレンは肩をすくめるだけだった。

「ともかく、アイツにはセンスがねえ。身体の魔力強化に既に振り回されてる」

魔物を倒し、魔力を吸収すれば肉体は強化される。肉体は超人のようになるが、すると今度は身体能力に感覚が追いつかなくなる。それまでと同じように身体を動かそうとして事故を起こすのは、冒険者にありがちなトラブルだった。

「そのうえ悪いことに、少し常識的だ」

「悪いこと？」

「真っ当に生きるぶんにはな。だからそうなろうと自分を御してるんだろうが……」

ぶつぶつと、そう言いながら悩ましそうに眉間に皺《しわ》を寄せていたグレンだったが、最後には「あ～～～～」と叫んで、頭を引っかき回して立ち上がった。

「もういい、知るか。さすがにそこまで面倒見きれん。あとは祈るだけだ」

「なにを祈るのよ」

決まってんだろ、と部屋を去る間際、グレンは振り返って意地の悪そうな顔で笑った。

「崖際で常識に縋《すが》ろうとするガキの背中、そいつを突き飛ばしてくれる外道が現れることをだよ」

四章

宝石人形の傾向と対策

EPISODE 4

迷宮グリードは数ヶ月に一度の【活性期】に入る。

迷宮は生きている。

という言葉を冒険者たちはよく使う。この世界において出現した迷宮は【洞窟型】【階層型】【環境一体型】と多様ではあるが、一様にして不定期に変化を起こす。

通路、出現する魔物の位置、種類、量、あるいは悪意あるトラップや環境そのものにおいて、様々な変化を起こす。生物が新陳代謝を起こすような変化を、迷宮も行う。故に「生きている」と表現される。

その迷宮の変化が最も顕著に表れるのが【活性期】と呼ばれる時期だ。

魔物の種類、出現量、そして何より大規模に発生する迷宮の地形変動、まさに活性期だ。この時期の危うさを理解している冒険者は無理に迷宮へと潜ろうとはしない。何事も命あっての物種《ものだね》と理解している。

だがあらゆる面で〝切羽詰まった者〟は、どんなときにでもいるものだ。

「はっ！　はっ！　なんで！　なんでだ!!」

その男には金がなかった。なのに借金はあった。【都市民】という身分で、名無しよりは恵まれた地位にいたのに、賭け事に嵌《は》まり身を持ち崩した。

金がなければメシは食えない。

彼が【活性期】の危険な状態の迷宮へと踏み出した理由は、実に陳腐だった。

「死ぬ！　死んじまう！！！」

『GUUUURRRRRRRR!!!!!!』

そんな陳腐な理由で彼は死のうとしていた。男を追い回す【黒大蜥蜴《くろおおとかげ》】は上層に出現する魔物であるが、危険度は高い。図体《ずうたい》が大きく、しかも群れる。道を塞《ふさ》がれ追いやられ、押し潰《つぶ》されるように死ぬという、よくある冒険者の末路を彼はたどろうとしていた。

「ひいいいいい！！！」

足がもつれ、転げる。

大蜥蜴の長く伸びた舌が、牙が、男の肉を間もなく食いちぎろうとした────が、

「突貫」

その大蜥蜴の脳天を、脇の通路から現れた灰色髪の少年が刺し貫いた。

『GAAAAAAAAAA!!!?』

「ぎゃあああああああああ!!!?」

「どっちもうるせえ」

脳天をぶち抜かれて、ビタンビタンと身体を痙攣《けいれん》させる大蜥蜴と、その惨《むご》い姿に悲鳴を上げる男。

どちらの絶叫に対しても少年は顔をしかめる。

「【氷よ唄《うた》え、穿《うが》て】」

『GUUUU!!!?』

そして少年の背後から、白銀の少女が【氷棘《ひょうし》】を放つ。別の大蜥蜴の眼部を正確に狙い撃ち、頭《ず》蓋《がい》を砕く。瞬《また》く間に仲間たちを殺され、混乱する最後の大蜥蜴へと少年は槍《やり》を振り下ろした。

「死に晒《さら》せ」

ぐしゃりと、鈍い音が響き渡った。少年は黒ずんだ返り血を浴びて、なかなかにおどろおどろしい姿となった。そして腰が抜けて座り込んだ男へと近づく。

「殺されるぅ!!!?」

「アホか」

情けない悲鳴を上げる男に、少年は呆《あき》れ顔でため息をついた。そしてそのまま男の背中を突き飛ばすようにして、自分たちが現れた道へと押し出した。

「そっちの道に行けよ。出口に続いてるから」

そう言うと、男は一瞬戸惑ったようだったが、次の瞬間には尻尾を巻いて逃げ出した。

何もかも準備不足で死にかけた男は、結局うっかり生き残った。どれだけ準備しても死ぬときは死ぬし、どれだけ迂闊《うかつ》でも生き残るときは生き残るのが迷宮だ。

もちろん、迷宮で何も得られなかった彼の今後を、迷宮は保証してくれないのだが。

「お逃げになられましたねえ」

「一目散だったな。礼の一つくらい言えってての」

そんな男の人生など知る由もなく、ウルとシズクは自分たちのやるべきことへと戻る。二人もまた、危険な今の迷宮に足を踏み入れるだけの事情があるのは言うまでもないことだった。

「……来たか」

足元から振動が伝わる。迷宮の通路が揺れる。通路の奥から徐々に徐々に、こちらへと近づいてくるそれは足音だ。本来の縄張りから抜け出して、なぜか場違いな上層に出現し、新人の冒険者たちを容赦なく襲うようになったために賞金が懸けられた巨人。

『ＯＯＯＯＯＯＯＯＯＯ……』

魔物の強さの指標【十三階級】のうちの十級。【宝石人形】が姿を現した。

「さて、そんじゃ、今日も付き合ってもらおうか」

ウルたちの迷宮探索と並行して行われる宝石人形攻略研究が、今日も始まった。

◆◆◆

☆宝石人形の研究その1
記録者：ウル
対象：宝石人形
賞金：金貨一〇枚
階級：十
生息地：大罪迷宮グリード、三階層
キンキラ人形の情報を整理するための記録を残す。グレンが使わないノートをくれて

ラッキーだった
◎一回目の接触で分かったこと
・異常に堅い。単純な攻撃はほぼ通らなかった
・シズクの魔術も同様、少し怯《ひる》んだくらい
・もろに殴られたら多分即死←装備更新必須
・戦闘の途中で引き返した←なぜ？　要検証
◎宝石人形撃破のため、やること
・肉体強化←魔物を倒しまくる。現在一日三〇匹
・装備更新←金を貯《た》めている。しばらくは訓練所の防具で凌《しの》ぎたい
・宝石人形の対策研究←重要

■宝石人形の挙動確認
◆実験その1、視覚能力
人形を目の前に投げてみましょう←シズク

「どこから買ったの、その人形。っつーかどっから出した、子供ぐらいサイズあるけど」

「古市で。おばあさんが病気をした孫と息子と娘のために売らねばと」

「いくらよ」

「私たちも大変であることを泣きながら訴えましたら、最終的に銅貨一枚で」

「騙《だま》されてると言いたいが、その価格だと逆にこっちが騙してる気がしてきた」

「投げてみますね。そーれ」

「ふむ」

『ＯＯＯＯＯＯＯＯ……』

「おーっつってる」

「言ってますねえ」


視覚能力、確認できず。

少なくとも、宝石人形は視覚で情報を得ていない。人形を倒す対象として認識しなかったのかもしれない。

↓敵かそうでないかを識別できる？

◆実験その2、聴覚能力

「結局反応しなかったな。人形には」

「でも我々には反応しますね」

「そうだな現在進行形で追いかけられている死ぬ死ぬ死ぬ」

『ＯＯＯＯＯＯＯＯ！！！』

「人とそうでないモノの見分けがつくのか？　あっぶねえ死ぬって」

「それをどうやって見分けているかが問題ですね、あ、死にそうです」

「生物としての反応、心音、聴覚？」

「次の交差点、左右に分かれて実験してみましょうか。私が声を出してみます」

『ＯＯＯＯＯＯＯＯ……』

「お人形様ー！　手の鳴る方へ!!」

『ＯＯＯＯＯＯＯＯ!!!!』

「俺の方に超来る、死ぬ」


聴覚能力、確認できず。死ぬかと思った。

視覚、聴覚、ともに反応がない。まあそもそも、あの人形の大雑把《おおざっぱ》な頭部に、ヒトの身体の部品と同等の性能があるようには思えない。

↓つまり、五感の類《たぐ》いではない？
◆実験その3、魔力感知能力

「となると、やはり魔力か……」

「魔力、魔物にも魔力はありますよね？」

「だけど魔物は襲っては……」

「いませんでしたっけ？」

「え？」

「え？」

「……」

「……」

『GYAGYAGYA！！！』

「おや小鬼《ゴブリン》が」

「一匹だけですね」

「こっちに来るな」

「来ますね」

～数分後～

『GIIIIIIIIII!?!!』

「思うんだが、今俺たちは恐ろしいことをしてないか？」

「小鬼《ゴブリン》をふんじばって宝石人形に投げつけようとしてることでしょうか？」

『GYAAAAAAAGAAAAAAAA!!』

「凄《すご》い悲鳴が」

「しますねえ」

「俺たちが魔物呼ばわりされても否定できない」

「ウル様」

「うん」
「物事には優先順位があります」
「シズクはそういうとこサッパリしてるなあ」
「そーれ」
『ＯＯＯＯＯＯＯＯＯ‼』
『ＧＹＡＡＡＡＡＡＡＡＡ⁉⁉』
「ミンチよりひどい」
「どうやら人と魔物の区別はつかないようで」

魔力感知能力、あり。
少なくとも魔力の有無によって攻撃するかどうかを選別していることは判明。前進と言いたいが、これがどこまで役に立つか不明。

◆実験その4、戦闘能力
そろそろ武装の更新をしたい。
そのためにも、今の状況でどこまでやり合えるか確認する
コレで倒せてしまえばとても話が早いですね↑シズク
本当に、コレで終わるなら最高――

訓練十四日目

◆◆◆

ウルとシズクは活性期に入った迷宮にも、ほぼ休まずに潜っていた。無論、魔物の出現率の高さも跳ね上がり危険ではあったが、それを承知でウルたちは探索を続けていた。

――とにかく魔物をぶちのめせ。無茶な訓練で筋肉が萎《しぼ》むよりも早く、魔力で肉体を強化して成長をゴリ押しする。

グレンの方針に従い、身体は急激に成長を果たしていた。一端《いっぱし》の冒険者らしい、超人めいた力が身につきつつあった。そのせいで酒場の食器を割ったりといったトラブルが出てきたので注意が必要になってきたりもしたのだが。

ともあれ、肉体強化の方は順調だった。肉体強化の方に限っては。

「やめときゃよかった!!」

「やめておけばよかったですね！！！」

問題は宝石人形対策の方であり、現在二人は逃げ回っていた。

『ＯＯＯＯＯＯＯＯＯＯＯＯＯＯＯＯＯＯＯＯＯＯＯＯＯＯＯＯＯＯ……!!』

理由は巨大な宝石人形が追いかけ回してくるからだ。もちろんただ逃げ回るだけではなく、度々反撃に移ってみてはいるのだが、

「【氷よ唄え、穿て】」

「う、らぁ!!」

シズクは魔術を詠唱し、ウルが宝石人形の足を狙う。今できる最大限の力で反撃する。だが、

「っっ〜〜〜かった……!」

「こちらもダメです……!」

何の結果にも繋《つな》がらなかった。今の戦力でどこまでいけるかの確認だったが、結論は〝どうにもならない〟という実に苦い形に終わってしまった。初遭遇時と比べれば、隙《すき》をうかがって反撃できるだけ成長と言えるが、これでは倒すなど論外だ。

そして向こうがひとたび拳《こぶし》を振り上げれば——

「きます！」

シズクの合図で、ウルは飛び込むように前へと地面を蹴る。直後、先ほどまでウルたちがいた場所に拳が振り下ろされる。

「…………っぐう!?」

その衝撃で、ウルは一瞬身体が浮き上がった。そう錯覚した。身体のバランスが崩れて、自分が立っているのか座っているのか分からなくなる。全身が一瞬硬直した。

「ウル様!!」

「だい、丈夫だ！！！」

シズクの悲鳴のような呼びかけに応じてなんとか地面を蹴る。

二撃目がくる。また揺れる。ウルもシズクも転げる。この繰り返しのせいで、ちっとも距離が離

せない。

「足止め、足止めを、する！」

　このまま背中を向けても埒《らち》があかない！

　せめて逃走するための時間稼ぎができなければ、ワンミスでミンチになりかねない。だが、足止めしようにも現在のウルたちでは傷すらつけられない。ならば狙うのは人形の足元だ。

『ＯＯＯＯＯＯＯＯ……！』

　宝石人形は、片足を上げて次の一歩を踏み出している。ならば、その巨体を支えているのは、たった一本の足なのだ。

「すっころべ！！！」

　ウルはこちらを踏み潰そうとする足を一気にくぐり抜け、残るもう一本の足へと、槍を振りかぶり、振り下ろした。槍の軋《きし》む音と、宝石人形の足場——迷宮の石畳が砕ける音がした。

「【大地よ唄え、鎖よ解かれよ——粘土】」

　同時にシズクはウルが砕いた石畳を、雨をかぶった泥のように変える。

『Ｏ……ＯＯ……ＯＯＯ……!!』

　ぐらり、と宝石人形のバランスが崩れる。元より巨体だ。足元が崩れれば、そうなるのは道理だった。問題があるとするならば、

「あ」

「まあ」

　とてつもない巨体がウルたちへと倒れてくる、という新たな脅威が迫ってきたことである。

「――――――っ」

ウルの居場所はまだ問題なかった。場所は宝石人形の足元だ。股《また》の部分に移動すれば回避は容易《たやす》い。問題は魔術の詠唱のために距離を取っていたシズクだ。

「っ!!」

ウルは即座にシズクへと手を伸ばし、彼女も同じようにそうした。合図なしに双方の意図が合致したのは訓練の成果だろう。ウルは思い切り彼女の身体を抱きしめて衝撃に備えた。その直後。

「「――――――!!!」」

轟音《ごうおん》と衝撃が迷宮を激しく揺らした。

不格好に振り下ろされていた宝石人形の拳とは比べ物にならない衝撃が、ウルたちを吹っ飛ばした。地面に転がり壁に激突し、衝撃で呼吸もできなくなった。

「いっ、でえ……!」

「ウル様!!」

抱きかかえたシズクを手放さないためには、なかなかの根性が必要だった。

「……し、死ぬとこだ、った」

シズクが悲鳴のような声を上げたのを聞く限り、無事らしい。ウルは抱きかかえた彼女の背中をぽんぽんと叩《たた》いて無事を知らせる。そのままなんとか壁に背中を預けて立ち上がると、シズクは即座にウルの顔を掴むようにして状態を確認しにかかった。元気そうだ。

「よかった、無事か」

「それはウル様の方です!」

「そりゃそうだ」

シズクの言葉にウルは頷《うなず》き、そのまま宝石人形を見る。大量の土煙を払うと、まだ宝石人形は立ち上がらず、横倒しになったままだった。

「……起き上がれるのでしょうか？」

「どうなんだろうな……」

倒れたままピクリとも動かない宝石人形の様子をうかがう。シズクの言うとおりその巨体と重量故か、宝石人形はなかなか起き上がる様子を見せない。このまま起き上がれないのなら、討伐達成と見做《みな》されやしないかしら、などとウルが思いはじめたタイミングで声が響いた。

「好機だ!!」

「邪魔だ！　どきやがれ!!」

「っと!?」

いつからそこにいたのか、何人もの冒険者たちが飛び出して、一気に倒れた宝石人形に飛びかかった。ウルたちを乱暴に押しのけてきたことから、友好的な連中ではないらしい。

「はっはー！　ガキども！　ありがとよ!!　こいつは俺ら【赤鬼】がいただくぜ!!」

「くそ！　やっぱかてえ！　ぜんっぜん剣が通らねえよ!!」

「アレもってこい！　アレ!!」

男たちは手際よく何かの準備を進めていく。宝石人形の胴体に次々に設置されていくそれは、掌《てのひら》サイズの球体だった。【魔封球】と呼ばれる、魔術を封じた魔導具の一種だ。封じられた魔術は千差万別だが、今回使われたものは――

「発動しろ‼」

極めて単純な爆破魔術だった。

合図とともに、先ほどの宝石人形の転倒とはまた種類の違った轟音が断続的に響く。ウルは顔をしかめて、もう一度シズクを庇《かば》うようにした。

「どうなった⁉⁉」

「きこえええねえよ！！！」

「いってえ瓦礫《がれき》ふってきた‼」

赤鬼、と名乗った男たちは轟音に負けじと声を張り上げる。音もうるさいが、土煙はより激しい。

状況が理解できなかった。だが、とてつもなく嫌な予感だけがした。ここのところ、地上にいるよりも長く迷宮に居続けたことで研ぎ澄まされた感性が、警告を告げていた。

「――――お、お？」

男たちのうちの誰か、その間の抜けた声がウルの耳に届いた。視界を隠す粉塵《ふんじん》が大きくゆらめく。

大きなモノが動いて、場の空気をかき乱して、土煙を上げたのだ。

無論、〝大きなモノ〟がなんであるかなんて、考えるまでもないことだった。

『ＯＯＯＯＯＯＯＯＯＯＯＯＯＯＯＯＯＯＯＯＯ！！！』

「おわああああああああ‼⁉」

宝石人形が起き上がった。自分の身体に乗り上がった無礼者たちを蹴散らして、そして、そのまま両手を迷宮の天井付近まで掲げ、振り下ろさんとしていた。

「……まあ、そこらで売ってるような道具で殺《や》れるなら、賞金首にはならないよな」

「【風よ唄え、我らに守りを】」

やや現実逃避気味な感想がウルの喉から零《こぼ》れた。同時にシズクは素早く呪文を紡ぐ。宝石人形が両拳を振り下ろすよりも素早く正確に、魔術を形とした。

「【風鎧】――!」

『OOOO――――!!!』

風の障壁がウルとシズク、ついで人形の身体から振り落とされた男たちを護《まも》るように包み込む。

ほぼ同時に宝石人形の拳がまっすぐに、ウルたちに向かって振り下ろされた。

「――――――ッ!?」

一瞬、人形の拳はその風の障壁に阻まれた。が、それは本当に一瞬だった。パァンという強烈な破裂音が響き、風の障壁が砕かれてウルたちは再び吹っ飛んだ。

「だああ!?」

「ぎゃああああああ!?!?」

何回吹っ飛ぶんだ、ちくしょう!!　という理不尽への怒りと共に、ウルは再び起き上がる。グレンに殴り飛ばされた成果だろうか。ぶっ飛ばされ慣れている自分がいた。怪我《けが》はない。問題は、

「ウル…様……!」

シズクだ。宝石人形の攻撃を真正面から受け止め、魔術の使い手たる彼女は衝撃をモロに受けていた。顔色がだいぶ悪い。ぐったりとウルに身体をもたれている。

「シズク、逃げるぞ!」

「あの方たち、は、大丈夫ですか……?」

「もうギャーギャー言いながら逃げ出してるよ！　俺らも行くぞ!!」

　宝石人形は先に逃げた男たちの方を追っているらしい。その隙を狙って、ウルたちも一目散に逃げ出した。逃げ出す寸前、ウルはもう一度だけ宝石人形の方を見つめた。

「ＯＯＯＯＯＯ……」

　ウルたちの攻撃にも、赤鬼たちの強襲にもまるで動じた様子はなかった。忌々《いまいま》しくも美しい身体を迷宮の魔光に反射させながら、何事もなかったように赤鬼たちへの追跡を続けている。

「……どうすりゃいいんだ。本当に」

　思わず弱音が零れるが、当然、その答えを用意してくれる者はこの場にはいなかった。

◆◆◆

大罪都市国グリード　西部地区にある酒場

【欲深き者の隠れ家】は冒険者たちが懇意にしている酒場の一つだ。やや迷宮出口から距離があるものの、わざわざ冒険者たちは疲れ果てた足を引きずってでも、ここにやってくる。

　値段は手頃で、料理や酒の質は良い。何より「オヤジ」と親しみ込めて呼ばれる店主が元は冒険者だったこともあって、元同業者たちへの理解がある居心地の良い店だ。

　そして今日もまた、来客を告げるベルが鳴った。

「いらっしゃい」

一見《いっけん》無愛想な店主が声をかけ、客を迎える。入ってきたのは、やはり武具を身に纏《まと》った冒険者らしき二人組だ。

「どうも」

一人は少年だ。小柄の只人《タダビト》、灰色髪に同じ色の瞳。古びた革鎧《よろい》に、背中にはやや不細工な形の大槍を背負っている。表情に浮かぶ疲労を見るに迷宮帰りだろう。その若さで迷宮に潜るのは珍しいが、いないわけではない。

「初めてですが、よろしいでしょうか？」

目を引いたのは、もう一人の少女の方だ。

少年と同じく只人《タダビト》。魔術師らしく杖《つえ》を装備し、やはり少年と同じく古びた防具で身を固めている。

ここまでは珍しくないが、異様なのは容姿だ。

卓越した職人が生み出した人形のように、際だって優れた顔立ちに女性らしいはっきりとした体つき。星屑《ほしくず》のように煌《きら》めく白銀の髪。彼女を形作るすべてが美しかった。

冒険者ばかりのこの酒場において、とんでもなく場違いだった。いつもバカみたいに酒を飲んでバカみたいな笑い声を上げる酒飲みたちが、絶句しながら彼女を凝視した。

そんなアンバランスな二人組は、他の客たちから視線を集めながら店主に顔を向ける。

「どのような食事があるでしょうか？」

「ここは酒場だぞ、お嬢ちゃん」

「うまい飯も出すと聞いた。ここらの店では一番いいと」

少女と少年が交互に口を開く。彼の賞賛は事実だと店主も自負している。ここは酒場だが、常連に下戸もいるのが店主の密《ひそ》かな自慢だ。

「金あるのか？」

少年は頷き、無言で銅貨を数枚机に置いた。

文句はなかった。大人だろうが子供だろうが老人だろうが、森人《エルフ》だろうが鉱人《ドワーフ》だろうが小人《コロポ》だろうが獣人《ガウル》だろうが、等しく扱うのが店主のモットーだ。もちろん名無しに都市民、神官であっても、この店の中では平等だ。

「何がいい」

「安いの」

「お腹が膨れるものがあれば、大変助かります」

駆け出しの冒険者らしい正直な言葉だった。店主は内心で少し喜んだ。

「なら、日替わりだな。一人銅貨五枚だ」

店主は若い冒険者が四苦八苦しながら、目的に向かってがむしゃらに邁進《まいしん》するのを見るのが好きなのだ。ついサービスしすぎては、嫁に怒られるということを彼はよくやらかす。

「食えないものは」

「ない」

「同じくです」

結構なことだ、と店主は笑って厨房《ちゅうぼう》に入る。腸詰《ちょうづめ》の山盛りに、たっぷりの甘ネギをミルクで煮込んだスープ、ついでに麦パンを積んで運び込む。量的に少しサービスしすぎたが、まあいいだろう。と二人の前に並べると、二人は一斉に貪《むさぼ》るようにして食べはじめた。

「喉詰まらすなよ」

二人は頷く。ここまでがっつかれるのは悪い気はしなかった。最後にミルクをたっぷりと入れた茶を淹《い》れてやると、一息で飲み干して大きく息をついた。

「美味《おい》しかった」

「おいしゅうございました」

少年は満足げに、そして少女はとろけるような笑顔で感謝を告げる。

「そりゃよかったな」

皿が全部綺麗《きれい》にカラになるのは、やはり見ていて気分が良いし嬉しいものだ。それはほかの客たちも同様であったらしく、ワイワイと酔っ払いたちがカウンターに集まっていた。

「いい食いっぷりだなあ。迷宮はよっぽど疲れたのか!?」

「肉も食うか！　そんで酒も飲むか!?」

「迷宮に行ったなら、今日は何を倒したよ!?」

「おいこらガキに絡むな、酔っ払いども」

などと散らそうとするが、少女の方は生真面目に酔っぱらいたちへ応対する。

「本日は大蜘蛛《おおぐも》数匹を撃退してまいりました」

「おう！　いいねえ！　やるじゃねえか!!」

「アイツら最近ドンドン湧いてくるしなあ。しかも大体二匹セットだ」

「知ってるか？　大抵は雌雄でコンビ組んでるらしいぞ。アレ」

「大蜘蛛ですら女がいんのに俺らときたら……」

バカ話の花が咲く。バカと思うが雰囲気は悪くなかった。粗野で粗暴な冒険者、それでも外道ではないのがバカたちの良いところだ。

「つつーかお前ら顔そんな見ねえけど、冒険者になったばかりか？　どれくらいよ？」

「……今日で一週間か？」

「ド新人じゃねーか!!　よくこんなヘンピな店知ってたな」

「おうなんつったてめえオラ」

店主がキレそうになった。が、それを無視した少年は質問に対して回答した。

「訓練所のグレンに教えてもらった。今も彼から指導を受けている」

次の瞬間、その場にいる全員の顔が一様に引きつった。分かりやすい反応だ。ここにいる連中の大半はグリードで訓練を受けている。つまり〝あの男〟の世話になっている。

「辛《つら》い思いをしてきたんだな……!!」

客の一人は突如、涙ぐみながら少年の肩を叩いた。

「今もしているが」

「今日は飲もう！　兄さんの奢《おご》りだ!!」

「酒は苦手なんだが。苦い」

「子供か!!」

「一応十五で成人にはなっている」

「美しいお嬢さん！　お名前を伺ってもいいですか！」

「シズクと申します」

「で、お前は？　ガキんちょ」

「態度違いすぎねえ？　ウルだよ」

と、そのような流れで、ウルとシズクの二人はこの店に受け入れられたのだった。

◆◆◆

さて、その初めての来訪から一週間が過ぎた。

別に新しい客がやってきたからといって、この店に大きな変化があるわけでもない。新しい客が来ることくらい、そこまで珍しくもない。今日はいくらか騒がしい客もいるようだが、店主と常連はいつもどおりだった。

最近の常連たちは一つの〝賭け〟で盛り上がっていた。カードの類《たぐ》いの賭博ではない（冒険者同士でやるとすぐに熱くなって喧嘩《けんか》が起こるので店主が禁止した）。それは——

「いらっしゃい。っと、また来たか。ボウズたち」

「腹減った」

「いつもの日替わりをお願いします」

ボウズ、と店主が声をかけるのは、ウルとシズクの二人組だ。その瞬間、酒や食事を楽しんでいた冒険者たち一同は一斉に二人へと視線を向けた。そして、

「よおウル!!　来たな！」

「来たよ。何だよ」

「訓練所やめたか!?」

「やめてねえよ」

次の瞬間、冒険者たちの何人かがうなだれ、何人かがガッツポーズで雄叫《おたけ》びを上げた。

「おっしゃあ！　二週間突破!!　大穴じゃあ！」

「うっそだろ!?　なんであの訓練二週間耐えられんだ!?　頭イカれてんのか!?」

「ヒトの人生でトトカルチョすんのやめろ」

まあ、なんだかんだで二人は馴染《なじ》んでいた。

◆◆◆

宝石人形の研究の後、ウルたちは既に馴染み深くなりつつある酒場に足を運んでいた。

――食事だけはケチるな。食えるだけ食え。

という実にありがたいグレンの指示と共に、彼が教えてくれた店はメシの量も味も良く、値段も手頃で、ウルたちにとっても大変にありがたかった。客層も冒険者が多い割には、気の良い連中ばかりだ。ウルたちで賭けを始めるところは玉《たま》に瑕《きず》だが。

「信じられん……どういう神経してたらグレンのしごきに耐えられるんだ……？」

「正直、俺もよく分からん」

賭けに負けたらしい先輩冒険者、ダンジが呻《うめ》く。ウルが二週間もたない方に結構な稼ぎをつぎ込んでいたらしく、だいぶ死にそうな顔をしていた。そんな彼を慰めるように、シズクは微笑《ほほえ》みながらうなだれる彼の頭を撫《な》でた。

「グレン様にも優しいところがあるのですよ？」

「シズクさん。君は聖女のように優しいからそう思えてしまうんだ。アイツはカスだ！」

「カスです？」

「直球の悪口がきたな」

シズクがぱちくりと目を瞬《しばたた》かせる中、先輩冒険者もとい【グレンのいびり被害者の会】の会員は手振りを交えて演説を開始する。ウルは揚げ鶏に食いつきながら話を聞き流した。

「――そんであの野郎、ゲボ吐きながら悶《もだ》え苦しんでる俺に向かって『血反吐《ちへど》じゃねえな。オッケーまだいける』つって笑いながら蹴りを入れやがって……お、あああ！！！」

「いかん、ダンジがまたトラウマ発症しとるにゃ」

「めんどくせえな。酒のませとけ酒」

そうして最後は仲間に回収される。この酒場に通いはじめてから、見慣れてきた光景である。

「しかし皆、グレンに世話になってるんだな」

「世話って言っていいのか、分からんけどねー、んふふふ」

笑いながらウルの隣に座るのは兎の獣人《ガウル》、ナナだった。気持ちよさそうに、景気よさそうに飲んでいるところを見る限り、どうやら彼女は賭けに勝ったらしい。

「また酔ってんのか、ナナ」

「んっふふ。もちろんよぉ！　おしゃけはひゃくひゃくのひょうよう」

「言葉が怪しすぎて何言ってんだか分かんねえ。そんで抱きつくのはやめい」

「あらぁ照れてるのウフフフフ？」

「いいや、この前思い切りゲロを吐きかけられた地獄絵図を思い出している」

「大丈夫よ安心しら。きょうはあんましのんでらいもぉおうっぷ……」

「誰かこの酔っ払いを早く」

こんな感じで、ウルとシズクはいろんな客たちに可愛《かわい》がられていた。それは鬱陶《うっとう》しくもあるが、一方でありがたくもあった。というのも、

「今は活性期だからな、気をつけろよ。上層ならって油断してると痛い目見るぞ」

「あるある。そうやって火蜘蛛に喰《く》われた奴、知ってるわ」

「火蜘蛛って、確か十階層くらいのやつだろ？　活性期だとそんなのまで上層出ることあんのかよ」

このように先輩冒険者たちの経験に基づいた情報を得られるからだ。グレンがこの場所を紹介してくれた意図を噛《か》みしめながら、ウルたちは彼らとの交流を糧《かて》としていた。

「そんで、お前らまーだ宝石人形狙ってるのか？」

「まだ、調査の段階だがな」

宝石人形の相談にも彼らは応じてくれる――とはいえそれは、

「つかー、物好きだねえ。あんな厄介なやつをよ」

「といっても、賞金が懸かってるんだろ？」

「バッカだねえ！　賞金が懸かってるってのは、そんだけ面倒くさいってことなんだよ！」

――商売敵ではないからという側面もあるのだろうが。

賞金が懸かる魔物というのは様々だが、総じて危険で厄介だ。特に生活が安定した冒険者たちで、

それを狙おうという輩《やから》はなかなかいない。

「というか……金貨五枚ってのは、どの程度強いんだ？」

「そりゃお前……どうなんだ？」

「微妙！」

「微妙て」

　雑な答えが返ってきた。

「銅級くらいじゃ、容易くはないってあたりじゃないかしら？」

　先ほどと比べ、若干顔色が回復したナナが腸詰を食べながら答える。

「じゃあ、銀級なら？」

「そりゃ余裕さ！　英雄だぜアイツらは」

「では、なぜ銀級の皆様は宝石人形を討たないのでしょうか？」

「アイツらの基本活動は中層ですからね！　シズクさん！」

　シズクの疑問には我先にと男たちが群がり、彼らを踏みつけにした一人が答えた。

「銀級一行《パーティ》からすりゃわざわざ上層に戻るより、中層でずっとこもってる方がよっぽど稼げますからね！　そりゃわざわざ上ってはきませんよ！」

「下手に縄張りから離れて、他の冒険者に狩り場取られたら、目も当てられんだろうしな」

　その彼の言葉を補足するように店主は頷き、ウルたちが空《から》にした皿を引き上げていった。

「縄張りなんて概念があるのか？　迷宮は変化するだろう？」

「そりゃあるさ。今は活性期だが、それでも上層に出てくる魔物の種類が何もかも一新するようなことがあったか？」

「あー……いや」

宝石人形のような例外を除けば、確かにそれほど変わっていない。一階から三階まで出てくるのは小鬼《ゴブリン》や影犬《ロウドッグ》、大蜘蛛、黒大蜥蜴などが定番で、そこから逸脱はしない。

「だろ？　傾向ってのはあるんだよ。そもそも、迷宮そのものの変化も、そうしょっちゅう起こるもんじゃないしな」

壁の配置も何もかもが違ってしまうような大規模な迷宮変動はそうそう起こらない。だから慣れた冒険者は多少変化してもすぐに地形の把握ができてしまうらしい。

「だから狩りやすい階層は、一つの一行《パーティ》がまるごと占拠してたりするんだよ」

「まあ、活性期でびみょ～に出現する魔物が〝ズレ〟たりはするんだがナァ。そんでもって、狩りやすい魔物を巡って一行《パーティ》同士で喧嘩したりってナ」

「っつーわけで、賞金が懸かってるからってわざわざ銀級レベルの奴らが縄張りから移動してくることはない。白と銅の縄張りに銀が突っ込むのはかっこわりいしな」

「メンツも大事だワ。そういうとこ雑にしてると痛い目見るネェ」

橙色《だいだいいろ》の毛並みをした獣人《ガウル》は、仲間の男と頷き合う。

「つまり白か銅が頑張るしかないんだが……そうなると今度は、単純に実力が足りなくなる」

「【赤鬼】って連中は宝石人形に挑んでたけど」

「あのバカどもか？　あいつらにゃ無理だろ！　ってか迷惑かけられなかったか？」

「元気で楽しそうな方々でしたよ？」

シズクはニコニコとそう言うが、一番迷惑をかけられていたのは彼女だった。というのも宝石人形との一戦後、迷宮を出た彼女を強引に勧誘してきたのだ。

「鈍間《のろま》はほっとけだの、一行《パーティ》はちゃんと選べだの、いろいろと楽しそうだったよ」

「んな物言いして勧誘できると思ってんだから、アイツら本当にバカだワ」

他の客たちも頷いた。割と有名な連中らしい。良い意味で——ではないようだが。

「上層の支配者を気取ってるバカな連中さ」

「要はずっと銅級で燻《くすぶ》り続けてる、ってだけなんだがな」

「トラブルもよく起こしてる。ギルドに見咎《みとが》められるとこでは手を引くから狡《ずる》いんだよ」

「なまじ、ぐだついてるぶん、魔物殺して上層の中じゃ力だけはあるからナァ……」

なるほどな、とウルは【赤鬼】の名前を要注意集団として記憶した。

「まあともかく、人形をこのまま誰も退治しないと………【祭り】が来るかもな」

「祭り？」

ここまでの話を考えると場違いに感じる単語が聞こえてきて、ウルは首をかしげた。すると、それを口にした鉱人《ドワーフ》がニヤリと笑った。

「グリードの名物さ。【討伐祭】ってのがあるんだよ」

◆◆◆

【討伐祭】

大罪都市国グリードには固有の祭りが存在する。といっても、神殿が主導で行う【太陽祭】のような、太陽神《ゼウラディア》と精霊たちへの祈りを捧《ささ》げる儀式のような祭りとは趣が異なる。【討伐祭】の発祥は、文化とは縁の遠そうな冒険者たちの遊びのようなものだった。

迷宮に出現する魔物たちの中でも一際《ひときわ》に攻略が困難な魔物、賞金が懸かるような魔物を、冒険者同士で、誰が最初にそれを討つか競いはじめたのが始まりだった。

同業者たちはどの一行《パーティ》が勝利するか賭けを始め、それに都市民たちまで便乗しだした。商人たちは冒険者たちを煽《あお》るように希少な武具を売りはじめ、ついには神官たちもそれに便乗した都市全体を巻き込む祭りと化したのだ。

「神と精霊に捧げる祭事じゃなくて、ただのバカ騒ぎなんだけどな？」

常連客の中でも銅の一級、熟練の冒険者であるガイナが淡々と説明すると、それを聞いたウルは難しい顔で首をかしげた。

「その祭りの対象に宝石人形がなるかも、ってことか？」

「上層だから結果もすぐに伝わる。脅威もそこそこ。賭けにはぴったりだ」

そして祭りの対象となった賞金首は、当日まで倒すことを禁じられる。倒さねばならない賞金首を倒すのを禁じるというのは矛盾に思えるが、祭りの準備が無駄になるリスクを考えればやむを得ないことだった。

「つまり、参加者が増えるのでしょうか？」

「本来はソレが狙いだからなあ？　賞金と注目度をどっちも上げて、もう少し腕の立つ奴らにも狙わせようっていう」

「ギルドからの評価点も高くなるからな？　いろんな一行《パーティ》が出ようとするぜ」

「ふむ……」

ウルの隣のシズクも、難しい表情となった。まあ、当然だろう。二人の事情は詳しく聞いてはいないが、まだ駆け出しの新人が賞金首を狙うなんて尋常でない、ということは常連たちも全員理解している。

そこに加えて、討伐祭ともなれば更に状況が変わる。穏やかでいられるわけがない。

とはいえ、こればっかりは常連たちも手を貸すわけにはいかない。彼らと同じようにいろんな事情を抱え、賭けに挑んでいる奴は山ほどいるのだ。贔屓《ひいき》するわけにはいかなかった。

「時期的にそろそろ通達くると思うぜ？　ギルドの掲示はよく見とけよ」

「ああ、助かる」

言えることといえばこれくらいだ。助言にウルは頷き、シズクと難しい顔をして話しはじめるのを横目に、ガイナは自分の椅子に戻っていった。テーブルに戻ると、自分の一行《パーティ》の面々がニヤニヤとした顔でこちらを見つめてきた。

「世話焼くねえ」

「ちょい前までお前も似たようなもんだったくせに」

「うるせえうるせえ、酒飲んどけ」

ガイナが誤魔化すようにエールを飲み干した。とはいえ、別に彼らとて本気でからかっているわけではないことは分かっている。ガイナに限らず、酒場の常連たちは新人冒険者であるウルとシズクを可愛がっていた。

「危なっかしいからなあ、あいつら」

おそらく抱えているであろう特殊な事情をひけらかすこともせず、愚直に真面目に迷宮へと潜り、ボロボロになって戻ってきてはここで飯を貪り食う。そして同僚の常連たちのクダ巻きのような助言を真剣に聞いて、訓練所に戻ってから鬼《グレン》にボコボコにされるのだ。

心配するな気にかけるな、という方が無理だ。

「賞金首の前にぽっくり死なねえかヒヤヒヤするわ」

「俺はグレンに殺されねえか心配だけどな……」

「あいつが力加減ミスるわけねえだろ。だから余計にタチ悪いんだ」

同情だったり応援だったり様々だが、気にかけていることには変わりなかった。まあ中には——

「シズクちゃんも可愛いしな！」

やや、下心を抱えてる奴がいないでもないのだが。

調子のいいダンジが、でへでへととてつもなく情けない顔で白銀の美少女を見つめるので、周りは呆れ顔になる。確かに彼女は冒険者にあるまじきと言えるほど恐ろしく整った容姿で、見蕩《みと》れるのも分からないでもないが露骨すぎる。それに、

「あほだねえ、ありゃどう考えてもウルの女だろ」

「そうなのか？　ウルはそういう関係じゃねえって言ってたぞ？」

「見ろよ」

そう言って再びウルたちの方を見る。ウルと会話するシズクはとても穏やかに、そして優しげな微笑みをウルに向けていた。やはりウットリするくらいに美しい笑みだった。そんな慈愛に満ちて

見える笑みを、ウル一人へと彼女は向けていた。

「お前にあんなふうに微笑みかけてくれてたか？　あの子」

「こ、この前酔って転んで怪我したときめっちゃ優しく怪我癒《い》やしてくれたもん！」

「そりゃ哀れまれたんだろ。っつーか新人冒険者の貴重な魔力使わせんなよお前……」

「だからモテねえんだよ」

四方八方からボコボコに罵《ののし》られて、ダンジは泣いた。まあ、すぐに復活するだろうと思いながらも、再びガイナはシズクへと視線を向ける。

「ま、あの子は俺も分からんところではあるけどな……」

すれ違えば誰もが振り返るような恐ろしく美しい容姿。その容姿に見合うような慈悲深く誰に対しても優しい態度。そして魔術師としても優れた才能。

どれをとっても特異な彼女がなぜ冒険者なんてやってるのか、気にならないかと言われれば嘘《うそ》になる。なるが、他人の不必要な詮索《せんさく》は御法度《ごはっと》だ。ガイナは視線を切るためにもう一度酒を呷《あお》ろうとした。

「おい!!　こぼすなよ!!　酒が減るだろ！」

「うるへー！　また注文すりゃいいだろーが！」

「おめーら酔いすぎだよ、アッハッハ」

すると不意に喧《かまびす》しい声が酒場の一角から響きはじめた。

「なんだアイツら？」

常連たちは顔をしかめ、そちらを睨《にら》む。酔っ払いの男たちが昼間から何やら騒いでいた。

「さあ、どっかの賭場でバカ勝ちしたらしいチンピラだよ」

「下手に騒いでたら、オヤジがキレるぞ？　大丈夫か？」

要は小金を手にして昼間からはしゃいでるチンピラたちのようなのだが、よくない酔い方をしていた。まあ、度が過ぎれば追い出せばいいだけなのだが、彼らは――

「うお、見ろ見ろお前ら、すっげえ美人がいるぞ！」

「ワッハハハ、ホントだ！　こんな寂れた店なのになあ？　看板娘ちゃんかなあ？」

――悪いことに、ウルたちに絡みはじめた。

常連客たちは、やや注意をはらった顔で周りから見守っている。ウルとシズクは、今や下手な銅級冒険者と比べても鍛え上げている。チンピラ相手に後れは取るまいとは思っていても、子供は子供だ。可愛い後輩を護る義務感が彼らにはあった。

「大丈夫か？　随分酔ってるみたいだが？」

「うっせえなあ？　俺を誰だと思ってんだ？」

「無知なもので、詳しくない」

「ギャハハハ！　ムチだって！　ムチムチ！」

ウルは怯《おび》えたりすることもなく、慣れた様子で適当に流していた。問題はなさそうだが、そろそろ追っ払うかと常連たちが視線を合わせていたとき、それは起こった。

「んだ？　ガキィ、ひでえ武器もってんなあ？」

そう言ってチンピラの一人が、立てかけていたウルの竜牙槍《りゅうがそう》を無断で掴んだのだ。それを見た瞬間、常連客たちは一斉に立ち上がった。

「ヒトの得物を……！」

冒険者の武器を無断で触るのはタブーだ。迷宮に潜ったとき命を預けるものなのだ。顔見知りであっても安易に渡したりするものではない。まして勝手に触るのはマナー違反以前に常識がない。

その場の全員が立ち上がり、チンピラたちに向かっていく。

「お、おいおい」

何人かのチンピラたちはギョッと驚くが、竜牙槍を握った当人は気づかない。そして、

「見てろよ、俺に言わせりゃこんなもんなあ――」

そう言って、ぶん、と竜牙槍を不格好な姿勢で振って、

「あ」

ボキンと、柄《え》の付け根から真っ二つにへし折れた。

「「「――……………」」」

その瞬間、冒険者たちは全員ぶち切れ――は、しなかった。チンピラたちも、周りの冒険者たちも、自分の商売道具をぶっ壊されたウルすらも沈黙した。

普通、竜牙槍は雑に一回振ったくらいで壊れるようなものではない。今日は宝石人形とやりあったとも言っていたから、それが原因なのかもしれない。故に全員戸惑っていた。

いや、いくらなんでもボロすぎだろ。

とか
迷宮潜ってる最中じゃなくてよかったなあ。

とか

いや、それはそれとしてチンピラたちの所業には怒るべきなのでは？

とか
そんな思考が彼らの間でグルグルと巡った。

困ったことに、被害者のはずのウルが怒ったり悲しんだりもせず「あーとうとう壊れたかこのガラクタ」みたいな、他人事《ひとごと》のような顔で眺めているのが戸惑いに拍車をかけた。

全員がリアクションの正解を求めていた。そして、

「そんな……ウル様の、お父様の形見の品でしたのに……！」

シズクがポロポロと涙を流しながら悲しみはじめたことで、冒険者たちは再起動を果たした。

「おっしゃ！　シズクさんそのとおりだ！　なんて酷《ひど》いことしやがるんだてめえら!!」

「おっしゃ、って言わなかったか今!?」

「ああ許せねえぜ!!　ウルのガラク……愛用の武器をこんなふうにしちまうなんて!!」

「ガラクタって言った！　絶対言ったぞ！」

「これはある程度は弁償しないとねえ？　ウル、いくらくらいしたの？」

「金貨三枚」

「ぼった……いえ、そんな高価な武器を壊すだなんて!!　許せないわ！」

「ぼったくりっつったよなあ!?　こっち見ろよぉ！」

と、このようなやりとりの末、最終的に竜牙槍の【刀身】の最低価格である銀貨三枚を彼らからせしめることに成功したのだった。

その翌日、冒険者ギルドにある布告が成された。

・討伐祭の開催決定
・開催日は二週間後
・標的は現在上層を徘徊《はいかい》する宝石人形
・参加条件は銅級以下の冒険者
・それに伴い、当日までは宝石人形の討伐を目的とした攻撃を禁じる

その情報は冒険者ギルドはおろか、グリードという都市国全体に熱気と共に広まり、活気づくこととなった。

◆◆◆

【黄金不死鳥《ゴルディン・フェネクス》】・グリード支部は、ここしばらく嵐に巻き込まれていた。

原因は言うまでもなく、先日までグリードを取り仕切っていたルーゴラという小人《コロポ》と、その一派の大失脚である。騎士団たちにしょっぴかれたことで【黄金不死鳥《ゴルディン・フェネクス》】という金貸し屋は大幅に形を崩した。もともと「冒険者相手の金貸し屋」というプラウディア本部の方針から逸脱し危うい状態にあったが、その瑕疵《かし》が最悪の形で表れたのだ。

この支部はもうお終《しま》いだと誰もが思った。実際そうなる可能性が極めて高かった。

「うん、コレで大丈夫。ルーゴラの抜けた穴をよくカバーしたね」

長の娘、ディズ・グラン・フェネクスがいなければ、事実そうなっていた。

「いえ……ディズ様の助けあってのことです」

新たにグリード支部の長となったガネンは世辞ではなく、正直な感想と共に頭を下げる。

彼女が来たとき、ガネンはおろか他の従業員も彼女のことを侮っていた。長の娘といったところで、見てくれが綺麗なだけの小娘。職場が更にかき回されると誰もが想像した。

——いろいろと言いたいことはあると思うけど、今は私の指示に従ってもらうよ。

しかし、彼女が舵《かじ》取りを始めてからが凄かった。機能している部分は残し、腐敗した部分は切り捨てる。人員は安易に棄《す》てず、後ろ暗い部分のある者同士は距離を空けさせた。あっという間に彼女はグリード支部を健全化させたのだ。頭も上がらなくなるというものだ。

「本当に感謝しています。貴方《あなた》のおかげで首の皮一枚繋がった」

騎士団にトップがとっつかまる、なんていうとんでもない不祥事があって、立て直すなんてとてもではないが自分たちではできなかっただろう。世辞抜きに彼女には救われた。

だからこそ、彼女の助けになりたいのだが——

《おっちゃんよかったなー》

「おっちゃんはやめなさい」

《あそんだげよか？》

「頼む、後にしてくれ」

——まさかその助けが、緋色《ひいろ》でふわふわと空を舞う、妖精のような謎の少女の子守となることとは思いもしなかった。

「悪いねガネン。アカネの相手をさせて」

「いえ、三歳ほどの娘もいるので慣れています」

故に、その少女にまつわる〝取引〟について思うところがないではなかったが、それは元はといえばルーゴラの罪であり、それを咎《とが》めなかった自分たちの罪だ。ディズにどうこうと言えることではない。彼にできることといえば――

《あ、にーたんだ！》

「来たぞアカネ」

迷宮探索でボロボロに疲れ果ててもなお、足繁《あししげ》く妹のところに顔を出すこの兄の努力が報われることを祈るくらいだった。

◆◆◆

訓練十五日目　参加者二名　脱落者なし

【黄金不死鳥《ゴルディン・フェネクス》】・グリード支部にて。

「まあこんな感じで、面倒くさいことになったな」

「必然的にライバルは増えるだろうからね。討伐祭は歴史も長いから」

「そうなのか？」

「伝統行事さ。住民も慣れたものだよ。あと数日もすれば飾り付けられてるだろうね」

本日ウルは自分の妹を預かっている金貸し屋、【黄金不死鳥《ゴルディン・フェネクス》】を訪ねていた。

訪ねた理由はもちろん、ディズに会いに来たわけでも、【討伐祭】の歴史の授業を聞きに来たわけでもない。

《にーたんおこまりか？　大丈夫か？》

アカネは妖精の姿でウルの頭の上にのしかかって楽しげだ。聖霊憑《つ》きのアカネは変幻自在で、周りに騒がれぬよう様々な姿に形を変える。猫の姿もお気に入りだが、今日は妖精の気分らしい。

「お困りだなあ……どうしたもんか」

《てつだう？》

「気持ちだけでも嬉しいよ」

頭の上の彼女をウルが器用に撫でると、アカネは嬉しそうに笑った。その様子を愛らしく思う。なんとしても、彼女には幸せになってほしいのだが障害がある。

「大変そうだね、同情するよ」

その障害の原因が、ウルとアカネの交流を眩《まぶ》しそうに見つめ、笑っていた。「おかげさまでな」と、ウルは顔をしかめた。

「銅級取得って条件だけでも面倒だってのに、ライバルまで増えるとか勘弁しろよ……」

「まあ、討伐祭が起こるだろうと想定してこの条件出したんだけどね」

「おい」

聞き捨てならない言葉にウルは更に顔をしかめるが、ディズは肩をすくめた。

「銅級を条件にしたけど、不可能では意味がないって言ったでしょ？　銅級昇格の実績稼ぎ、宝石人形を単に倒すだけだと、やや弱いからね」

「……俺たちが宝石人形を狙うってことも想定済みと？」

「君が本気で銅級になろうというなら、選べる選択肢は少ないからね。想像はついたよ」

ディズは笑った。ウルはごちゃごちゃとした心中を整理するように口を開いた。

「……この勝負を持ちかけたのは俺だが、なんでそこまで熱心なんだよ」

ありがたいことに、と言うべきかは判断に困るが、彼女のウルに対する関心は想定外だった。もともとディズには一つの得もないと言っていいのに、賞金首やそれにまつわるイベントまで考慮して条件を用意する理由がウルには何一つとして思い浮かばない。

するとディズはふむ、と少し考えるように首をかしげ、そして言った。

「…………うん、娯楽かな？」

「最悪だ！」

思った以上に最悪の答えが返ってきた。

「正直この答えどーかなって思ったんだけどさ……言い繕いようがなくってさ」

自分でもビックリ。とでも言わんばかりに、ディズは唸《うな》った。

「合理的に考えるなら君の懇願は無視すべきだ。同情するならアカネは返すべきだ」

そのどちらも選ばず、ウルの懇願を聞き入れ、彼に試練を与えて、苦しむのを眺める。なるほど、これは確かに娯楽だ。

「君に好機を与えて、その様子を観察するのは、邪悪な娯楽としか言いようがない。言い訳の余地なしの完全な私欲だ」

そう言って、ディズはその場で不意に手をひょいと上げる。なんてことのない動作だったが、気がつけばウルの頭の上からアカネの姿が消えていた。

《ありゃ？》

「残り二週間だ。君もアカネも、私は気に入ってきた」

そしてディズの腕の中にアカネは収まっている。アカネ自身も不思議そうにしているのを尻目に、ディズはウルに微笑みかけた。

「それでも、今回の契約に温情を与える気はない。だからこそ君の奮闘に期待するよ」

「邪悪な金持ちめ」

「わっはっはー、びんぼうにんめー」

《びんぼうにんめー》

「おや、妹が裏切った」

ディズを真似るアカネは楽しそうである。とはいえもちろん、そのままにしておけるわけがない。

ウルは立ち上がり、うなずいた。

「……やってやるよチクショウめ」

ウルの言葉に「楽しみだね」と、ディズは笑った。

◆◆◆

客が去り、残されたカップを従者の女が片付けはじめる。さて、とディズは再び机に積もった仕事を片付けようと肩を回した。

《なーディズ》

「ん？」

そんな中、アカネが猫の姿のままディズを見上げる。猫の姿になっても、緋色の美しい瞳は、ディズをじっと見つめていた。

《しよく、って、なにがしたいん？》

「ふむ」

確かに、何を望んだかまでウルには言わなかった。しかし、この賭けの景品とも言える彼女が尋ねるならば、答えるべきだろう。

「私はね、打ち倒されたいんだ」

《んー……？　まぞ？》

「そうかもね」

ディズは同意しアカネを撫でる。本当に何の変哲もない名無しの少年の、強がるような言葉を思い出してディズは笑った。

「本当に期待しているよ、ウル」

◆◆◆

迷宮都市グリード　行軍通り

「……本当にややこしいことになっちまった……」

銅級昇格、賞金首、討伐祭。

まだ、冒険者である自覚すら薄い中、状況は畳みかけてくる。もちろんそれはウル自身が望んだことである。誰に対しても文句の言いようがない。だが、どうしたって混乱と焦りが精神を蝕《むしば》んでくる。

「落ち着け……一歩一歩やるしかない」

拳をつくって、自分の額をぐりぐりと殴った。

今しなければならないことは〝宝石人形打倒の手段〟を考えることだ。宝石人形と戦い、倒す。そのための武器をまずは手に入れる。

「これ、ちゃんと治るんだろうな……」

酒場で見事にポッキリとへし折れた竜牙槍は、布に包まれ背負われている。愛用の武器だというにはやや思い入れが薄いが、まずはコイツをなんとかしなければならない。

そのために現在、ウルは大通りから東の方角へと足を運んでいる。大通りから逸《そ》れた東地区では【都市民】たちの姿は少なかった。代わりに自分と同じ冒険者たちの姿が増える。それ以外にも、分厚い作業着や手袋を身につけた者たちの姿も見える。

　それもそのはずだ。この一帯は――


「ウル様！」

　足を進めていると、待ち合わせの場所にシズクの姿があった。ニコニコと笑みを浮かべながら手を振り近づいてくるのでウルも応じる。

「シズク、待たせた」

「今来たところですから」

　その言い方をして本当に今来たばかりの奴は見たことがない、と言いたかったが指摘はしないでおいた。そして彼女から視線を外し前を見る。

「……なかなかやかましい」

「活気がありますねえ」

　冒険者の国、と呼ばれるグリード。その主役はもちろん冒険者であるが、それを支える者たちもいる。その冒険者たちが使う武具の類いを生み出し、鍛え抜く職人たち。彼らを支える【職人ギルド】が管理する【職人街】をウルたちは訪ねていた。

「あの酔っぱらいたちが寄越してくれた銀貨三枚で直せりゃいいけどなあ……」

「ちゃんと弁償代支払ってくれてよかったです」

「泣いてたけどな。あの兄ちゃんたち」

　賭け事で大勝ちした取り分をすっかりスった彼らも不運だったと言えなくもないが、しかし彼らに慈悲をかける余裕もウルたちにはない。とにかく今は自分たちの目的を達するためにも、ウルとシズクは職人街へと進んでいった。

「……んじゃ、楽しくて楽しくない、買い物の時間だ」

「楽しくないです？」

「出費は嫌いだ」

◆◆◆

――武具を買う？　そうかい。ほらよ。

職人街に向かう前に、グレンにそのことを告げると、彼は無造作に麻袋を放ってきた。何だと思って中を見ると、なぜか銀貨が何枚も入っていた。

――……何の金？

――お前らから徴収してた金。

グレン曰《いわ》く、迷宮探索の収入で徴収していた稼ぎらしい。搾取されていたと思っていた金は、どうやら彼らが預かっていただけだったようだ。

――なんでわざわざ？

――自分のことも分かってねぇバカが、小金握ったら無駄なもん買うだろ。

さもありなん、であった。結果、ありがたいことにウルたちは今、割と結構な貯蓄を用意できていた。

生活費や消耗品等もあるが、現在おおよそ銀貨二三枚＋チンピラたちからもらった銀貨三枚、計銀貨二六枚がある。この資金がウルたちの今後を左右する。のだが――

「………コイツはひでえな」

「ああ、信じられん。なんてぇ悲惨な姿だ」

「竜牙槍の体《てい》を成そうとしていることが許しがてえ。冒涜《ぼうとく》だ。ひでえよぉ……」

「ひと思いに壊《や》っちまおう。それが供養というもんだ」

「そうしよう。よーし爆破だ。全員、戦の精霊《カラストラル》に祈れー」

「まてまてまてまて」

その出だし、竜牙槍の修繕でおかしな躓《つまず》きかたをしていた。

ウルは勝手に自分の竜牙槍を破壊しようとしはじめた職人たちに待ったをかける。

「なんだ客《ぼうとくしゃ》、邪魔をするな」

「客のことを冒涜者《ぼうとくしゃ》と呼ぶな」

「面白いヒトたちですね？」

変な鍛冶《かじ》商店に来てしまった。

【隠れ家】の常連から「腕だけは確かだ。腕だけは」と紹介されて来たのだが、本当に保証されていたのは腕だけらしい。なんだこいつら。

すると、客の竜牙槍を粉砕しようと目論《もくろ》んでいた鍛冶師の男たち三人組のうち、リーダーと思《おぼ》しき鉱人《ドワーフ》の男は言った。

「俺たちは【黄金鎚《おうごんつい》】！　俺たちの信念はどれだけ客から金をむしり取れるかにある！」

「最悪の店だ」

本当に最悪の自己紹介である。帰ろうかと本気で思った。が、そのウルの反応に「心外だ！」と三人組のうち、小人《コロポ》が唸った。

「バカヤロウ！　ぼったくるような真似はしない！」

「金は、この世界で最も平等な物差しだ。コレを多く支払ってもらうということはすなわち、それだけ仕事を認められたということだ！」

只人《タダビト》の男が更に力強く続けた。

「まあ、納得できなくもないが……」

理屈としては通る。通るがやはり変な店である。そして、それならば金さえ払えば文句はないのでは？　と思いもしたのだが、どうやらそう単純な話でもないらしい。

「だからこの竜……そう呼ぶのも悍《おぞ》ましい!!　形容しがたいナニカは許せねえ！」

「ああ……。この冒涜的物質が金貨三枚……!?　ふざけるなちくしょう！」

「この物体Ｘが金貨三枚なら俺たちの武具は金貨一〇〇億枚だァ!!」

「多様な表現で罵られている」

金好きであり、職人であるという二つの側面を持つ彼らの前では、ウルの竜牙槍は存在すること自体が許しがたい劇物と化してしまったようだ。

「で、直せんの？」

「「捨てちまえこんなもん！！！」」

「そうしたいのは山々なんだが、時間がない」

ウルとて別に竜牙槍にこだわりがあるわけではない。もし時間があり、もっと使い勝手の良い武器があればウルは躊躇《ちゅうちょ》なくそちらを選ぶだろう。

だが今は時間がない。既に討伐祭まで二週間を切っている。ただでさえ、日々魔力を吸収することで成長する身体能力のコントロールに必死なのだ。そこに重ねて、武器経験までまるっとリセットするのは自殺行為だ。

「俺に、残り二週間足らずで全く新しい武器を手に馴染ませるセンスはない」

「凡人」

「非才」

「ゴミが」

「そろそろ殴るぞ？」

握り拳を作ると、彼ら三人揃《そろ》って距離を取った。さすがに駆け出しといえど、冒険者相手に喧嘩を売る勇気はないらしい。

「つっーわけで、とりあえず直してくれ」

「直すっつったってな……どこまで直せばいいんだか……」

「知り合いからも散々ダメ出し喰らったが……結局のところどうダメなんだ？」

当たり前ではあるが、ウルに竜牙槍の知識はない。自他共に認める不細工な棍棒《こんぼう》でしかない竜牙槍（もどき）では知識など身につけようがなかった。

「竜牙槍が、槍と大砲の合体武器っつートンチキコンセプトなのは知ってるよな？」

「まあ、さすがに」

「んで、基本的に三つの部品に分かれる。柄、刀身、そして【魔導核】だ」

今回、破損したのはそのうちの刀身の部分だ。真っ二つに分かれて、コレはもう使い物にならないので修理するしかない。だが【黄金鎚】曰く、それ以外の二パーツも問題らしい。

「柄もひでえな、適当な古い槍を繋げてくっつけてる……まあ、こっちは一応使い物にはなってるが……」

「問題は魔導核だ」

「壊れてるのです？」

シズクが問うと、鉱人《ドワーフ》の男がウルの竜牙槍を指して、堪《こら》えきれぬというように叫んだ。

「そもそも魔導核ですらねえ！　適当なスクラップをそのまま収めただけのハリボテだ！」

「まあ」

シズクは口元を押さえて驚き、ウルは頭痛を堪えるように眉間を揉《も》んだ。確かにそんなものが金貨三枚だとか言われたら絶句するだろう。

「魔導核が動かなきゃ、当然〝本来の機能〟も働かない。ただの不細工な槍だ」

「まあ、刀身さえ変えりゃ最低限〝槍〟にはなるかもなってとこだよ」

「ふむ……」

なるほど、確かにコレまでどおりの活用を考えるなら、刀身部の更新に多少金をかけるだけでいい気もする。鈍器としてだけでなく、大槍として機能するだけでも進展だ。しかし、これからウルたちが対峙《たいじ》するのは宝石人形であることを考えると――

「できるなら魔導核の修繕もしたいんだが……」

そう言うと、三人の職人は揃って苦い顔になった。

「……刀身までならやってやるが」

「ああ。コレを本格的に直すのは、正直嫌だ！」

「関わりたくもねぇ!!」

「嫌われすぎだろ」

本気で嫌らしい。

とはいえ今から別の、それも腕の立つ職人を探すとなると、恐らくそれも時間がかかる。今は一日だって時間が惜しいのだ。できれば彼らに協力してもらいたいのだが――

「お三方」

そう思っていると、シズクが前に出た。渋い顔になっていた三人の前で、どこか儚《はかな》げで、悲しそうな表情を浮かべながら両手を合わせた。

「皆様の職人としての矜持《きょうじ》、素敵です。そんな皆様にお願いするのは心苦しいのですが」

そう言って懇願するように、彼女は囁《ささや》いた。

「どうか、私たちを助けてはくださいませんか？」

「「任せろ」」

協力要請は承諾された。

「良いヒトたちでよかったです！」

「……そだな」

シズクは嬉しそうに言った。鼻の下を伸ばした職人たちの顔は見なかったことにした。

◆◆◆

「うん、コレ無理」

「なにゆえ」

黄金鎚の中でも唯一の魔導機械を扱える小人《コロポ》の女技師は、ウルの竜牙槍（もどき）を見て、即座にギブアップした。

「この竜牙槍……というよりも、コレに使われてる魔導核を収める回路部が古すぎる。この回路に適合する【魔導核】はほぼない」

「とことんガラクタだな、ちくしょうが……」

本当に面倒くさい代物であった。ここまでのいろいろな思惑を全部忘れて、すっぱり捨ててやろうかという衝動に駆られそうになった。

「まあ……調整できなくもないけど、時間がかかるよ？　大体二ヶ月くらい」

「終わった」

「それに魔導核って高価だよ？　大体一つあたり、金貨五枚くらいかな……」

「ますます終わったな……」

時間的にも金銭的にも論外も論外だ。刀身だけを直す。その方針でいくしかなかった。

「そんなに竜牙槍直したかったの……？　だいぶゲテモノ武器だよ？」

「事情があって、討伐祭までに強い武器が欲しかったんだが……」

そう言うと、ふむ、と女技師は腕を組んだ。

「……いくらかのリスクを飲んでいいっていうなら、アテがないわけじゃないよ？」

「本当か？」

藁《わら》にも縋《すが》るようにウルは顔を上げたが、女技師の酷く悩ましそうな表情を見て、その「アテ」というものがあまり手放しに喜べるものではないのだ、ということがすぐに分かった。

「マギカって魔術師がいる。現代人形《ゴーレム》の祖って呼ばれている、魔術ギルドの【賢者】称号持ち……【銀級】相当って言ったら分かりやすい？」

「彼女ならば直せるのですか？」

「取引次第では安くもしてくれるって話も聞いたことがある。ただ」

「ただ？」

少し躊躇《ためら》った後、彼女は言った。

「ロクデナシなの」

「そんなんばっかだな。最近」

なぜ能力のある者が悉《ことごと》く人間性に問題を抱えているのだろうか。

◆◆◆

魔術師マギカの住居は、都市国グリードの中でも南西に位置していた。密集する住宅街から少し離れた場所にある小高い丘の上、ポツンと一軒だけ家が立っているのだ。

この一帯は、誰であろうその魔術師マギカが〝買った〟土地なのだという。

「土地を買うとかやばいな」

「やばいです？」

「土地を所有できるのなんて、高位の神官くらいなもんだ。とんでもなく金がかかる」

この世界における住居というものは、基本的には高層建築物の集合住宅を指す。土地が限られてしまう以上、敷地は無駄にできないのだ。

間違いなくマギカという人物は大金を持っている。そう考えると、ウルたちの依頼なんてものを聞いてくれる可能性はだいぶ低い気がしてくる。

「まあ、考えても仕方ねえか」

今のアテはここしかないのだ。と、ウルは来客用のベルを鳴らした。

「ごめんください」

「マギカ様、いらっしゃいますでしょうか？」

しばらく待ったが返事はなかった。しかし、もうしばらくするとドンドンとかなり大きな足音が近づき、ゆっくりと扉が開いた。ウルとシズクは目を合わせて姿勢を正した。

「どうもはじめまし――――」

そして中から、

『ooooo……』

なぜか人形《ゴーレム》が、扉から出現した。

「まあ」

「おああー!?」

ウルは【黄金鎚】から借りた代用品の槍を引き抜き、身構える。が、

『ｏｏｏ……』

「……動かんな」

「可愛らしいですね？」

人形は襲ってはこなかった。シズクはニコニコと楽しそうに人形の頭を撫でている。大体一メートルちょいほどの小さな人形は、じっとこちらを見上げていて、少し愛嬌《あいきょう》がある。こちらを感知次第、殺しにかかってくる宝石人形とは雲泥の差だった。

「そりゃそーよー。この子は私が作ったんだからー」

そして、その人形の背後から、女がやってきた。ほぼ下着姿と変わらないような寝間着姿でこちらを胡散臭《うさんくさ》そうに見つめてくる只人《タダビト》だった。

「……アンタがマギカ？」

「んーそうだけど、あなたたちなーに？」

既に常識から遠そうな気配をビンビンに感じながらも、ウルは覚悟を決め口を開く。

「頼みたいことが「え、いやー」

即座に拒否された。ウルは頭を抱えたくなった。

「……理由をお伺いしても？」

「お金も能力もなさそうだしー？」

その推測は悲しいが正しい。少なくとも、都市国の土地を購入したマギカからすれば、ウルが今大事に抱えている財産銀貨数十枚なんて、はした金にもならないだろう。

「金銭面はできる限り、努力するつもりではあるんだが……」

「白亜の努力なんてたかが知れてるしねー……あーでも」

ぺしぺしと人形の頭を叩きながら、マギカはこちらの顔を覗《のぞ》き込む。

「ひょっとしてグレンのところにいる？」

「……グレンとも知り合いなのか？」

「じゃあグレンの紹介で来たわけじゃないのー？」

どうやらグレンとも知り合いであるらしいが、グレンから彼女の話は聞いていない。

「ふぅーん……でも、なるほど。そーだなあー………」

マギカはなにやらじろじろと、ウルとシズクを見つめてくる。何かを見定めるようにそうした後、こんこんと人形を叩いた。合図を送られた人形は、自分が塞いでいた扉から離れて、ゆっくりと中へと戻っていった。

「中に入りなよぉーお茶くらい出すよぉー」

にんまりと笑って、彼女は中に引っ込んでいった。

「すげえ嫌な予感してきた」

「とても悪っぽい顔していらっしゃいましたね」

とりあえずお茶は出そうになかった。

◆◆◆

家主であるマギカのずぼらな格好に反して、家の中は意外と綺麗に片付いていた。いくつもの書類や魔導具もコンパクトにまとめられて整理されており、その周囲では大小様々な大きさの人形《ゴーレム》が、ゆったりと動いて働いていた。

「たくさん、人形がいますね？」

「迷宮の中じゃなくて都市で人形を見ると、なんか違和感が凄いな」

少し緊張したようにウルが言うと、マギカがくるりと振り返った。

「逆よー？　迷宮の人形がー人類の作った人形の模倣ー」

「そうなのか」

彼女曰く、そもそも人形の起こりは迷宮からではなく、人類が自分たちの目的のとおりに動く魔物を作成しようとしたモノなのだという。しかし、その人形を迷宮が模倣した。多種多様な人形たちを次々と生み出して、冒険者たちを襲いはじめたのだ。

「その結果、もともと都市部で働いていた人形も人類を襲ってくるんじゃないかー！　って怖がるヒトいーっぱい出て廃《すた》れちゃったのよねー。命令術式がちゃんと刻まれていたら、襲いかかってくるわけないのにねー？」

「なるほどなあ……」

「術式が壊れちゃったら、ちょっと暴そ……げふんげふんしちゃうんだけど、まあそれはそれ」

なにか聞き捨てならないことを言いかけていた気がするが、考えないようにした。そんなことを話しているうちに、彼女の家のリビングに到着した。

「はいどうぞいらっしゃーい」

「…………」

「…………」

なにやら、歓迎するように笑みを浮かべるマギカに対して、ウルとシズクは沈黙した。

それもそのはずである。リビング、らしきその場所の中央に、なにやら得体《えたい》の知れぬ巨大な大穴が存在していたのだから。

「これは……？」

「うん、迷宮の入り口ー」

「家の中に……？」

思わずマギカを見ると、彼女はわざとらしく明後日《あさって》の方向を見ながら腕を組んだ。

「ちょっと新型の魔導核を研究しててねー？　気づいたのー。迷宮の真核魔石を、そのまま魔導核として利用したら、凄いのができるって！」

「……それで？」

「暴走して、家の地下……迷宮になっちゃった」

「頭おかしいのかテメー」

咄嗟《とっさ》に暴言が出た。聞いていた以上に、この女の頭はとんでるらしい。

「つっーかこんなもん、騎士団にバレたら大騒ぎになるんじゃ……？」

都市内部でいきなり迷宮が出現したら大騒ぎになる。国を護る騎士団が知ればぶち切れるだろう。下手するとこの土地も没収騒動になりかねない。

「うん、大変だねえ。バレたら追い出されちゃう」

なーのーでー、とマギカはじっとこちらを見つめてきた。

「どこかに冒険者ギルドを介さず、ひーっそり攻略してくれる冒険者さんがいないかなー。核になっちゃった【魔導核】回収してくれないかなー？」

「……なるほど」

なんとなく話の流れは理解できた。

「一応聞くが、アンタは攻略しないのか。凄い魔術師なんだろ？」

「めんどくさーい」

「さいで」

銀級相当の魔術師がお手上げになるような迷宮というわけではないらしい。ならば、

「……報酬があるなら、攻略してもいいかもしれない」

「んー？　新人冒険者くんたちは、何がお望みなのかなー？」

「この竜牙槍の修理」

「ふむふむ、うわーこりゃひっどいねー。でも、確かに私ならできるねえ」

「それと」

と、竜牙槍をじっと睨むマギカにシズクが声を上げた。

「マギカ様は人形の第一人者でいらっしゃるとお伺いしました」

「ん、まあそれほどでもあるけどー」

「でしたら、人形の詳しい情報をお伺いしてもよろしいでしょうか？」

上乗せの報酬条件だ。大丈夫だろうか？　と一瞬思ったが、マギカはその条件に拒絶は示さな

かった。代わりに、

「……はーん？　なるほどね？」

と、何やら察したような顔で、またもニタリと笑った。そして最後に肩をすくめた。

「もしもシンセツな冒険者クンたちが仕事してくれたら、シンセツな魔術師サマが、叶えてくれるかもねー……？　今、上層で暴れてる賞金首クン、とか？」

まるで見透かしたかのようにマギカは言う。話は決まった。

依頼《クエスト》発令
〔迷宮攻略・【マギカ・グレイス宅、地下人形《ゴーレム》兵器試運転区画】を突破せよ〕

◆◆◆

迷宮：マギカ・グレイス宅地下室
全階層数：二階層
出現魔物：土人形《クレイ・ゴーレム》種
※マギカ作成の土人形のみ確認。
※現時点で迷宮の核となった魔導核の魔物の生産機能は確認できず。
※あくまでも護衛としてつけていた人形たちの異常活性と、「人類敵対」という【真核魔石】が魔物に下す命令が人形の命令術式に悪影響を与え、人形が魔物化したものと思われる。

「……さて」

地下空間へと続く階段を下りながら、ウルはマギカから事前に伝えられた迷宮の情報を改めて確認する。迷宮の規模でいえばそれほど大きくない。あくまでも、マギカの自宅の地下施設が迷宮化してしまっただけのようだ。

「魔物も実験と警備用の人形だけか……」

「でしたら、我々でもなんとかなるかもしれません」

だって、と言ってシズクは微笑む。

「とっても可愛らしかったですし」

「……気に入ったの、アレ」

「はい」

シズクは微笑み頷いた。気に入ったらしい。まあ確かに、一〇メートルくらいはある恐ろしい宝石人形と比べれば一メートルちょいしかない。マギカが使役している土人形は小柄で、デフォルメされた顔パーツに愛嬌を感じなくもなかった。

「まあ、あれくらい愛らしい感じだといいんだがな……魔物化した人形ってヤツも」

「可愛らしいといいです」

「いいか……ま、さっさと解決してやろう」

騎士団がこの異常に気づいて乗り込んでくる前に。そう思っていると、シズクが少し不思議そうな表情でウルを見つめていた。

「どうした？」

「少し、やる気になっていますか？」

「ん？　……ああ、まあ」

そう言われて、確かにウルは自分が少しやる気になっていることに気がついた。

「まあ、アレだ。せっかく自宅があるのに、追い出されるの、可哀想《かわいそう》だろ？」

ウルは【名無し】だ。金を払わなければ都市滞在権も持たない放浪の民だ。

帰る場所というものを知らずに育ってきたし、それは当然だと思っていた。だが、憧れもしていた。自分だけの場所というのはとても大事に思えるし、それが一方的に奪われるのはなんというか、不憫《ふびん》に思えたのだ。

「まあ、勝手にそう思っただけだけどな。マギカからすりゃいいカモってだけ――」

「いいえ。ウル様」

「ん？」

シズクは足を止め、ウル自身の露悪的な発言を否定するように首を横に振った。

「マギカ様を慮《おもんぱか》るウル様の配慮は、素晴らしいことです」

「大げさな……」

「いいえ」

それは、彼女にしては珍しく、ハッキリとした強い否定だった。

「逼迫《ひっぱく》した状況の中でも相手を尊ぶことができるのは、ウル様の美徳かと思います」

「……絶賛してくれるのはありがたいが、これは育ての親の躾《しつけ》の成果だよ」

「育ての親、ですか？」

「小さい頃な。しばらくの間養護院で世話になったんだ。そのジジイが厳しくてな」

ウルにとって、生きる知識と真っ当な道徳、何より「妹の問題」とその対処の心得まで教えてくれた恩人で、偏屈な老人だった。もう何年も顔を見ていないが、まだ生きているだろうか。なんてことを思いながら、ウルは再び階段を下りはじめる。

「常識とか、道徳とか教えられたから、シズクの言う美徳はジジイの教えの賜《たまもの》……と」

そう言っている間に階段が終わり、地下室に到着した。

存外に長い階段だった。「兵器の実験もする場所」とマギカが言っていたことも考えると、外に漏れないよう念入りに掘られていたらしい。

「さて、そんじゃあいくかね」

「はい」

ウルは槍を握り、シズクは杖を構えた。今のシズクの杖は【黄金鎚】から購入した、【青水晶の棍杖《こんじょう》】だ。魔力を蓄積する青水晶が、一回分の魔術を補塡《ほてん》してくれるという便利な杖で、この探索はその試運転も兼ねている。

「ま、あっけなく終わっちまうかもしれんがな」

なにせ、どんだけ家主が特殊とはいえ、迷宮化したのはあくまでも住宅の地下室でしかないのだ。地下室は確かに広いが、大罪迷宮グリードのように無尽蔵に見えるほど広がっているようには見えない。

「そうかもしれませんね。運が良ければ簡単に終わりそうです」

「だな」

はっはっは、と二人は笑い合い、そのまま地下迷宮へと足を踏み入れていった。

◆◆◆

数分後。

「なんでじゃああああ！！！」

「大変です！」

ウルとシズクは大変な目に遭っていた。具体的に言うと、

『ｏｏｏｏ……!!』

整列した人形たちが吐き出す熱光線に追いかけ回されていた。

「あの女なぁにが『ちょっとだけ戦闘用の人形《ゴーレム》に調整してる』だ！」

「ちょっとではありませんねっ！」

そう、ちょっとではない。人形たちが通路に塞がるようにしながら、虚《うつ》ろな口を開いて、そこから光熱を吐き出すのはまったくもってちょっとではない。

「面倒くさがっていた理由が分かった!!　ちくしょうが!!」

『ｏｏｏｏ……！』

「きます！」

通路を抜けている間に、別個体の人形が追いかけてきた。他の人形のように、遠距離から砲撃す

るのではなく、まるで獣のように手足を動かしながら、凄い勢いでこちらとの距離を詰めてくる。

「近接戦闘用もいるのか、よ!!」

『ｏｏｏ……』

振り返りざまに槍を叩き込む。幸いにして宝石人形のような硬度ではなかった。殴れば殴った分だけ、土塊《つちくれ》の人形はその身を砕かれて、そのまま地面に叩きつけられる。

――人形の急所、心臓は魔導核だ。コレを破壊しない限り手足がちぎれようと、目的を遂行しようとする。

グレンの教え、魔物たちの急所を思い出す。迷宮から出現する人形は、核の位置はバラバラだが、これはマギカが創り出した人形であり、その位置は既に彼女から聞いている。

「腹!!」

躊躇わず、じたばたともがく人形の腹に槍を叩き込んだ。人形はその瞬間、生物らしい痙攣《けいれん》も起こさず、ぴたりと動きを止めた。核を破壊できたようだ。

「ウル様、お急ぎください！」

ウルが人形を押し止《とど》めている間、結界による壁でウルを守っていたシズクの言葉に頷く。魔導核へと急いだ。今回の目的は、魔物のようになっている人形たちの始末ではない。

「核は、この先か！」

この地下室を迷宮化し、人形を狂わせてしまった魔導核を回収することだ。その機能さえ停止させてしまえば、この迷宮現象はひとまずは落ち着く。

「あれか……!!」

そして目的のモノを発見した。核は地下二階の中央に存在していた。何かしらの調整のためか、奇妙な円形の台座の上で浮遊している。幾何学模様の術式が刻まれた魔導核。真核魔石を流用したと言っていたそれは、宝石のように美しくもあった。

しかしその美しさに見蕩れている暇はなかった。

『OOOOOOOOOO……』

その台座の前で、大型の人形が今にも熱光線を発射しようとしているのだから。

「散会！！！」

ウルは叫ぶ。シズクとウルは左右に跳んだ。直後、ウルとシズクのいた場所に熱光が発射される。激しい音と、焼き焦げる嫌なにおいが辺りを漂う。

「二発目か!?」

異様に早い。他の人形と比べても明らかに早い。しかも光の強さや音の激しさを聞くに、さっきのよりも強い一撃がくるのが予想できた。

「シズク！　魔術はあと何回だ!?」

「あと二回です！」

現在シズクは【青水晶の棍杖】の魔力タンクを合わせると最大で四回魔術を使える。が、ここまでの道中で二回使って残り二回だ。

「結界の準備を頼む！」

シズクに指示を出す。その間にも人形は光を更に溜《た》め込み――

「……溜め込みすぎでは？」

「震えてまいりましたね？」

人形は、なかなか先ほどの光を発射しなかった。熱エネルギーはどんどんと人形の頭部に集まり、なにやらガタガタと激しい異音と共に振動しはじめている。そして、

『O――――!!』

それが限界まで到達した瞬間、人形の頭部が爆散した。

「どあああ!?!!」

「…………!!!」

飛んでくる土人形《クレイ・ゴーレム》の破片と爆風にウルとシズクは吹き飛ばされる。が、地面に転がりながら、なんとか体勢を立て直した。状況確認のために急ぎ前を向くと、先ほど自爆した人形は煙を上げながらも、仁王立ちの状態を維持していた。

しかし頭がない。綺麗さっぱり吹っ飛んでいる。これがヒトであれば命はない。が、

「……シズク」

「はい、大変です」

そう、マズい。人形の生態をウルはグレンから叩き込まれている。人形の最も危険な生態も彼からちゃんと聞いている。

――人形は核を破壊すれば活動を停止させる。だが、核を破壊しないまま頭部……つまり人形に命令を送る【制御術式】を破壊してしまうと、厄介なことになる。

生物のように周辺から魔力を吸収することで動力源となる【魔導核】は無事であるにもかかわらず、身体を動かす命令がない状態。

『o………o………』

すなわち、【暴走】と呼ばれる状態になる。

『oooooOOOOOOOOOOO！！！』

頭を失い、虚ろな口もない状態で人形は吼《ほ》える。叫ぶといっても声帯なんて人形は持っていない。この音は人形の心臓、魔導核の駆動音だ。それが獣の咆哮《ほうこう》のように響く。

「ウル様！」

「ああ！　ぶっ壊すぞ！」

【暴走】による禍々《まがまが》しい豹変《ひょうへん》っぷりに、ウルは一瞬怖《お》じけそうになったが、シズクの声で再起動する。回収しなければならない核の前に暴走した人形が陣取ってる以上、倒すしかない。ウルはまっすぐ人形へと向かい、槍を突き出した。

「突貫……!?」

『OOOOO——!!』

だが手応えは返ってこなかった。穂先に人形の姿はない。二メートルはあろう巨大人形が一瞬にして視界から消える現象にウルは目を見開き、混乱した。

「上です!!」

「ッ!?」

後衛のシズクからの言葉に上を向き、ウルは絶句する。人形は確かにそこにいた。

『OOOOOOOO!!』

天井にその四肢を食い込ませ、なくなった首をこちらに向けるように身体をひねりながら唸っていた。頭部が吹っ飛んでぽっかりと開いた大穴が、まるで口のようにゆがむ。そして目も鼻もない、口だけの怪物が吼えた。

『ＧＡＡＡＡＡ!!』

「人形っていうのかこれは……!?」

【暴走】という現象をウルは侮っていた。読んで字のまま、制御が効かなくなった人形がそのままの状態で暴れ狂うものだとイメージしていた。だがどうやら、そんな次元の話ではないらしい。

『ＧＡＡＡＡＡＮＮＮ！』

そして、ひしゃげた玩具《がんぐ》のような頭になった人形が、ウルに飛びかかった。

「つっ！」

だが、その落下からの強襲は、ウルを叩き潰す直前で防がれる。半透明で煌めく結界、シズクが咄嗟にウルの前に展開した氷の障壁が衝撃を防いだ。

「今のうちに！」

『ＧＡＡＡＡＡＡＡ!!』

結界に阻まれてもなおその壁を殴り、凍りつき崩れる拳で更に殴る人形を前に、ウルは恐怖したが躊躇いはしなかった。そのまま再び槍を人形の腹に叩き込んだ。

「だらああああ!!」

『ＧＧＧＧＯＯＯＯ！！！』

突き刺さった槍に力を込め、そのまま一気に蹴り飛ばす。ドシンという重量のある音と共に人形は背中からひっくり返る。ウルはそのまま槍の柄を握って引き抜き、もう一度振りかぶった。

「【焔《ほむら》よ唄え、猛《たけ》き力をかの者へ！】」

「つっつ潰れろ!!」

シズクによる強化魔術の後押しと共に、一気に槍を叩き込む。土の腹を貫いて、そのまま光り輝いていた魔導核も貫かれて砕けた。

『――――――』

断末魔の叫びはなかった。ケダモノのように暴れた人形は、実にあっけなく機能を停止させた。

「…………ふ、はああ……」

ウルは大きく息を吐き出す。だが、ぐったりとしている場合ではない。すぐに浮遊している件《くだん》の魔導核をなんとかしなければここは迷宮のままだ。マギカに指示されたとおり、台座のいくつかの術式に触れると、魔導核の光は収まり落下した。それを受け止めると同時に、地下室の肌を刺すような空気も消えていった。

迷宮化現象がなくなったのだと、そう理解してウルは深々とため息をついた。

「ウル様。ご無事ですか？」

「ご無事はご無事だが……」

シズクも今日使用できる魔術を使い切って、魔力切れを起こしたためか顔色は良くなかった。ウルも同様だ。見れば、人形の腹に突き刺さった槍は、あまりに力いっぱい叩き込んだせいで、柄が中ほどからへし折れている。

「……今日の迷宮探索は、なしだな」

黄金鎚の連中と、グレンにぶん殴られる覚悟が必要だった。

依頼《クエスト》
［迷宮攻略・【マギカ・グレイス宅、地下人形兵器試運転区画】を突破せよ］達成
取得物
・マギカ作新型魔導核［零号］

◆◆◆

「わーい、回収ありがとー。それじゃあお疲れ様でーす」

「まてやこら」

魔導核を回収し、帰還したウルたちを待っていたのは、にこやかな笑顔で手を振ってウルたちを追い出そうとするマギカであった。

「んーどーしたー？」

「ひっでえ迷宮を攻略させたんだ。報酬よこせ。竜牙槍直せ」

想像した以上に酷い目に遭った。そのぶんきっちりと報酬をもらえなければ困る。

「んー？　何のことかなー？」

しかし〝ロクデナシ〟と評される彼女の面倒くささを思い知るのはここからだった。

「私、一度でも『やってくれたら報酬を払う』って言ってないのよねー」

「そんな理屈……」

それは確かにそのとおりだった。彼女の地下迷宮はもともと、表沙汰《おもてざた》にはできない危険なトラブルであり、曖昧な口約束だった。彼女が自分たちの報酬を確約したことは一度もなかった。

「家の地下室にいつの間にかできた迷宮を、貴方たちが勝手に攻略しただけー。私は一切関与しなかった。それだけだよー？」

「この女……」

はったおしてやろうかとも思ったが、銀級相当の魔術師ならば戦闘力も彼女の方が上だ。こういう横暴に対して抵抗する手段をウルは持たない。さて、どうするか――

「なるほど、分かりました」

と、そんなことを思っていると、シズクはニッコリと微笑みを浮かべ、そしてウルに対してもその笑みを向ける。

「それではしかたがありません。ウル様、行きましょう」

「いや、だけどな……」

シズクに抗議しようとしたが、彼女の表情は有無を言わさず、といった具合で妙な圧力があった。

そして彼女は立ち上がると、先ほどウルがマギカに向かって差し出した迷宮化の元凶、【魔導核】をむんずと掴み取った。

「ん？」

「それでは失礼しますね。マギカ様。ご機嫌よう」

そしてそれをそのまま持ち去ろうとした。

「え、ちょちょちょちょーいちょーい」

さすがのマギカもそれを止めようとした。が、シズクは不思議そうに首をかしげる。

「はい？」

「なに持っていこうとしてんのー？」

「私たちの迷宮攻略の戦果ですよ？」

シズクは断言した。

「この地下室の迷宮は、マギカ様のあずかり知らぬところで発生したもので、マギカ様は関係ないのですよね？　でしたら、その迷宮を攻略した私たちにこれを取得する権利はありますね」

確かに、彼女の言っていることは間違ってはいなかった。迷宮は魔の巣窟《そうくつ》だ。それを攻略するのは人類全体の使命であり、それ故にその迷宮の攻略者には迷宮で獲得したものを自分のものとする権利が与えられる。【大連盟法】で決まっている。

マギカがウルたちとの曖昧な口約束を反故《ほご》とするならば、そういう理屈は通らなくもない。だが、

「持っていってもいいけど、それ、めちゃくちゃ危ないから、私みたいな魔術師以外が適当なことしたら騎士団に捕まっちゃうよー？」

そもそも、そんなものを持っていってどうするんだ、という問題がある。周囲を迷宮にしてしまうような危険な魔導具、処理できるようなコネなど当然ウルは持たない。

白亜にそんなコネはないと踏んだからこそ、マギカも雑に踏み倒そうとしたのだろう。彼女にはまだ、ウルたちへの侮りがあった。

「なるほど、そうだったのですね」

しかしシズクはなんとも優雅にマギカの言葉に頷いた。そして、

「では売りましょう」

そう言った。

「え……いや、売り先なんて」

「魔術ギルド【準賢者】のロロンド様に売ります」

「つげ、ロロンド!?」

冒険者ギルドで魔術指導のためにやってきた魔術師たちの一人に、そんな名前の男がいた気がする。最後ミナミにぶっ飛ばされていたが、シズクは彼とのコネを確立していたらしい。

「はい。ロロンド様ならきっと喜んでくださいます。なにせマギカ様のこと、とっても気にしていらっしゃいましたから」

その言葉にマギカは顔を引きつらせた。どうやらウルも知らない何かしらの因縁があるらしい。それも後ろめたい何かが。

「ですから問題ありません。心配してくださってありがとうございます、マギカ様。それでは失礼しますね？」

そう言って片手で魔導核を、もう片方の手でウルの腕をきっちりと掴むとそのまま本当にリビングを出て家を出ようとした。さすがのマギカも慌てて立ち上がる。

「わ、分かったって！　報酬支払っちゃうから？　ね？　竜牙槍直してあげちゃう！　それでいいでしょ？」

そして彼女からその言葉を引き出した。シズクの強引、もしくは豪腕と言うべき駆け引きにウルは感心した。

「要りませんよ？」

「え゙!?」

しかし、彼女の交渉はここからだった。

「ロロンド様なら絶対に高値で買い取ってくださるでしょうし、それで新しい竜牙槍を購入すればよいだけの話です」

「え、いや、それは、どーかなあ……！　あの男、結構ケチだよお？　値切られるよう？」

「大丈夫です。ロロンド様、とっても優しかったですから。きっと良くしてくださいます」

「あんのスケベ……いや、でもそれ私の私物だから！　勝手に売られたら困るから！」

「では冒険者ギルドで〝迷宮で発見した遺物〟として報告します。正しく手続きを経れば、問題なくマギカ様に返却されるはずですよ？　そうでないなら我々のものになります」

「いや、それしたら騎士団が……ああーもー」

シズクは頑《かたく》なだった。本当に欠片《かけら》も譲らない。普段の優しげな彼女からは想像もつかないほどの頑固さであった。マギカが徐々に圧《お》されていくのをウルは呆然《ぼうぜん》と眺めていた。

「えーもー……報酬払うって言ってるじゃん！　なんだってそこまで曲げないのさー！」

とうとう疲れ果てたのか、うんざりとした口調でマギカは音《ね》を上げた。そしてそんな彼女をシズクはじっと見つめて、ゆっくりと語りかけるように、言った。

「ウル様はマギカ様のことを心配していました」

「え？」

「ん？」

突然自分の名前が出てきたことにウルは驚く。マギカも不審げな表情でウルを見るが、見られても困る。

「自分の家を建てたのに、追い出されてしまうのは可哀想《かわいそう》だと、頑張ったのです」

「……」

確かにそう言った。思った以上にそのことをシズクは気にしていたらしい。彼女は駄々をこねる子供に対する母のごとく優しく、厳しく、悲しげに説いた。

「善意を、悪意で返すのは、本当に悲しいことなのです。マギカ様」

「――――わー……かったよー……ごめんってー！」

そしてとうとう彼女は折れた。がっくりとうなだれた。その彼女の姿にシズクは彼女の手を取ってはニッコリと微笑みを浮かべた。

「分かってくれて嬉しいです、マギカ様。ウル様の竜牙槍の完全な修繕と、宝石人形の情報と、それと魔導核の装着もお願いしますね」

「まってー!?　なんか増えてるー！　さすがに魔導核はあげないよー!?　いくらすると思ってんのー!?」

「銀貨五枚くらいでなんとかなりませんかね？」

「平均金貨五枚なんだけどー!?」

そうした押し問答の末、最終的に竜牙槍の修繕（ただし、要《かなめ》となる魔導核についての無償提供までは彼女も譲らなかった）と、宝石人形の情報、更に迷宮攻略の対価として銀貨二〇枚を受け取ったのだった。

五章
我と徳
EPISODE 5

太陽神《ゼウラディア》が沈む。

夜は、太陽神に代わって精霊たちが星々となって、か細い輝きで闇夜《やみよ》を照らす。

輝きは細く、恐ろしい夜を引き裂くには足りない。人々は魔物たちから奪った魔石に火を点《とも》し夜闇を照らして、太陽神が身体を休め再び姿を見せることを祈り、眠りにつく。

「おらあ！　さっさと走れ!!　魔力を体になじませろお!!」

そんな夜闇の中であっても訓練所では罵声《ばせい》が響き渡る。近所迷惑にならんのだろうかとウルは思った。

「おらあ！　なに死んでやがるクソ犬とっとと走れエ!!」

「ギャアン!!」

既にウルとシズク以外の同期は全員脱落していた。今グレンに蹴り飛ばされている獣人《ガウル》は新しく入ってきたウルたちの後輩なのだろう。いつまで残るかは疑問だった。というか、たぶん今日中に辞める。そう予感しているとグレンがこちらに気づいた。

「おう帰ったか。武器買いに行ったのになんで時間かかってんだ、今から走るか？」

「勘弁してくれ……いや、マジで」

「あん？」

ウルたちの消耗を見て、グレンが眉を顰《ひそ》める。

「なんだ、迷宮探索でもやってきたのか？」

「ちょっと特殊な迷宮でな……グレンは、マギカって魔術師知ってるか？」

その名前を聞いた瞬間、グレンは心底面倒くさそうな顔になった。

「あのロクデナシか」

「悉《ことごと》くロクデナシ呼ばわりだな……まあ、同意見だが」

確かに彼女はロクデナシで、油断ならない女だった。そして、その彼女から与えられた情報は彼女に負けず劣らず、厄介な代物であった。

◆◆◆

マギカ宅

「強い人形の倒し方は二つありまーす。あ、この場において強いってのは、【魔導核】を直接狙って破壊できない場合、って話ねー？」

シズクが説得、というよりも説教によって説き伏せたことによって、ウルとシズクは見事、マギカから報酬を獲得することとなった。今は宝石人形の情報の確認である。

竜牙槍《りゅうがそう》の魔導核の修繕は、【黄金槌《おうごんつい》】の刀身が完成した後となった（曰《いわ》く、竜牙槍の〝大砲〟は、砲塔たる刀身の状態を見ながらでなければ調整できないらしい）。

「しかし、よく宝石人形の情報なんて知ってたな」

「だーって【討伐祭】になったでしょー？　お金と情報がぐるぐる動いてるもーん。私以外でも探ってるヒト結構いるよー」

「賞金金貨一〇枚だろ？　それでも？」

ウルたちにとって金貨一〇枚は確かに高額であるが、都市国内で土地を手にしているほどの女が執着するほどの額か、と言われると正直疑わしい。しかし、マギカは『分かってないねー』と肩をすくめた。

「その金貨一〇枚を巡って、冒険者たちを相手に多くの商人たちや神官様まで走り回る。あなたが想像してる以上に、このお祭りはたっくさんのお金が動いてるんだよー？」

「なるほど」

「とーはーいーえ、私レベルの情報を握ってるヒトは他にいないだろーけど！」

「技師としてだけではなく、情報戦にも優れていらっしゃるんですね」

「ほっほっほー、もっと褒めたまえー」

シズクの賞賛に鼻高々とマギカは笑う。割と悪辣《あくらつ》な手段でウルたちの労働を搾取しようとしていた割に、調子のいい女だった。

「そーれーでー、宝石人形みたいに下手な物理攻撃が通じないような人形を倒す方法だーけーど、一つは【暴走】状態にして倒すやり方」

暴走という言葉に、当然ウルは先の地下室の迷宮で大暴れしていた人形のことを思い出して、少し寒気がした。あんな状態になった宝石人形を……倒す？

「むしろ余計に危険になってるのでは？」

「そらそーよー？」

「おい」

突っ込みたかったが「まあまちたまへー」とマギカは手で制してきた。

「暴走状態の人形はその構造が脆《もろ》くなるのー。構造維持の制御術式も丸ごとふっとんでるからねー。大暴れして、勝手に壊れる。この状態なら倒せる、かーもーね？」

「自壊するのを待つ、と？」

「まー、迷宮産の人形は長持ちするけどねー。迷宮が魔物に魔力を補給するから、自壊することはそーそーない」

「脆くなったあとは、自分たちでとどめを刺すしかない、と」

【魔導核】は位置が外観では判別できないが、【制御術式】は必ず頭部に存在するという点から、狙いやすいというメリットもあるという。迷宮産でもそれは変わりないらしい。

「ま、かなりのリスクを覚悟するなら、アリかもね？　ってとこかなー」

白亜や銅だったら死ぬかもしれないけど、と、マギカはケラケラ楽しそうに笑った。

「……で、もう一つは？」

「人形の目的を達成、もしくは達成不可能な状態にすること」

「……ん？」

パッと理解できる話ではなく、ウルは首をかしげた。シズクも首をかしげる。理解できてない二人を前に、マギカは楽しそうに笑った。

「宝石人形がなーんで上層に来たかーって話なんだよねー」

「というと？」

マギカはテーブルにあったナイフを取ると、そのまま部屋の隅に放り捨てた。

『――――ｏｏｏｏｏ……』

すると、部屋の中でじっと動かずにいた人形が動き出して、のそのそとマギカが放り捨てたナイフを拾い、元の場所に戻す。

「人形ってのはさー。命令術式にそって行動するのー。たとえば『部屋の片付けをしろー』とか、『許可してない来訪者を追い出せー』とかさー」

「ふむ」

「それは迷宮が生み出す人形もいっしょー。ま、迷宮産の人形は正確には〝制御術式っぽいナニカ〟に従って動いてるんだーけーどー、まあそこら辺はおいておきましょー」

「つまり、あの宝石人形も何かしらの命令に従って動いている、と」

「そういうことー」

マギカが説明している間に、ナイフを元の位置に戻した人形は再びのそのそと、自分が待機していた場所まで戻り、動かなくなった。

「そして役割を果たすか、達成が不可能になると人形は機能を停止させる。生きる目的がなくなるみたいなものかなー？」

「つまり、あの宝石人形も役割を果たさせれば、大きな隙《すき》ができる、と？」

「それどころか、そのまま倒せちゃうかもねー。役割を終えた人形って、諸々《もろもろ》が脆いから。まー、迷宮産は〝人類殲滅《せんめつ》〟が目的なことが多いから、そうそう起こらないんだけど」

確かにそれが目的なら人類が滅ばない限り起こらないだろう。しかし、マギカがそういうふうに言ってきたということは――

「宝石人形の目的はそうじゃないと？」

「そして、察しがついているのですね？」

ウルとシズクの問いに、マギカはにんまりと笑った。

「目的が〝人類殲滅〟にしては挙動が変だったから、調べてみたら分かっちゃったー」

ここまで調べつけてるの私くらいだよー？　と、誇らしげに笑いながら、ウルたちの前にドン、と大きめの水晶を取り出した。それはその場の風景を覚えて映し出す【記録水晶】と呼ばれる魔導具らしい。

「それがコレ」

「……どれ？」

「なんでしょう？」

そこに映し出されていた映像は粗かったが、宝石人形が映っていた。眩《まばゆ》く輝く巨大な人形が暴れて、冒険者たちを踏み潰《つぶ》そうとしている。相変わらず凄《すさ》まじい姿だった。

だがマギカの言うところの〝目的〟が何も分からなかった。不思議そうにしているウルに対して、マギカは水晶の映像を指さす。

「だからほら、この――」

そうして彼女はソレをハッキリと口にした。それでもウルには彼女が何を言っているのか理解で

きなかった。だが、

「――まさか」

それを理解した瞬間、ウルは驚愕《きょうがく》せざるを得なかった。

「そ、まさかもまさかー」

そんなバカな、と言いたかったが、マギカは「冗談だ」とは口にしなかった。

「多分あなたのライバルたちは、まだ誰も気づいてない値千金情報。頑張ってね、新人クン？」

与えられたその情報の価値と重さに戸惑うウルに対して、マギカはその動揺を心底楽しそうに嗤《わら》うのだった。

◆◆◆

冒険者ギルド　訓練所一階　講習室

「確かに、おかしな挙動をしてはいたんだよな……」

ウルは、マギカから与えられた情報を思い返して、渋い声を上げた。そう、確かに言われると、思い当たる節がないわけではなかったのだ。

　宝石人形との戦いの最中、ウルたちへの追撃をやめて急に去っていったことがあった。「人類殲《せん》滅《めつ》」が目的ならあの挙動はおかしい。それは分かっていた。

　しかしまさか、人形の目的がまさかあんなものだとは思いもよらなかった――が、ともあれその謎は解明した。

　だがその結果、新たな問題が浮上したのだ。

「グレン……聞きたいんだが」

「なんだよ」

「〝機能停止した〟宝石人形を倒したとして、ギルドは俺たちに銅級の指輪をくれるか？」

「微妙」

　そう、微妙なのだ。

　マギカがもたらしてくれた宝石人形の弱点情報は、決定的とも言えた。もしも〝ソレ〟を破壊することができれば、宝石人形は直ちに機能を停止し、容易に打倒できるだろう。

　そう、誰でも容易に打倒できるのだ。困ったことに。

「確かに機能停止状態の宝石人形つっついて倒すだけじゃ、冒険者ギルドの評価点としちゃ足りなくなる。〝銅級昇格期待大〟あたりか」

　もちろんその評価も十分大きい。そこから無難に冒険者としての活動を重ねれば、すぐに銅級昇格に至れる評価は得られるだろう。

　ただ、〝即時の昇格〟には足りない。そういう塩梅《あんばい》だ。真正面から宝石人形の脅威を打倒した場合と比べて安全なぶん、やや評価は落ちる。

「情報収集能力は評価されないのでしょうか？」

　シズクの問いにグレンは鼻を鳴らす。

「そりゃされるぞ。冒険者ギルドでは猪突猛進《ちょとつもうしん》のバカばかり評価されるなんてことはない……だが結局、冒険者ギルドが一番重視してんのは、暴力なんだよ」

「野蛮」

「俺もそう思うよ。野蛮の新人」

冒険者ギルドの査定基準は何も偏っているわけではない。迷宮探索にしても、魔物たちに奪われてしまった土地の開拓事業にしても、護衛や盗賊たちの討伐にしても、冒険者はその大部分に戦闘能力が問われてくる。ギルドが重きを置くのも当然だった。

「でも、そうなると……」

「グレン様」

「あん？」

すると、シズクが挙手してグレンに問うた。

「暴走状態の宝石人形を真正面から討てた場合は、評価としてはどうでしょうか？」

「……」

「シズク、それは……」

待った、と止めようとしたが、ウルは言葉を続けられなかった。シズクの表情はあまりにも真剣だった。グレンもそんな彼女の真剣さに応じるように、睨《にら》むようにして答えた。

「スマートじゃねえ。だが、戦闘力は確かに示すことはできるだろうな」

「どちらの方が銅級に昇格できる可能性があるでしょうか」

「後者だな。まあ、あくまでも俺が審査するなら、だがな」

「ウル様」

それを聞いて、シズクはウルへと視線を移す。彼女が何を言いたいのかは理解できる。理解できるからこそ、ウルは苦い顔になった。

「可能性の高い方を選ぶべきです」

「ローリスクハイリーターンと、ハイリスクハイリターンだぞ」

ウルの言葉に、シズクは首を横に振った。

「いいえ。リスクは同等か、もしくはマギカ様の案の方が上回るくらいです」

「死ぬかもしれないリスクを背負うかどうかだぞ？　逆じゃないのか」

「この場合のリスクとは、目的を達せられるか、そうでないかです。生死は関係ありません」

シズクは断言した。ウルは言葉を失った。

言いたいことは山ほどある。シズクの意見はあまりにも極端だ。生死は関係ないなんて、あるわけがない。なのに言い返すことができなかった。

グレンは言っていた。ウルのやろうとしていることはマトモではないと。

それはウルも理解しはじめていた。シズクが言うとおり、死ぬかもしれないほどのリスクを背負わねばできないことなのだ。この場において、滅茶苦茶を言っているシズクが正論で、ウルが間違いだ。それが分かっているから、反論できない。

だからといって「分かったそうしよう」と軽々しく頷《うなず》くことはウルにはできなかった。

名無しとして生きてきて、多くの死をウルは見てきた。実の両親の死すら見届けた。

死ねば残るものは何もない。死は恐ろしいのだ。

放浪の旅路の中で、死は身近だった。だからこそ、その恐ろしさを理解できてしまっている。至極当然とも言える命惜しさが、その足を縮こまらせた。喉を震わせ、声を奪った。シズクの言葉に即座に頷くことが、ウルにはできなかった。

「――――」

シズクは、そんなウルの様子を侮蔑《ぶべつ》するでもなく悲しむでもなく、じっと眺め続けた。

◆◆◆

訓練二十二日目

討伐祭までの期間、宝石人形の討伐は禁じられる。

このルールに対して、「人類の敵対者、邪悪なる魔物を〝退治してはならない〟とはどういうことだ！」といった不満が冒険者から零《こぼ》れたことはないわけではなかったが、最終的にはギルドがその不満の声を抑えた。

競争は能力を測る絶好の機会だ。

その機会が損なわれるのは冒険者ギルドにとっても損失だった。

祭りがつつがなく行われるよう、国もギルドも協力する。ルールを破ろうとするような輩《やから》には罰まで与えられる。だがそうなると、今度はルールの範囲内で抜け道を探ろうとする輩が増えた。

討伐祭までにある程度弱らせて当日一気に仕留めてやろう、とか、自分たちしか知らない弱点を探ってやろう、だとか、そういうことをもくろむ連中は、必ず一定数現れる。

「ぎゃあああああああ!!!?」

『ＯＯＯＯＯＯＯ……!』

しかしそれらは大抵、上手《うま》くはいかない。

容易に倒されてしまうほど弱いから、討伐を禁じられ祭りの獲物に選ばれたのではない。そうしなければ誰も倒そうとしないほど厄介だからこそ祭りに選ばれたのだ。それを勘違いする輩は悉くが、祭りが始まる前に叩《たた》きのめされる。

そんなわけでその日も、冒険者たちが宝石人形に蹴散らされていた。威力偵察のつもりだったのかなんなのかは今になっては分からないが、彼らは散々な目に遭い、現在人形に追いかけ回されて逃亡している。

本当に死にはしないだろうが、こうなると当分の間命がけの鬼ごっこになることが決定する。意外に移動速度がある宝石人形に追いかけ回される冒険者の構図は、ここ数日の三階層で頻発する光景となっていた。

「……行きました」

「了解」

そしてその光景を遠くから眺めていたウルとシズクは、それを見計らうように宝石人形とは反対の方角へと足を進めた。

◆◆◆

宝石人形に与えられた〝目的〟とは何か？

――前提として、宝石人形は活性期に中層からいきなり上ってきたよねー。魔物は普通、階層を超えてくることは滅多にない。

記録水晶に残された映像をもとに、マギカはウルたちの前で丁寧に推測を語った。

――つまり、〝目的〟が上層、現在活動範囲になってる三階層に〝移動した〟ってことだよねー。

すなわち、宝石人形の〝目的〟は迷宮活性期に移動する〝何か〟である。ということが分かる。

移動、ということは生物である可能性も考えられたが、現時点で宝石人形の周囲にそのような生物の影は見当たらなかった。

――基本的に、迷宮産の人形の制御術式の命令は二種類だよー。〝殲滅〟か〝守護〟。

そのうち、殲滅とはもちろん人類の殲滅であることがほとんどだ。その場合、目的達成による機能停止はほぼ不可能である。だが、〝守護〟の場合は話が異なる。その守護の対象を破壊すれば、「目的達成困難」という状況にできる。

――この人形の挙動は明らかに守護。じゃー何を守っているか。

活性期に三階層に移動した何か。それを守護するために移動してきたと考えるのが自然だ。ではその移動してきたモノとはなんなのか？

活性期の大罪迷宮グリードで特に目立つのは〝迷宮の大規模変動〟だ。広範囲の階層にわたって、大きく形が変動する。以前存在した場所が綺麗《きれい》さっぱりなくなり、かと思えば全く別の階層にその空間が出現した、なんて現象が起こる。

──その変動で、中層にあった〝守護対象〟が上層に移動していたら？

「……それが、これか」

「小さい、ですね……」

宝石人形が彷徨《うろつ》いていた小部屋の中にそれはあった。

壁際についている小さな扉。

小人《コロポ》が利用するようなサイズの扉だ。周囲の壁と、その扉のついた壁の色彩や意匠が明らかに違う。全く別の建造物の壁から切り取って、貼り付けたような違和感がある。

「……」

ウルは警戒しながらも扉に手をかけ、そして開いた。その先には──

「……なにも、ねえな」

「壁です」

扉の先にはただの壁しかなかった。壁に何か刻まれていることもなかった。

宝石人形は、この【扉】を守護している。

扉を守る、というのは迷宮の人形に与えられる役割としてはポピュラーな部類だった。迷宮の変動によって、その扉の先がなんの意味もない、無意味な壁になったとしても、人形には関係がない。上層まで追いかけて、守護の役割を完遂する。

この小さな扉が壊れれば、人形は役割の達成が不可能となり機能停止する。問題は、

「じゃあ、どうするか……だな」

「……」

ウルとシズクは互いに沈黙する。

まず、マギカから与えられた情報を確認する。その点ではウルもシズクも意見は一致した。どういう選択をするにしろ確認は必須だった。

そしてここ数日の観察で、マギカの推測は正しいと確信した。人形の活動範囲はこの場所を中心としていて、一定以上離れると元の位置に戻ろうとする。確定でいいだろう。

だが問題は、この後どうするかだ。

「機能停止を狙う場合、本番前までここを見張っておくのかって問題もあるか……？　いや、そうすると他の連中に気づかれるっつーか……宝石人形に狙われるか……？」

思考は巡る。ウルは答えを出せずにいた。とはいえ、扉の前にぼおっとしていれば、遠からず宝石人形はやってくる。そろそろこの場から逃げなくては――

「ウル様」

「ん？」

悩んでいると、シズクが声をかけてきた。なんだろうと視線を向けると、彼女はうつむいた状態で、ぽつりと呟《つぶや》いた。

「もう一つ、選択肢があります」

「選択肢――――つが!?」

突然背後から衝撃が走る。激痛と共にウルは倒れる。チカチカと視界が瞬《また》く中、なんとか顔を上げると、ウルの背後から複数の男たちがいつの間にか近づいてきていた。

「へえ、これが人形の〝目的〟ねえ？」

ニタニタと笑ってそう言った男の顔に、ウルは見覚えがあった。確か【赤鬼】と名乗っていた連中だ。その男にシズクはぺこりと頭を下げた。

「約束どおり、報酬をお願いいたします」

「おーおー、分かってるって。まったく、悪い女だなあオイ……おっと」

そこでまだ意識のあったウルに気づいたのか、男はニヤリと笑って足を振り上げた。

「じゃあなクソガキ、クソ女に騙《だま》された自分の間抜けを恨めよ」

強い衝撃が腹に突き刺さり、その激痛でウルの意識は闇に落ちていく。最後、視界に映ったのは、こちらを静かな表情で見下ろしてくるシズクの姿だった。

◆◆◆

訓練二十二日目、夜

訓練所のベッドの上で、ウルは最悪の目覚めというものを経験した。

身体の痛みはなかった。思い切り背後から殴り飛ばされ、腹を蹴り飛ばされたはずなのだが、傷跡も残っていない。治療された跡があった。

だが、痛みがなくとも気分は最悪だった。

気を失う前の状況をウルはしっかりと覚えている。【赤鬼】がウルたちの発見した【扉】の情報を奪ってしまった。そしてそれを主導したのはシズクだ。

シズクが裏切った。それがウルにとって大きなショックだった。

裏切られた事実は想像以上にウルを打ちのめした。だが一方で、なぜ彼女がそうしたのか？　という疑問に答えは出なかった。彼女は仲間だったが、自分たちは互いを利用するための一行《パーティ》でしかなかった。必要以上に踏み込むことは決してしなかった。

明確なウルの失敗だった。仲間のことを知ろうとしなかった努力不足だ。

その結果、仲間を失い、人形に対する攻略材料も失った。

終わった。これでもうアカネは救えない――

「おう、なんだ目を覚ましたのか。時間を無駄にしやがって」

ふと顔を上げるとグレンがいた。どうやら自分の治療をしてくれていたらしい。心底面倒くさそうな顔をしながら、顔に濡《ぬ》れたタオルを投げつけてくる。

「………グレンか。シズクは？」

受け取りながら質問して、バカなことを聞いたと苦い顔になった。いるわけが――

「ああ、アイツならギルドの講堂にいるぞ。祈りを捧《ささ》げたいとかで」

「そうか………………ん？」

ウルは流そうとして、聞き直した。

「今なんて？」

「いや、だから講堂にいるっつってんだよ。シズク」

「今？」

「今」

「…………」

「…………」

「え？　なんで？」

「ボケてんのかテメー」

ウルはグレンに一発殴られた。

◆◆◆

冒険者ギルド　講堂

冒険者に向けての注意の告知や、迷宮で新たに出現した脅威となる魔物の説明、ギルド職員内での集会、また滅多に起こることではないが、銀級以上の冒険者昇格時の授与式なんかも行われる場所である。

　この場所の最奥、壇上に立つ者が背中に背負う形で、神と精霊たちという、人類を守護する上位存在たちを示すレリーフが刻まれている。

「……」

　それに両の手を合わせて祈るシズクの姿がそこにあった。祈る彼女の表情はどこまでも真剣だった。ウルが声をかけるのを躊躇《ためら》うほどに。

「私は、とある【邪霊】を信奉する一族の巫女《みこ》です」

するとしばらくして、シズクは口を開いた。ウルが既にここにいるのにも、気づいていたのだろう。振り返り、ウルを見つめる表情に戸惑いはなかった。

「邪霊？」

「精霊の一種です。かつて太陽神ゼウラディアに、人の営みには不要とされてしまった忌むべき精霊の総称です」

その言葉はウルにはピンとこなかった。聞き覚えのない単語だったからだ。だがその説明で、彼女が曖昧に濁していた目的と繋《つな》がった。

「シズクが言っていた竜を討つって目的は、その邪霊が関わるのか？」

「はい」

シズクはどこか少し悲しそうな、申し訳なさそうな顔で笑った。

「私の目的は〝ある邪霊〟の復権です。太陽神に仇《あだ》なす竜を討ち、邪霊の名誉と力を取り戻したいのです」

そこまで説明して、シズクはウルへと頭を深く下げた。

「これまで話そうとせず、申し訳ありません。ですがこうなった以上、できる限りウル様には私のことをお話ししなければならないと思いました」

「こうなった以上、か」

ウルは彼女の隣に座る。

たぶん彼女は、すべての事情を話してはいない。伏せている部分はあるのだろう。それでもなんとか話そうとしてくれているのは、ウルに誠意を見せようとしているからだ。

そして、誠意を見せようとしている、ということは――

「あの行動の説明をしてもらえる、ってことでいいのか？」

「はい」

シズクは頷いた。

◆◆◆

「――……以上です」

シズクの説明は、それほど長いものではなかった。口にしてしまえば至極単純で、明快だった。

それ故に、

「…………………」

ウルは絶句していた。

「……シズク」

「はい」

「ヤバいのでは」

「はい」

シズクの意図は理解できた。なぜあそこで、自分たち以外の冒険者に情報を流したのかも分かった。

彼女がどれほど危うい橋を渡ったのかを理解した。

そして、その上でハッキリとしたのは――

「私たちが宝石人形を討つ。その上で銅級に昇格するには、これしかないかと」

彼女がまだ、ウルと共に宝石人形を討つ気であるということだ。徹頭徹尾、その点においてはブレていなかった。ウルの状況は未《いま》だ、詰みではない。

「だけど、こんなことを勝手に……」

しかし、だからといって「ああよかった」と笑って流すわけにはいかなかった。彼女の行動と決断は完全にウルの意思を無視しきっていた。独断も甚だしい。一行《パーティ》を組んだ以上、決して許されることではなかった。

シズクはウルの言葉に「もちろん」と頷いた。

「分かっています。私は償いをしなければなりません。なので」

「なので？」

「どうぞ」

シズクは自らの両腕を広げた。ウルは理解できずに眉を顰めた。

「どうぞ？」

「どうぞ、私を好きにしてください」

ウルは再び絶句した。

◆◆◆

ワタシヲスキニシテクダサイ？


彼女が何を言っているのかウルは理解できなかった。

昏倒《こんとう》から目覚めて回復しきっていない脳が理解を拒んだ。殴られた衝撃がまだ残っているのか、頭が痛くなってきた。それとも彼女の言葉に頭が混乱したためか——どちらにせよ、彼女のせいだった。なんて女だ。

そんなふうにウルが毒づいている間にも彼女は行動を開始した。戸惑うウルの手を掴み、指先を絡める。もう片方の手で、自分の上着をためらいなく剥《は》ぎはじめた。

「まて、まてまてまて！」

「はい」

「なにしようとしてんだお前！」

「償いです。ああ、確認すべきことが一つありました」

そう言って、シズクは絡めたウルの手をそのまま自分の晒《さら》した肌に押しつけて、問うた。

「私の身体は、ウル様にとって価値がありますか？」

「か、ち……」

あまりに直接的な言い方にウルには返す言葉がなかった。しかし、彼女から距離を置きたくてもできなかった。ウルの視線は、身体は、強制的に彼女へと惹《ひ》かれていった。

宝石のように輝く銀色の瞳、高く伸びた鼻、シミ一つない真っ白な肌に、紅《べに》をつけずとも魅惑に色づく頬《ほお》と潤んだ唇。体つきは細いのに、胸は指先が沈み込むほどに柔らかく、温かい。これまであえて視《み》ようとしてこなかった彼女の妖しさが直接叩き込まれる。心臓が蠢《うごめ》き、腹に熱が渦巻く。

ウルの様子を見て、シズクは安堵《あんど》したように微笑《ほほえ》んだ。

「ああ、よかった。ウル様にとって価値のある身体で。それだけが懸念でした」

その笑みは美しい聖女のようにも、あるいは淫靡《いんび》なる娼婦《しょうふ》のようにも見えた。これまで一度も視たことのない貌《かお》だった。

ウルはこれまで彼女に踏み込んではこなかった。それは紛れもないウルの失態だ。

しかし、いくらなんでもこの豹変《ひょうへん》っぷりはあんまりだ！　わけが分からない！

「つ、ぐないは、分かったが、どうしてそうなる！　なんでいきなりそんな極端なんだ！」

「私が貴方《あなた》に渡せるものは、これくらいしかないのです」

「いくらでもあるだろう!?」

「ありません。金銭は貴方と共に稼いだもの。私の能力は授けられたもの。私が自分で持ち合わせているのは――この身だけです」

貴方を騙した咎《とが》を償うならば、〝コレ〟を差し出すしかありません。

そう言うように、自分の身体の豊かな起伏をなぞるように撫《な》でる。その仕草は艶《なま》めかしい。

「さあ、どうぞ。貴方様の、お好きに」

「…………っ」

ウルは絶句した。

頭が痛い。身体がダルい。心臓が痛い。疲労と、体調の悪さ、それに興奮とが一緒になって、ウルの頭を掻《か》きまわしていた。

いっそこのまま、彼女の言うとおり促されるまま、蠱惑《こわく》的な身体に溺れてしまえば、たぶん楽になる。そう思ってシズクの瞳を覗《のぞ》き見た。

喜びも　悲しみも　恥じらいもない　虚《うつろ》の瞳を見た。

「――なんとも思わないのか、自分の身体をそんなふうに扱って」

ウルは問うた。聞かずにはいられなかった。

「そうですね、ウル様がこれで納得していただけるか、それは心配です」

「そういうことを言っているんじゃない……！」

じれるように、怒るように唸《うな》るウルに、シズクは不思議そうにするだけだった。

致命的に会話がかみ合わない。

だがそんな彼女の有り様に、思い当たる節がないわけではなかった。

シズクは誰に対しても優しく、誰の願いも拒まなかった。ギルドの訓練所で、酒場で、果ては赤鬼のような狼藉者《ろうぜきもの》たちに対しても、彼女は誰にでも優しかった。聖女のように誰しもを慈しんでいた。

怪《け》我《が》人には治癒の手を

飢える者には施しを
悩める者には慰めを
慕う者には笑顔を
身も心も清らかで、天賦の才と完璧な人格が備わった素晴らしい聖女。彼女を見た多くのヒトがそう讃《たた》えた。ウルも、そういう女なのだと思っていた。

だが、違う。コレはそんなものではない。

「今、分かった。どうしてお前が優しいのか。使命のために命をかけられるのか」

よほどの人格者であるからだと、そう思っていた。

よほどの重要な使命があるからだと、そう思っていた。

自分に対して、ひとかけらも価値を見出していない。

だがそれは違った。彼女は、この少女は――

「まったく、これっぽちも、自分のことが大事じゃないんだな」

「だから、誰をも助けるのか」

「はい。皆様、私よりは価値がありますから」

「だから、使命のために命をかけるのか」

「はい。私よりも、使命の方が大事ですから」

だから他人を優先して献身できる。だから自分の身を投げ出して、使命に命をかけられる。すべて自分よりは大事だから。その有り様はあまりにも歪《いびつ》だった。

「……どうしてだ。なんなんだ。なんだって、そんな有り様になった――「ウル様」

言葉は続かなかった。彼女の唇に言葉は奪われた。銀の瞳は星の如《ごと》く美しく、夜の闇よりも虚《うつ》ろだった。

「ええ、そうですね。私はきっとおかしいのでしょう。歪で、壊れているのでしょう」

シズクは微笑む。

愛らしく、慈悲深く、美しい。聖女のような笑み。自身にだけは決して向けない慈愛に満ち溢《あふ》れた笑みを、ただウルだけに向ける。

「壊れている自覚はあります。ですが、ウル様。私たちの目指す場所はそういう場所でしょう？」

柔らかいものが身体にのしかかる。細い指が、身体に纏《まと》わりつく。すべてが心地よく、身体に滑り込んでくる。

「おかしなことをしましょう、ウル様」

狂気へと聖女は誘《いざな》う。

「狂った理屈を並べ立てて、貴方を困らせる私を、どうかお好きにしてください」

淫魔のそれよりも邪悪な言葉と声で、ウルを常識の内《うち》から転落させんとする。

その彼女を、ウルは——

「さあ……」

「————断る」

吐き捨てるようにして拒絶した。のしかかってくる彼女を力ずくに押し退《の》け、立ち上がった。

「ウル様？」

「自分のことはこれっぽちも大事じゃない。そんな無価値な自分自身を俺にくれてやって機嫌を取ろうとしている。お前のやってることはそういうことだ」

腹に渦巻く熱はとっくに冷めていた。呆《ほう》けていた頭は冷え切っていた。生温かく、身体を犯していた微熱は消え去り、代わりに心臓の奥から、その身を焼き尽くすかのような灼熱が溢れ、ウルを包んでいた。

「断る。絶対に嫌だ。なんだそれは。なめてるのか？」

ウルはぶち切れていた。

◆◆◆

イスラリア大陸中央　大罪都市国プラウディア

太陽神ゼウラディアに仕える唯一にして絶対の王、すべての都市国を繋げる【大連盟】盟主【天《てん》賢王《けんおう》】のお膝元。イスラリア最大の大国。その国の隅っこに、その養護院はあった。

通称【名も無き養護院】

そこは死んだ冒険者たちの子供らを養うための養護施設だ。天空の巨大迷宮、【大罪迷宮プラウディア】で夢を追いかけ、散っていった冒険者たちの忘れ形見《こどもたち》が独り立ちするまでいることを許された箱庭であり、子供の面倒を見られない冒険者たちにとって託児所の役割も果たしていた。

ウルとアカネの二人は父親が冒険者活動をしている最中、ここの世話になっていた。

「なぜだ」

その二人に問うたのは養護院の主《あるじ》である老人だった。

養護院は【神殿】の建てた施設であり、その管理者も【神官】だ。つまりその老人も神官であるはずだった。都市内における特権階級。にもかかわらず、その男はあまりにも権力者特有の生臭さとはかけ離れていた。

肉付きは悪く、骨に皮膚が張り付いたような身体で、貌に皺《しわ》がより、ふとすれば名無しの老人と間違われんばかりに貧相な印象だった。ただ、その眼光は異様に鋭く、杖《つえ》を使っているのに、立ち姿は老いた印象をまるで感じさせないほどにまっすぐだ。

頬や腕に擦《す》り傷《きず》を作り、額には打撲痕《だぼくこん》をつけた、当時六つほどのウルは、その問いを復唱した。

「なぜ」

「なぜ、諍《いさか》いを起こした」

その日、二人はトラブルに巻き込まれていた——否《いな》、正確に言うならばトラブルを巻き起こしていた。そのことを問い詰められていた。

「ごめんなさい」

ウルは謝った。老人はその謝罪に感情が込められてはいないことを聞き取った。この養護院の管理者の機嫌を損ねられては困るから、そんな機械的な反応から起こる謝罪だった。

「ごめんなしゃい」

アカネもまた兄の真似をするように頭を下げるが、彼女の方がよっぽど子供らしく怯《おび》えて、悲しそうな反応だった。二人の謝罪を受けた老人は首を横に振った。

「違う。謝罪を求めているのではない。貴様が諍いを起こしたその理由を問うている」

幼い子供に対して向けるにはあまりに堅苦しい物言いだったが、それはいつものことだった。相手が神官の御曹司《おんぞうし》だろうと、都市民の子供だろうと、名無しの孤児だろうと、彼は等しく扱った。

「貴様は幼いが、頭は回る。危うきから逃げる頭はある。怪我を負う喧嘩《けんか》よりも、逃げることを選択してきたはずだ」

老人は井戸で汲《く》んだ水で湿らせた布で、ウルの傷を丁寧に拭《ぬぐ》った。しみるはずだが、ウルは黙ってその治療を受けていた。

「だが今回、喧嘩を起こした。しかも手を出したのは貴様からだ」

「アイツら、アカネのメシをとったんだ。おやがいるのにおれたちのメシをとんなっていって」

「食事を取られた、と」

孤児たちの言い分は、正しいといえば正しかった。

託児所のような役割もあるとはいえ、この養護院はあくまでも親を失った子供たちを育てるための場所である。養護院への配給は決して豊かではない。

孤児たちのための配給を、親がいる子供が食べるのはズルいという主張は一理あるといえばある。たとえ、ウルとアカネの父親が全く二人の世話をしないロクデナシであったとしても。

もちろん、養護院のルールとしては平等に食事を出すことを認めているし、当然ながらその食事を奪うことを認めてはいない。しかし、だ。

「だから、奪い返そうとしたと？　自分より五歳年上で、しかも三人相手に？」

「うん」

「返り討ちにあうかもしれないと分かっていただろう？」

「うん」

老人の言葉にウルは淡々と頷く。

頭に血が上った子供のように興奮して、呂律《ろれつ》が回らなくなるようなことはなかった。自分の行動が引き起こした意味を理解していた。

つまりウルは冷静に、自分よりも上の年齢の三人組相手に喧嘩をふっかけたのだ。

当然ながら、喧嘩の結果はウルが返り討ちにあった。大けがを負う前に老人が止めに入って終わった。ウルたちの食事を奪った少年らは懺悔《ざんげ》室にて反省中だ。

しかし、この喧嘩は一方的でもなかった。

「だから石を握ってぶん殴ったと？」

「うん」

ウルに暴行を加えた少年たちも怪我をした。三人とも頭から血を流す怪我を負った。全員が額を、石で殴られていた。彼らを懺悔室に入れ、老人がウルに直接話を聞いているのは、こちらの方がよっぽど問題だったからだ。

「飢えていたのなら私に言えばよいのだ。いくら金のない養護院だからといって、子供二人の食事の融通が利かぬわけでもない」

そう言うと、ウルは首を横に振った。

「ちがう」

「何が違う」

「べつに、おかなはへってない。アカネにはリリのみをあげた」

見れば、幼きアカネの手には裏庭に自生しているリリの木の実が握られている。木は高く、子供だけで採ってはいけないと釘《くぎ》を刺しているが、黙って採ってしまったらしい。

「リリの実の件は後で叱《しか》る。だが、ならなおのこと、無理な喧嘩をする理由があるまい」

「ある」

「それはなんだ」

「あいつらはアカネをいじめた。おれのてきだ。だからおれがたおす」

ウルの表情は無感情のままだった。しかし瞳の奥は燃えていた。激しい怒りが見えた。すべてが焼け焦げるような灼熱が、幼い子供の奥底から溢れ出していた。

老人はそれを垣間見て、ため息をついた。

「……放浪の旅と、寄《よ》る辺《べ》のない過酷さ故か。こんなふうになってしまったのは」

骨張った手がウルの頭を撫でる。そして珍しく、優しく言い聞かせるように老人は言った。

「その憤怒、諫《いさ》めねば身を滅ぼすぞ」

「ふんぬ？」

言葉の意味が理解できないのか、ウルは老人の言葉を繰り返した。

「その幼さで、自分以外の誰かが問題を解決してくれるという期待を捨てきっている」

だから、自分と妹を攻撃してきた子供たちに対して即座に行動に移した。自分に害意を向ける〝敵〟を排除しようとした。誰も助けてはくれないと確信していたからだ。

他人に頼る術《すべ》を知らない。それは社会性の不備であり、問題だ。しかし、困ったことに少年の現在の環境を考えると、それは必ずしも間違った考えではなかった。

「……じいさんだって、また、はなれるよ？」

「そうだな」

ウルの言葉に老人は同意する。

孤児であれば、国は成人するまでのあいだ子供に滞在権を認める。生きる術も持たない子供を国の外に放り出すほど、この国は無慈悲ではない。一方でウルの父は存命であるが故に、ウルとアカネがこの国に住む権利はない。彼の父が継続的に都市滞在費を支払うことができればそれも可能かもしれないが、期待は薄いだろう。

遠からず、ウルとアカネは老人の手から離れ、この都市を出ていく。老人の手は二人を守り続けることはできない。それをウルは理解していた。

故に、老人はウルの考え方のすべてを否定するわけにはいかなかった。それはウルたちが今後立ち向かわねばならない困難に抗《あらが》う術を奪うことと等しかったからだ。

「お前の姿勢はあまりに拙《つたな》く、苛烈《かれつ》が過ぎる」

しかし、それだけでは足りない。生きていくためには、苛烈さだけでは足りないのだ。

「かれつ」

「その苛烈さは、自分は護《まも》れても妹がついてはいけまい」

「にーたん、おなかすいてないん？」

見ると、アカネは渡されたリリの実をウルに返そうとしている。ウルに食べさせたいらしい。優しい娘だった。

そんな彼女がウルの行動についていけるか。老人の見立てでは怪しいところだった。アカネはウルの愛情を受けたが故に優しさを得て、ウルのような厳しさを失っている。お前についていけず、お前に巻き込まれて、遠からず妹は傷つくと言っている」

ウルはアカネの頭を撫でながら、困った顔をした。

「……それはやだ」

「で、あろうな」

老人は頷くと、膝を曲げてウルに視線を合わせる。彼の瞳の奥の炎は、そこにあった。

「これからお前に道徳を与える」

「せいれいさまのおはなし？」

「それよりももっと基本的な、ヒトの世を生きる術だ」

ウルにとって、世の秩序、社会的な規範は縁の遠いものだった。関わり、学ぶだけの時間がなかった。だから彼がそれを与える。

「善《よ》きを尊び、悪《あ》しきを嫌悪する。欠落がなければ種として本能的に備わる社会性だが、お前にはそれを培う機会がなかった。故に私が与える」

無道を征《ゆ》けば、いずれ立ちゆかなくなる。ウルの親がそうであるように。

老人がこれから教えるのは、一見脆く、頼りなく見えても、困難に暴力以外で立ち向かうために必要な武器だ。

だが、しかしだ。

「忘れるな。お前の根底にある〝我《が》〟を」

「が」

「頼れる者などいない。守るべき者のため立ち向かえるのは己のみ、というお前の悟りは、悲しいが正しい。お前に与える道徳は、その〝我〟を貫くための手段に過ぎぬ」

苛烈なる〝我〟。

自らを救うのは自分しかいないという強靭《きょうじん》な確信。その炎を奪うことを老人は選ばない。それが必要な場所にウルがいるからだ。

「我によって荒野を拓《ひら》き、徳によって道を得よ」

そう言って、これから先のウルの道行きを労《いたわ》るように、老人はウルの頭を撫でた。

その言葉を、ウルは表情を変えず呆然とただ聞いていた。しかし、その言葉はウルの内側に根づいた。その後のウルの苛烈な人生を支え続ける確かな規範となったのだった。

◆◆◆

そして、今現在。

「ふざけんなよ、お前」

その根幹と、焼き尽くさんばかりの我、その二つがウルの内側から溢れ、のたうっていた。目の前の憐《あわ》れなる聖女を決して許してはならないと、叫んでいた。

「ウル様、怒っていますか？」

そんなウルに、シズクはきょとんとした顔になった。なぜウルが怒っているのか、まるで理解していない顔だった。

「怒ってるね。不愉快だ」

「どうしたらよいでしょうか。私ができる償いなら、なんだっていたします」

「なら自分のことを軽々と扱う言動を今すぐやめろ」

媚《こ》びへつらおうとするシズクを、ウルは切って捨てる。

そもそも、ウルは怒ってはいなかった。彼女に決断を強いたのは、迷い続けていた自分なのだ。申し訳ないとすら感じていたほどだ。

だが、今は違う。

ウルの中では激情が煮え滾《たぎ》っていた。彼女の勝手な行動なんてどうでもよくなっていた。

「ウル様はなぜ怒っているのでしょう」

シズクはウルの言葉にやはり不思議そうにする。

シズクは、なぜこんなにもどうでもいい自分のことで、ウルが怒りを滾らせているのか、見当もつかないのだ。

「私は、アカネ様のようにウル様の肉親ではありません。家族ではありません。たった一ヶ月足らずの間、戦ってきた一行《パーティ》でしかありません。ウル様にそこまで気を使っていただくだけの価値はないのです」

シズクの指摘は決して、何もかも間違いではなかった。確かに彼女の言うように、ウルとシズクはほとんど他人だ。一行《パーティ》として共に過ごした時間もとてつもなく短い。そしてウルとシズクの間が強固な絆で結ばれるような出来事があったわけでもなかった。

だというのに、そこまでウルがシズクに対して怒りを露《あら》わにする理由が分からない。その指摘は確かに一理ある。ウルも、自分がなぜここまでの激情に駆られているのか分からなかった。

彼女の身体が魅惑的だから？　今、彼女を抱く気は欠片《かけら》も起こらない。

では彼女の心が美しいから？　これほど歪な心を見たことがない。

親しい友であるから？　一ヶ月も経《た》ってない。彼女をよく知らない。

では、命を預け合った仲間だから？　……ああ、それは答えに近い。だが、違う。

自問自答が渦巻く。答えを求め、蠢き続ける。ウルは一度大きくため息を吐き出して、自分の中に渦巻く怒りを抑え込み、自分の内側に耳を傾けた。

——我によって荒野を拓き、徳によって道を得よ。

生き方を教えてくれた老人の言葉が響く。

——魂の底から出てくる、お前自身の声を引き出せ。

今の導き手たる師の言葉が、頭の中に反響する。その果てに——

「——嗚呼《ああ》、なるほどな」

そして、ウルは己を知った。

「ウル様？」

「使命を果たさなければならないと言っていたな」

ウルは椅子に座り、シズクに視線を合わせた。服をはだけさせて、乱した髪を直さぬままの彼女は無駄に扇情的だったが、もうウルは彼女から目を逸らすことはしなかった。

「なら、償いのために使命を果たすことをやめろと言えば、お前はやめるのか？」

「——それは、できません。すみません」

シズクは悲しげに、そして申し訳なさそうに、首を横に振った。

「それ以外のすべては、貴方に捧げます。ですが使命だけは必ず果たさねばならないのです。どうか、お許しください」

平伏するように頭を下げる。

使命、それが唯一彼女が譲れないこと。次に大事なのが自分以外の誰かのことであり、自分だけがこの上なくどうでもいい。目の前の女はそういう生命体だ。

「少し、理解したよ。お前の生態は」

ウルは納得し、彼女の手を握りしめてハッキリと告げた。

「だったら使命以外のすべてを俺に捧げろよ。お前は俺のものだ」

その言葉に、それまでずっと困惑し続けていたシズクはどこか救われたように笑みになった。ようやく言葉が通じたと言わんばかりに、安堵した笑みを浮かべた。

「――ええ、もちろん」

「そして、お前は俺のものなんだから、お前は俺のものを大事にしてくれるよな？」

だが、その笑みはすぐにかき消えた。困惑と共にウルから離れようとするが、ウルは手を離さなかった。痛いほどに、強く彼女の手を握ったままだ。

「俺にすべてを捧げて、仕えるんだろう」

「――どうして、そこまで？」

「お前が気に入らないんだよ、俺が」

すべてはエゴだ。

アカネのこともそうだ。どれだけアカネが大事だといっても、冒険者として生きることを選んだのはウルで、そのために妹の心配を無視して滅茶苦茶をしようとしたのもウルだ。

ウルがアカネを救おうとしていることに、アカネは関係ない。

アカネが自由に生きられないこと。アカネの命が危ういこと。それらすべてがただただ気に入らないという衝動が、ウルをここまで走らせたのだ。

ならば、シズクのことも同じだ。

「お前は俺の仲間だ。その仲間が、自分自身を蔑《ないがし》ろにしているのが我慢ならない」

「それが、私の意思でも？」

「お前の意思なんて関係ない。俺が気に入らないから、こうする」

ウルは一つの真理を得た。否、最初からそれはあった。育ての親、優しくも厳しい老人の手によって整えられ、ヒトの世で生きる術を与えられ、自分でも無意識に封じていたもの。ウルの根幹。

「お前が、お前らが望まなくても俺がお前らを救ってやる。身勝手にな」

我望む　故に　我在り
一歩間違えれば、最悪の大悪党に転じていたやもしれぬ内《うち》なる焔《ほむら》をウルは見出《みいだ》した。その力の使い道も、見定めた。困惑するシズクに対して強く笑いかけた。

「困った顔するなよ。やることが変わるわけじゃない。お前の案にも乗ってやるよ」

「それは」

「俺たちで勝とう。宝石人形をぶち壊すぞ」

ウルのその言葉に、シズクは目をつむる。悩むように、迷うようにそうした後、ウルへと近づき口づけを交わした。

それはウルの言葉を塞《ふさ》ぐためでも、魅了するためのものでもなかった。

ウルとの契りを結ぶためのものだった。そのままウルを抱きしめて、笑う。媚びるような笑みではなかった。ウルが見た虚ろな瞳の少女の、触れるだけで砕けてしまいそうなほどの小さな微笑みだった。

「私は貴方のものです。どうか、お好きなように」

「そうさせてもらうよ。命軽女《たまがるおんな》」

かくして紆余《うよ》曲折《きょくせつ》の果て、二人の契約は成った。

奈落の底へと突き落とそうとする少女の手を少年は掴み、そのまま二人仲良く奈落の底へと飛び降りた。

故に、これより二人は地獄を見る。

だがそれは、自らの意思によって成される地獄だった。

六章 討伐祭

EPISODE 6

晴天となったその日、大罪都市国グリードは活気に満ち満ちていた。行き交うヒトも出店の数も飛び交う金銭も、何もかもが普段よりも遥《はる》かに多かった。

理由はもちろんただ一つ、今日は【討伐祭】当日だ。

ターゲットとなる宝石人形は決して、悪名高い魔物ではない。階級も十級。邪眼蛇《メドゥーサ》、混沌獣《マンティコア》のような凶悪極まる怪物たちとは比べるべくもない相手。

しかし、だからこそ見物人たちも安心して娯楽として楽しむことができるのだ。白亜と銅、未《いま》だ冒険者としてくすぶっている者たちがジタバタと藻《も》掻《が》く様を、何が起こるかも分からないような大乱闘を。

だが当事者たちからすれば、そんなこと知ったことではない。もちろん、祭りの熱気に乗せられて流されてしまった者もいるが、これを大勝負だと捉えている者は多い。入念に努力と準備を重ねてきた者は確かに存在するのだ。

訓練所で三十日間、地獄の鍛錬を続けてきたウルとシズクもそうだった。

「完全に見世物だな。俺ら」

訓練二十五日目

「屋台もたくさん出ていますねえ……」

道を行き交う人々は誰も彼も浮かれて楽しそうだった。自分たちがこれから命をかけて戦うことになるという自覚が消えそうなので、ウルは外を眺めるのをやめて目の前に集中した。

「……なんとか間に合ったな」

「マギカ様も、黄金鎚《おうごんつい》の皆様も頑張ってくださいました」

ウルとシズクの前には一本の槍《やり》が横たわっていた。ウルが修繕を依頼し完成した【竜牙槍《りゅうがそう》】だ。

「あのアマ、約束ブッチする気かと思った……」

「危なかったですね……」

刀身は早い段階で仕上がったが、魔導核はギリギリだった。まさかマギカの家まで取り立てに行く羽目になるとは思いもしなかった。銀級相当の魔術師相手にブチ切れつつ、胃を痛めながら完成を待つ貴重な体験は二度としたくない。

「竜牙槍の練習、全然できませんでしたね」

「何のために竜牙槍にこだわってたんだか分からなくなるよ、まったく……」

ため息をつきながら、ウルは竜牙槍を握って掲げた。

刃が潰《つぶ》れて棍棒《こんぼう》と大差なかった刀身の色は〝褪《あ》せた白色〟に変わっていた。【亜銀】と呼ばれる迷宮産の鉱物から造られたもので、安価で頑強だが色が褪せて、駆け出しか貧乏な冒険者しか使わないというレッテルがあるらしい。が、ウルとしては心底どうでもよかった。性能とコスパ重視というウルの要望を【黄金鎚】はきっちりと叶《かな》えてくれた。

宝石人形相手でも刃はすぐには欠けない、という言葉を信じよう。

「つふ……！」

軽く振るってみるが違和感がなかった。しばらく手放したが感覚が鈍るようなこともなかった。

次に、ウルは竜牙槍の柄《え》に指で触れ、その機構の一部を稼働させるためにひねる動作を加えた。すると、竜牙槍の刀身が二つに分かれる。獣が獲物を前に、その大顎《あご》を開くように。

その【顎】の奥に、幾何学模様の刻まれた宝珠が見えた。あのマギカの地下室で騒動を巻き起こした、彼女の新作魔導核が竜牙槍の心臓部として備わっていた。

〝竜牙〟という、人類が恐れる最大の魔性の名をつけた理由がここに在る。

「魔導核、買えたなあ」

「買えました」

「値切ったよなあ……！」

「頑張りました！」

シズクは両手で握り拳《こぶし》を作って頷《うなず》いた。確かに彼女はとてつもなく頑張った。頑張りすぎてあのマギカがクタクタになって最後は机に突っ伏していたのだから相当である。

だが、そのおかげで竜牙槍は修繕費〝金貨三枚〟でその本来の機能を取り戻すに至った。

そしてそれだけではなく、二人の防具も訓練所のお古ではなくなっていた。

「【亜銀の鎧《よろい》】に【亜銀の籠手《こて》】……シズク、そっちは大丈夫か？」

「若草の魔導着。動きは阻害されておりません」

更に追加で、消耗品の回復薬《ポーション》を五本、攻撃用の魔封球を五つに、使い捨ての対衝アミュレットを一つずつ。更に——

「こちらも」

シズクがウルに手渡したそれは、紐《ひも》でくくられた小さな袋だ。受け取ると、小さな砂利がこすれるような音がした。ウルはそれを少し苦い顔をしながら懐に入れた。

「予算的に一個だけですが」

「切り札だな……これで準備完了か」

累計消費金貨三枚、銀貨一五枚、銅貨二五枚、大出費である。この買い物によってウルたちの残金はほぼゼロとなった。

「……なんて自転車操業だ」

命がけで金を稼ぎ武具を購入し、それで命がけで戦って金を稼ぐ。改めて冒険者という仕事はマトモじゃないとウルは思い知った。できれば今すぐ辞めたい。

「おーおー、えらくガンぎまった装備だな。金、全部使ったか」

その様子をグレンが呆《あき》れた顔で眺めていた。

「グレン、預かってる金がまだ残ってたら寄越してくれ。回復薬《ポーション》買うから」

「ねえよバカ」

殴られた。つまり本当にあるだけの金はすべて使い果たした崖っぷちということだ。それが確認できただけよしとした。

「……ギリギリで腹が据わったか」

「ん？」

「なんでもねえよ。先に迷宮行ってるわ。さっさとお前らも来いよ。遅刻して出遅れて失敗なんて間抜け、毎回何人か出るもんなんだからな」

「肝に銘じておく」

グレンはそう言って立ち上がる。そうして部屋を出る前に何かに気づいたのか、面倒くさそうにウルに振り返った。

「あと、お前に客来てるぞ」

「客？」

言われて部屋の外を見てみると、

「や、元気そうだね？」

《にーたーん！》

自分が今崖っぷちにいるすべての元凶と愛《いと》しい妹がそこにいた。

◆◆◆

「何しに来たんだ」

「最期になるかもしれないんだから、妹と会わせてあげようと思って」

「感謝するよちくしょう」

悪態をつくが、感謝したいのは本心ではある。実際この戦いがどれだけお祭り騒ぎのように扱われようとも、ウルとシズクにとって命がけの戦いになるのは間違いなかった。最後にちゃんと彼女と話しておきたいと思うのは人情というものだ。

《おーかっちょいー、シズクのつえ！》

「はい、アカネ様。触ってみますか？」

が、ウルの気持ちを知ってか知らずか、アカネはいつもどおりであった。

「……妹によくしてくれてるようで助かるよ」

「どういたしまして。だけど、勘違いしないように警告しておこう」

ディズはウルに顔を近づけ目を細める。いつもの飄々《ひょうひょう》とした笑顔ではなく、鋭く冷たい印象を与える笑みだった。そしてアカネに聞こえぬよう小さな声で囁《ささや》いた。

「もし、君が銅級になれなかった場合、契約どおりアカネは私のものになる。そして私には、彼女の価値を失わせず〝分解〟する術《すべ》もツテもある」

「怖い脅しだな」

「発破さ。応援してるよ、心からね」

顔を離すと、もういつもの彼女だった。ウルの中に残っていた無意識の期待をきっちりと踏み潰す彼女の発破は、確かに効果覿面《てきめん》だった。

「やるしかねえってことだわな」

《にーたん？》

ウルの様子を見てアカネが近づいてきた。ウルは微笑《ほほえ》み、小さな彼女を抱きしめた。

「大丈夫だ。待っていろ」

《うに》

心地よさげにする妹の頭を撫《な》でながら、今日までの日々に思いを馳《は》せた。本当に痛い目ばかり見てきたが、それらの痛みはウルの糧《かて》となり、血肉になったという自覚がある。アカネを撫でる掌《てのひら》は、このひと月で一回り分厚くなり、頑丈になった。

「ウル様」

シズクに呼ばれて彼女を見る。

彼女ともいろいろあった。信頼できる仲間というにはあまりにも紆余《うよ》曲折《きょくせつ》があった。だが今日これから起こる戦いで、命を預けるに足るという確信だけはあった。この慌ただしい日々の中でそんな相手と関係を結べたのは、ウルにとって何よりの財産だった。

たったひと月。

されど死にもの狂いの一ヶ月だった。

自分よりも才能のある者はごまんといる。冒険者として努力し続けてきた者もたくさんいる。だがこのひと月に限って、自分たち以上にがむしゃらだった者はいない。

「行くか」

「はい」

その確信と共に二人は立ち上がり、決戦の場、大罪迷宮グリードへと向かった。

◆◆◆

大罪迷宮グリード入り口　大広場【欲望の顎《あぎと》】

祭りの中心である大罪迷宮の手前にある広場、魔物に襲われる心配もないその場所は、一際《ひときわ》に騒がしい。迷宮の禍々《まがまが》しい気配すらもかき消すほどの賑《にぎ》わいに満ちていた。

命がけの戦いに赴く冒険者たちを眺めて楽しむ者や、賭けを始める者。ここでも商売を始める者、その熱気を肴《さかな》に酒を飲む者。様々な者たちのごった煮の興奮が満ち満ちていた。

しかし、そんな外野の活気も、中心に集《つど》った冒険者たちの狂気にも似た熱気には劣る。

「――――」

「……………」

「……………………――」

数にすれば数十人。彼らが各々《おのおの》の武器を携え、言葉も交わさず、その場で立ち尽くしていた。性別、種族、年齢、装備に冒険者としての年季まで、何一つとして統一感はなかった。

ただ、一点。その目に宿ったギラついた光だけは全員が同じだった。

「よくぞ集まったな！　冒険者ども!!」

そこに、男の力強い声が響き渡った。

広場の壇上に上がったのは、頭を丸めた筋骨隆々の厳《いか》めしい男だった。鎧も纏《まと》わず、武器も持たない。どちらかというと修行へと赴く神官のような清貧な格好ではあったが、その右手の指にのみ輝けるものがあった。銀色の指輪、一流の冒険者の証《あかし》だった。

【鉄砕のコーダル】、彼が本日の祭りの司会進行役だ。

「これより宝石人形の討伐が始まる！　足並みだけを揃《そろ》えて賞金首の奪い合いだ！　賞金は最初にそれを撃破した者たちが総取《そうど》りだ！　冒険者としての規則を守る限り、手段は問わん！」

明瞭に無駄なく祭りのルールを確認していく。もちろん、この場にいる者のほとんどは言われるまでもなく、そのルールを把握している（中にはほとんど何も調べず参加するような者もいるにはいるが）。基本的にこのルール説明は見物客たちに向けられたものだ。

そして一通りの説明が終わるとコーダルは今度は冒険者たちに向けて、にぃっと力強い笑みを浮かべた。

「そして喜ぶがいい、諸君！　太っ腹な我らが冒険者ギルドが更に金貨五枚、賞金を上乗せしてくれた！　勝てば金貨一五枚だ‼」

その言葉にどよめきが起こる。熱気が更に強さを増した。もはやそれは殺意に近かった。そのすべてが宝石人形だけに向けられたものなのか、怪しかった。

「戦え！　勝ち取れ！　勝利せよ！！！　その勇猛を太陽神《ゼウラディア》と戦精霊《カラストラル》へと捧《ささ》げるがいい‼」

その殺意すらも良しとするようにコーダルは叫び、その熱を煽《あお》った。呼応するように冒険者たちは雄叫《おたけ》びを上げる。熱が、本当に焔《ほむら》となったかのように空へと突き上がっていく。空から光を降り注がせる太陽神に届けるように。

◆◆◆

「ふう」

熱弁をふるったコーダルは壇上から下りて、一息ついた。背後の活気は上々だ。

後輩冒険者の指導者としての立場になることも多い身としては、こういう〝火つけ〟には苦い顔をすることもあるのだが、こうして場を自分が盛り上げたことに対する充実感は否定しがたいものがあった。

「お疲れさんです、コーダルさん！　大成功ですね!!」

ギルドの後輩が嬉しそうにはしゃいでいる。アレイという素直で可愛《かわい》げのある子だった。今日は自分のサポートをすると張り切っていた。彼の献身には助けられているのだが、そこは「自分こそが討伐祭を制する！」と言ってくれた方が嬉しかったのは彼には内緒だ。

「冒険者もどきのクズどもを死地に追いやる仕事は大変だな、コーダル」

そんなことを考えていると、随分と切れ味のある言葉が投げつけられた。仮にも銀級の、一流の冒険者相手にそんな言葉を投げつける者は一人しか思い当たらない。

「ほう、珍しいなサボリ魔め！」

【訓練所】の長にして新人冒険者たちの恐怖の象徴にして古い友人。グレンが珍しく、迷宮の前まで顔を出していたことにコーダルは驚き、笑った。

「討伐祭は特に嫌っていたくせに、今日は何の気まぐれだ？」

「……何をしに来たんだ、グレン教官」

アレイが警戒した表情でグレンを睨《にら》むので、コーダルは笑うのを堪《こら》えるのに必死だった。彼もグレンの生徒だったのだ。

「俺が何をしようと勝手だろ。それともまた泣きべそかいてケツに蹴り入れられたいか？」

尻を守るようにして顔を真っ赤に睨むアレイを、グレンはケラケラと笑った。確かアレイがグレンのところで指導を受けたのは数年前だ。以来彼は一度も訓練所に顔を出していないはずなのだが、きっちりと名前を覚えているあたり本当にひねくれ者だ。

「で？　本当にお前がここに来た理由はなんだ？」

「悪趣味な真似しに来たんだよ」

「悪趣……教え子を見に来たのか!?　本当に珍しいこともあるものだな！」

コーダルは広場の方を振り返る。既に冒険者たちはギルドの職員によって迷宮の中へと誘導されていた。

「貴様、卒業した者は基本放置だろう？」

「卒業してないから見に来たんだよ」

「してない……ちょっと待て、お前のところに来て何日目だ？」

「三週間と少し」

その回答に対して、傍《はた》で聞いていたアレイは驚愕《きょうがく》に目を見開いた。

「冒険者始めてひと月も経《た》ってない奴が賞金首に挑んでるのか!?」

「そうだよ。ちなみに十五くらいのガキ二人な」

「何を考えてるんだ!!　というか止めろよ!!」

確かに血迷っているとしか言いようがない。賞金首に挑むなら最低でも一年は冒険者としての経験を積む必要がある。短くとも半年だ。それでも無残に散る可能性はあるものだ。まして一ヶ月など、正気の沙汰《さた》とはとても思えない。アレイの指摘はもっともだった。

だがグレンは悪びれる様子もなく皮肉めいた笑みを浮かべた。

「俺たちは〝冒険者〟だぜ？　てめえの命かけたギャンブルせずに何が冒険だよ」

「いつの時代の話だそれは！」

まったくもってそのとおり。命がけの挑戦なんてあまりにも時代錯誤だった。しかし、そんな命知らずに自分の期待と興味がそそられていることにコーダルは気がついていた。

◆◆◆

大罪迷宮グリード　第一階層　大広間

外の熱と騒乱は迷宮の中までは届かない。既にここは人類の生存圏外、魔物たちの巣窟《そうくつ》だ。冒険者たちは全員それを知っている。浮かれた態度を表に出している者は一人もいない。しかし、誰もがその内《うち》に熱を煮え滾《たぎ》らせていた。もはや爆発寸前と言ってもいい。

参加を表明した最後の冒険者たちが地下へと降りたのを確認し、ギルド職員は頷いた。

「それでは、これより宝石人形討伐祭を開催する！」

金属、武器を打ち鳴らす音がする。その場にいる全員が、各々の武器を引き抜いた音だ。

「参加者同士の殺人の禁止と基本的な迷宮内のルールを除いて決まりはない！　いち早く宝石人形を討伐できた者が勝者となる!!」

迷宮の通路は複数存在する。宝石人形のいる場所は三階層。当然、そこまでいち早くたどり着けるかどうかも含めて競争となる。全員、すぐに飛び出せるよう姿勢を低くした。ギルド職員たちが調整していなければ事故が起こりかねないほどの熱量だった。

耐えきれずに飛び出す者が出る。そう理解したギルド職員は説明を切り上げ、片手を上げた。全員の目がその手に集中する。そして――

「それでは、討伐祭――開始ィ!!」

振り下ろされると同時に、怒号が迷宮を埋め尽くし、冒険者たちは一斉に各々目の前の通路に飛び出していった。慌てて転び早くも怪我《けが》を負う者もいれば、怖《お》じけて立ち往生する者もいるが、それでもそれぞれが夢や願い、欲望のために迷宮の奥へと駆けていった。

「――さて、いくか」

「はい」

そして、ウルとシズクもまた、その闇へと挑むため駆けだしていくのだった。

◆◆◆

さて、先にギルド職員が告げたように、始まってしまえばこの討伐祭に細かなルールは存在しない。あとは早い者勝ちの勝負となる。だがそれ故に勘違いが起こる。

つまり「早く到着しさえすれば、勝てるのだ」という、勘違いだ。

たどり着けさえすれば、簡単に倒せるという貧弱な魔物ではないのに、急がなければ先に誰かに倒されてしまうと勘違いする。慌てて視野が狭まれば事故は起こる。怪我をする。最後には命だって落とす。討伐祭のルールはそれを忘れやすくする。

それこそがギルド側の狙いであり、参加者たちが彼方《かなた》の宝に目を眩《くら》ませて足元が疎《おろそ》かになっていないかを計っていると知る者は少ない。そして無論、そういった罠《わな》を仕掛ける以上、最悪のケースが起こらないよう、対策を取るのも冒険者ギルドの仕事だった。

大罪迷宮グリード　第二階層

まだ宝石人形の棲処《すみか》ではないその場所にも冒険者ギルドの職員たちは待機していた。華々しいお祭りで、悲惨な事故が起こることを防ぐために。

『GAAAAAAA!!』

「ぎゃあああ!!　腕！　腕が！！！」

「ちくしょう！　死ね！　しねえ!!」

「はあー、酷《ひど》いことになってるなあ……」

治癒魔術師のターナーもその一人だ。彼女は宝石人形にたどり着くことすらできなかった憐《あわ》れな参加者たちを捕まえては、治療を施していた。

ターナーは上層か中層辺りを活動の拠点としている銀級冒険者一行《パーティ》の一員だった。今回はちょうど迷宮の長期潜行が終わって、休暇のタイミングでギルドから声をかけられて小金稼ぎになるかと思い参加した。のだが、割に合わない仕事を押しつけられてしまったとターナーは気がついた。

「う、うおお！　離せ！　俺はまだ戦えるうう!!」

「あんた腕ちぎれかけてんだから無理に決まってるでしょーが。寝てろ！」

大騒ぎする新人冒険者もどきたちに片っ端から治療と沈静剤（物理）をお見舞いし続けて、早くもターナーは疲れてきていた。新人冒険者ってこんなにバカだったか!? 自分もこんな時期があったのか!? なんてことを思いながら駆け回っていた。

「怪我した者、リタイア希望者はこちらに来るように！」

「安全に迷宮の外へと運びます！」

「気をつけろ！ ヒトが集まりすぎると魔物を呼び寄せてしまうからな！」

自分以外のサポーターたちも大忙しだ。新人や、燻《くすぶ》っている銅級たちの世話なんて楽勝だろと侮って参加した過去の自分を殴りたくなっていた。

「あんまとばしすぎないでね？ まだまだこれからなんだからさ」

「ロッズさん」

と、そこに冒険者ギルドの受付を担当しているロッズがやってきた。治癒魔術の心得のある彼女も駆り出されているらしい。まあ、今日であれば冒険者ギルドの受付もそれほど混雑はしないだろう。参加しない冒険者たちも大半は、祭りの見学に集まっているのだから。

「ロッズさんは手慣れてますね」

「もう何回目ってくらいだからね。サポーターとしての参加は」

二人で治療を進めていくと、ロッズの手際の良さが目についた。怪我人の度合いをテキパキと分けて、次々に捌《さば》いていく。受付としても優秀なヒトだとは思っていたが、多才だった。実は昔、冒険者だったという噂《うわさ》は本当なのかもしれない。

「毎回こんな感じなんですか？」

「んー……」

問うと、ロッズは少し悩ましげに眉を顰《ひそ》める。

「今回は、怪我人が多いかな？　少し警戒した方がいいかもしれないわ」

「というと？」

ロッズが顎でしゃくると、先ほどがむしゃらに魔物たちの群れに特攻し、あえなく玉砕した冒険者が包帯グルグル巻きで倒れていた。

「考え足らずのバカが今回は多かったってだけではなく？」

「ああいう焦って自滅する連中は毎回、一定数出るんだけど……今回はそれが多い」

「もちろんその可能性もある……けど、気をつけてね」

何かを予期したかのようにロッズの声は重く、奇妙な説得力があった。

「銀級にとっては大した額でなくても、【白亜】や【銅】とっては大金が懸かった大勝負」

「何が起こるか、誰が何をしようとするか分からない、と」

「そういうこと」

ロッズの言葉をターナーは頭に入れ、先ほどにも増して目の前の怪我人たちを捌くことに集中した。この後、待ち受けているであろう嵐に備えるために。

それと、次回以降の討伐祭のサポーターには絶対参加しないことだけは心に決めた。

この仕事、絶対に報酬の割に合わない。

◆◆◆

――私たちの運命がかかった情報です。易々《やすやす》と渡すわけにはいきません。

新人冒険者、シズクとの取引は容易《たやす》かったと【赤鬼】のリーダーであるオーロックは回顧する。【宝石人形】の周囲をちょろちょろと嗅ぎ回っていた新人冒険者たちが〝何か〟を嗅ぎつけたという彼の勘は正しかった。大当たりだった。

――タダで情報は渡せません。お願いします。どうかお許しください。

二人組のうち、少女が一人になったところを見計らって、オーロックたちは暴力を背景に少女を脅し、情報を引き出した。怯《おび》えた表情で必死に交渉を仕掛けてきた彼女が金貨一枚を要求してきたが、その結果にオーロックは内心でほくそ笑んでいた。

この女は素人だ。

この手の賞金首に対する情報料金は、下手すると賞金の三割が相場だ。今回の宝石人形の賞金は祭りの補正で金貨一〇枚から更に上乗せされるという噂を耳にしている。その情報を一割以下の報酬で、この女は渡してしまおうとしているのだ。

そもそも本当に暴力を振るえば、さすがに【冒険者ギルド】に咎《とが》められるのは避けられない。それに気づかず、あっさりと情報をゲロってしまった白銀の少女は実にチョロかった。

――いいだろう。取引成立だ。

無知な相手から利益をむしり取る快感にオーロックは酔いしれ、部下たちと共に笑った。

その彼らの陰で、先ほどまで怯えていたはずの少女が、それまでとはまるで違う微笑みを浮かべていたことには、ついに最後まで気づくことはなかった。

◆◆◆

大罪迷宮グリード　第三階層

銅級冒険者一行《パーティ》【赤鬼】たちは急いでいた。理由はもちろん決まっている。宝石人形の元に一刻も早くたどり着くためだ。しかし焦ってはいない。宝石人形の〝目的〟が【扉】の守護であると知っていたからだ。

このアドバンテージはとてつもなく大きい。迷宮の地形変動は不定期に起こるが、そう頻発するものではない。

「【扉】の位置は？」

「この通路だ！　急げ！」

前日に【扉】の位置を把握していれば、あとはその方角に向かって走るだけだ。幸いにして、当日に迷宮変動が起こるようなトラブルはなかった。賭けに勝ったのだ。

「ハハ！　他の連中は無駄に右往左往してるんだろうな!!」

「勝利の女神様々だ！　あのお嬢ちゃんは！」

「てめえら油断すんなよ!!」

早くも気が抜けつつある仲間たちをオーロックが一喝する。油断はできない。なぜなら、

「あのコンビは別に宝石人形討伐を諦めてるわけじゃねえ！　簡単にいくと思うなよ!!」

「つつって、二人だけのガキ……いや、分かってるってオーロック。油断はしねえよ」

まだ侮ったことを言い出そうとする阿呆《あほう》をオーロックは睨む。扉へと続く一本道の大通路へと出たタイミングで彼は更に指示を出した。

「おし、お前らは待機だ」

今回同行した五人の一行《パーティ》のうちの二人、レゴとグロッグをライバルたちの妨害のために待機させる。冒険者同士の殺し合いは御法度《ごはっと》だが、しかしそれ以外の妨害工作程度ならこの大会では許容されている。

「ここに来る連中は全員叩《たた》きのめせ。とくにあのガキどもが来たら思いっきりな」

オーロックが念を押して、残る三人で宝石人形の元へと直進する。そしてリーダーたちを見送ったグロッグは、振り返りながらも首をひねった。

「……でもあいつら来んのが？」

「わざわざ念を押してきたんだ。あの女、必死によ」

——あくまで渡すのは情報のみ。討伐祭には自分たちも参加する。

彼女は必死に泣きそうな顔でそう訴えた。彼らはそれをせせら笑いながらも了承したのだ。もちろん、彼女たちに宝石人形を討たせるつもりはさらさらない。故に見張りだ。

「まあ、真正面から来るかは分からないがねえ。あいつら、たった二人だし——」

「……い゛や」

会話の途中、グロッグは自分の得物の斧《おの》を構え、通路を見据える。魔力の不気味な光が少年少女二人のコンビを照らしていた。

「来たぞ」

「バカだねえ」

二人は身構え、そして吠《ほ》えた。

「お前ら止まれ。ここは通行止めだぞ」

「殴られたくなきゃ！　消え゛ろ！」

武器を見せつけ大声で警告する。が、二人はこちらの警告に反応を示さなかった。まっすぐに突っ込んでくる。武器を見せつけても躊躇《ちゅうちょ》がなかった。そのあまりの勢いにグロッグは眉を顰《ひそ》める。

「いいが！　これ以上近づいたら殺すぞ!!　覚悟できてんのが!!」

「殺される覚悟はできていないなあ！」

と、そこで少年の方が口を開いた。冷静な声だった。肝の据わった声だった。その目にも動揺がない。こういう顔つきになった相手には、十分警戒しなければならないと、グロッグは斧を握る手に力を込める。

「だったら――」

「だが、俺たちだけに気を取られてていいのか？」

次の瞬間、ウルたちの背後から無数の冒険者たちが飛び出した。

◆◆◆

話は、シズクがウルに自らの所業を告白した夜に戻る。

「バレていたのです」

シズクは、静かにその事実を告げた。

「なに？」

「宝石人形の特性と〝目的〟についての情報が想像以上に広まっていたのです。正確に言うなら、それを探っていた私たちに多くの冒険者が目をつけていました」

ウルはシズクの説明をゆっくりと飲み干した。苦い良薬を飲み干した気分だった。

マギカのもたらした〝宝石人形攻略法〟最大の価値はその容易さだ。しかしその容易さ故に、情報の独占は必須となる。誰もが実行できるが故に、誰にも知られてはならない。特殊な経緯で優秀な魔術師からもたらされた情報故、ウルは独占できていると思っていた。

そう、勘違いしていた。

「…………そりゃそうか。皆、必死だもんな。当たり前のことだった」

だが、その点をマギカは保証してはいなかった。

――ここまで正確な情報を掴んでいる者はいない。

と太鼓判を押していたが、それは裏を返せば〝ある程度までなら宝石人形攻略の抜け道を察している者はそれなりにいる〟ということでもある。もちろん彼らに銀級相当の魔術師マギカに並ぶ知識があるとは思えないが――情報を持っている相手を見つける洞察力くらいは持ち合わせていることだろう。

そして、ウルたちはほぼ毎日迷宮に潜り続けて、宝石人形の周囲を嗅ぎ回っていた。その自分たちに目をつけるのは当然だ。故に、

「扉と宝石人形の破壊、その争奪戦になる可能性が高い……」

そうなってしまえば、もうどうなるか分からない。確実性は皆無だし、ウルたちよりも数と実力が上の一行《パーティ》がやってきてしまえば勝算は更に低くなる。

ウルが選ぼうとしていた〝安全策〟は、最初から破綻していたのだ。

「だから情報を抱えるのではなく、売り捌く選択をしました。悟られないために説明を省いて申し訳ありません」

「赤鬼たちに売り払ったと」

そしてその資金をもとに装備を整える。情報で出し抜けないなら、せめて装備で出し抜く。彼女の意図は正しい。ベストではないがベターだ。ウルもそう思った。

「いいえ、違います」

「……んん？」

だが、彼女の話の肝はここからだった。

「討伐祭に参加を希望されていたほぼすべての冒険者の皆様に、この情報をばらまきました」

シズクはだいぶヤバいことを言い出した。

◆◆◆

「な、んだあ!?」

【赤鬼】のオーロックは驚愕していた。

彼らは計画どおり、宝石人形と扉、この二つの速やかな発見に成功していた。都合がいいことに宝石人形は【扉】のある大広間の中に入り込み、扉の前に立ち塞《ふさ》がっていた。多くの侵入者の気配を感じ、出向くのでなく扉を直接守護することを選んだのだろう。

あとは残るメンツで宝石人形を引きつけて扉を破壊する。それだけのはずだった。

「いたぞ!!　宝石人形だぁ!!」

「で、でけえ!?　いやひるむなあ、やれえ!!」

「待て待て!!　正面からやるな、アレ探せ！　アレ！」

「アレってなんだよ！」

「分かんねえよ！！！」

いざ戦いを始めようとした矢先、大量の冒険者たちがこの大広間に入り込んできたのだ。

「なん……なんだ!?　あのバカども足止めしろって……!?」

グロッグたちを罵《ののし》ろうとしたが、さすがにこの大量の冒険者たちの足止めなんて無理だということに気がつく。あの足止めは、早々に宝石人形の位置にたどり着けた少人数に対処するための配置だったのだ。こんな大量の冒険者がやってくる想定なんてしていない。

なんだってこんな大騒ぎになってる!?

「いたぞ!!　【赤鬼】の連中だ!!」

「ぶっころせ!!　いや殺しちゃまずいんだぶっ倒せ!!」

「あいつらが持ってるもん全部奪え!!　なんだか分からねえがあいつらがカギだ！」

しかも、彼らは明らかに自分たちに狙いを定めている。ぎらぎらとした目つきで武器を構えて、今にも襲いかかってこようとしているのだ。

その時点でオーロックはようやくこの連中を誰がけしかけたのかを理解した。

「あ、……あの女!!」

オーロックは白銀の少女に悪態をついた。

だがなぜあの女はこんなことをした!?　何のために？　ライバルが増えるだけ損なのに？

『OOOOOOOOO……!!』

「宝石人形が来るぞ！！！」

「つだああ!!!?　あぶねえ!!　死ぬ！！！」

「てめえら邪魔するんじゃねえ!!」

だが、考えている暇はない。状況は大混乱だ。オーロックは舌打ちする。このまま扉を破壊すれば、自分たちが宝石人形を破壊する前に他の誰かが破壊してしまう。

「てめえら！　雑魚どもを蹴散らせ！　黙らせろぉ!!」

この膠着《こうちゃく》状態を打破するため、オーロックは部下たちに指示を出さざるを得なかった。

「……ひっでえな」

「はい。上手《うま》くいきました」

そしてその様子を、遠くからウルとシズクは観察していた。

◆◆◆

ありとあらゆる冒険者たちに情報をばらまく。

シズクの立てた一見して滅茶苦茶な作戦の意図するところは明確だった――すなわち、状況の混沌《こんとん》と膠着だ。

――誰かが出し抜こうとするなら、全員出し抜けなくすればいいかな、と。

彼女は赤鬼たちに提供した情報を幾分か劣化させて至るところに密《ひそ》かに潜り込ませた。赤鬼のときのように金銭は取らず、その代わりに蔓延しやすいように仕込んだのだ。

だいぶ危ういやり方だと、ウルは改めて思う。

情報という商品を取り扱う上で危険な橋を渡っている。下手すると、誰かに刺されても仕方ないような所業をシズクは実行していた。だが、それだけのリスクを背負った成果は表れていた。

「くそがあ!!　てめえら邪魔だあ!!」

「うるせえお前がくたばれ！！！」

『ＯＯＯＯＯＯＯＯＯＯＯＯＯＯＯＯＯＯＯＯＯＯＯ!!』

大広間の大混乱。冒険者同士の諍《いさか》い。誰もが争い、誰もが宝石人形の急所を目の前にしながら、誰一人としてそれを攻撃することができない状況。完全なる膠着状態。

「上手くいってよかったです！」

「そうだな。でも戦いが終わったらシズクは正座な」

「まあ！」

「まあ、じゃない」

この女、どこかで矯正しないと確実に誰かにぶっ刺されて死ぬ。そのことを確信しながら、ウルは【竜牙槍】を構えた。マギカによって修繕され、本来の機能を取り戻した武装。ヒトが携帯可能な対魔物戦闘を想定した破壊兵器。その本質が現れる。

「【咢開放《オープン》】」

柄《え》をひねる。獣が獲物を前にするようにその顎を開く。その向かう先は当然、いいように冒険者たちを殴りつけている宝石人形だ。

「【魔導核起動《ドライブ》】」

ひねった柄を、弓を引き絞るように引く。内蔵された術式が起動し、魔導核に命令を送る。

あの地下室の迷宮で妖しく輝いていた魔導核が、今度は正常な雄々しい光を放ちはじめる。充填《じゅうてん》されていた魔力が巡り、バチバチと破裂音が響きはじめた。それは通常の竜牙槍と比べても遥かに激しい。

――あなたの竜牙槍、だいぶ古い術式が使われてるから威力調整注意してねー？

マギカからの警告を思い出して、ウルは苦笑する。早速その警告を無視して大変申し訳ない、と思いながらも叫んだ。

「警告する！　逃げた方がいいぞ、全員！」

ウルの警告に、争い続けていた冒険者たちは振り返り、彼の握っている武装が放つ凄《すさ》まじい魔力の光に目を見開かせ、一斉にその射線から逃げ出した。

『ＯＯＯＯＯＯＯＯＯＯＯ…………！！！』

逃げずに残っているのは、ウルの警告の意味を理解できない宝石人形だけだ。その姿を確認し、綺麗《きれい》に通った射線を前に、ウルは引き絞った柄の機構を一気に手放した。

「【咆哮《ハウル》】！！！」

その瞬間、空気すらも焼き切るほどの灼熱の光が空間を駆け、宝石人形に着弾した。

「うおあああああ!?!!」

「なんだあ!?!!　あっち!!」

その熱量に悲鳴が上がる。実際、その火力はその場にいる冒険者たちにとっても脅威だった。魔物の中には炎を吐き出すものもいるが、その光の強さは魔物の炎よりも遥かに強い。

「……っぐ……」

その光を放ったウルもその熱に身体を焼かれていた。一新した柄に刻まれた防御魔術も、完全に熱を防ぐには至らない。両手が焼ける。顔が熱い。身体が震える。うっかり手放しでもしたら、ウルは死ぬだろう。

だが狙いは外さない。穿《うが》つべきは宝石人形の最も脆《もろ》い部分――頭部だ。

『ＯＯＯＯＯＯＯ――　』

そして、一際に強い光が放たれて、その強力な熱光を浴び続けた宝石人形の頭は、光に溶けるように砕け散った。頭を失った宝石人形はぐらりと揺れて倒れ込む。冒険者たちが悲鳴と絶叫を上げ

る中、巨大な地響きと共に巨体が地面に倒れ伏した。

「たお……した？」

「やっつけた、のか？」

冒険者の誰かが言った。誰の目にもそう見えた。頭を失い、宝石人形は倒れたのだ。それがヒトであれば、間違いなく死亡したと言えるだろう――――だが、

「頭が……破壊されたただって？」

誰かがぽつりと言った。人形の特性。この場で、宝石人形の撃破を狙っていた彼らであれば、大半は知っている性質。

――魔道核を残して頭部が破損された場合、人形は【暴走】する。

『　　――O、O』

みしりと、宝石人形の身体が動く。ぴくりとも動かなかった腕が動く。ひび割れるような、激しい音と共もに地面を突く。再び立ち上がろうとしたのかとも思われたが、そうではない。

『O、OOOO、G、AAAAAA……！』

両手の腕は地面を突いたまま、形を変えていく。より地面を掴みやすいように、身体を支えられるように変形していく。両足も同様だ。その体躯は四本足の獣のように変貌《へんぼう》する。失われた頭部も変わる。砕けた部分が、まるで鋭い牙のように伸びて蠢《うごめ》いていた。

「……【暴走】だ」

誰かが言った。その呼称が示すとおり、宝石人形は自らの狂乱を示す雄叫びを上げた。

『GAAAAAAAAAAAAAAAAAAAAAAAAAAAAAAAAA!!!!!!』

　これは無理だ。

　その場にいる冒険者たちは全員、そのことを悟った。理解した。これはどう考えても自分たちが対応できる怪物ではないと。理解しながらも動けなかった。恐怖と衝撃で身体が麻痺《まひ》して、身動きがとれなかっただけだ。

「追加で警告する。逃げられるなら逃げた方がいいぞ」

　その彼らにウルは淡々と警告する。その声は平坦《へいたん》で、場違いじみてはいたが、それでも硬直していた冒険者たちを正気に戻すには十分だった。

「……に、げろおおおおおおおおおおおおおおおおおおお!!!!」

　その絶叫をきっかけに、冒険者たちは一斉に部屋から逃げ出した。

「逃げろ逃げろ!!　逃げろ!!」

「どう考えてもやばいぞありゃ!!!?」

「ふざけんなどけ！！！」

「悲鳴ばっかだな。討伐祭」

　ウルはその光景をため息交じりに眺めていた。彼らのように恐怖を感じていないか、と問われれば嘘《うそ》になる。はっきり言ってめちゃくちゃ怖い。怖いが、この状況を自分が作り出したことを考えると、被害者ぶって泣き叫ぶわけにもいかなかった。

「てめえこのガキぃ!!」

すると急に背後から肩を掴まれ、顔を殴られた。見ると【赤鬼】のリーダーと思われる男がウルを睨んでいる。赤鬼という名前にふさわしく顔面を真っ赤に染めている。

「どうした。【赤鬼】殿、逃げないのか」

「てめえ、なにしたのか分かっててやったのか……!!　こんなもんいったいどうする気だ!!」

「ウル様!!」

するとそんな彼を無視するように、シズクが近づいてきた。シズクに対してもさぞかし言いたいことがあるのだろう。ウルに向けていたときよりも更に増して顔を真っ赤にしながら、彼はシズクを睨み口を大きく開いた――だが、

「よかった!!　上手くいきましたね！！！」

満面にして絶世の笑みで歓喜する彼女に、絶句した。

オーロックだけではない。この場から逃げ出そうとしている他の連中も同様だ。シズクの笑みはあまりにも美しく、愛らしい。この地獄の状況を作り出した女の笑顔と考えると、あまりにも狂気じみていた。宝石人形の恐怖すらも吹っ飛ぶほどだった。

彼女の意図をすべて理解しているウルだって、その笑みは本当の本当にどうかと思う。無関係なら速やかに距離を置いて、二度と関わらないことを祈っていただろう。

だが、今はそうではない。

「ああ……そうだな」

震えそうな足に力を込める。鳴りそうになる歯を食いしばり、無理やり笑みの形に顔を歪《ゆが》めた。

彼女はイカれている。ソレは間違いない。だが、そんな彼女とウルは既に契約したのだ。彼女の狂

気にのっかると既に決断したのだ。故に、
普通をやめるときがきた。

〝たが〟を外すときがきた。

狂気に身を置くときがきた。

さあ、笑え、狂え、構えろ。眼前の地獄に向かって突撃しろ。己のエゴのために命を使え。自己満足のために、地獄の底に飛び降りろ。

自分にそう言い聞かせてウルは笑った。大声で、狂った策略が見事に的中した事実を哄笑《こうしょう》し、叫んだ。

「ああ、最高だ！　完璧だ!!　さあ、あとは勝つだけだ!!!!」

「はい！！！」

かくして二人は地獄で笑う。

『GAAAAAAAAAAAAAAAAAAAAAAAAAAAA!!!!!!!!』


――宝石人形戦　開始――

「ま、ずいぞ!!　避難を急がせろ！！！」

「逃げた奴らは一ヶ所に集めるなよ！　魔物が集まるぞ！」

「慌てるな!!　詰まって転んだらただじゃ済まんぞ!!」

討伐祭を見守っていたサポーターたちは、大混乱の戦場で大慌てとなっていた。

参加者たちが宝石人形に接触した時点で、何かしらのトラブルが起こることは予期していた。最も事故が起こりやすいタイミングであるし、実際過去には死人が出たこともある。

賞金首の討伐なのだ。死人だって出ることはあるだろう、とは言いつつも、祭りという側面もある以上、安易に死人を出してはならない。以降、サポーターの数も増やされて、十全の体制でトラブルに備え得ていた。

『OOOOOOOOOOGAAAAAAAAAAAAAAAAAAAA!!!!』

とはいえ、さすがに宝石人形とその周囲に大量の参加者が密集し、冒険者同士と宝石人形の大乱闘となった挙げ句、その宝石人形が暴走するという大惨事に直面するとは誰も思ってもみなかった。

「おいおいおい、やりおった。やりおったぞお前の弟子！」

「やったなあ、あのバカ」

そんな大騒動を銀級冒険者コーダルと、訓練所の主《ぬし》であるグレンは見物に回り、そして盛り上がっていた。

暴走までに至る経緯はコーダルも確認していた。ウルがあえて宝石人形の頭部、制御術式を破壊することで暴走を引き起こしたところまでバッチリだ。

「命知らずにもほどがある！　お前の弟子バカなんじゃないのか!?」

「俺もそう思うよ」

もちろん、彼らの意図は分かる。

人形をあえて【暴走】状態にすることで、本来の耐久性を損なわせる。自壊を引き起こさせ、脆《もろ》くなったところを狙い討つ。確かにこのような倒し方は存在している。

しかし普通はもっと多人数で行う作戦だ。それを、たった二人の一行《パーティ》で行うというのは常軌を逸しているとしか言いようがなかった。誰だって――

『GAAAAGYAYAYAYAYAYAYYAYAYAAAAA!!!!』

あんなバケモノと、まともにやりあいたくはないのだから。

四肢で地面を突いた獣のような形をした巨体、ケダモノのような咆哮《ほうこう》を続ける抉《えぐ》れた頭部。それらの身体は迷宮の魔力光に照らされて、怪しげな輝きを放ち続けている。

【暴走】で脆くなる、というのは間違いではないが、それは魔導核から送られる魔力を耐久性に回さず、攻撃性に集中するということでもある。単純な戦闘力は【十三階級】のうち十級を一時的に超えるだろう。白亜どころか、銅級の冒険者たちだってまともに相手していいものではない。

「それを、冒険者になって一ヶ月のお前の弟子が勝てるのか」

「さあな」

「無責任なことだ」

「冒険の責任は当人たちしか背負えねえよ」

「今日はお前によく正論を言われる日だ」

コーダルは肩をすくめ、そして目の前の光景に集中した。新人の冒険者たちの命がけの〝大冒険〟を見逃すまいと。

◆◆◆

ウルは集中していた。

意識を研ぎ澄ませ、全身全霊の力で戦いを挑んでいた。僅《わず》かでも緩ませるわけにはいかなかった。

暴走した宝石人形の攻撃を回避するためには、今できる極限の集中が必要だった。

『GAAAAAAAA!!』

右の拳《こぶし》——今は前足だろうか？——宝石人形は勢いよく振り下ろすようにして、ウルへと叩《たた》きつける。それはうざったい虫を掌《てのひら》で押し潰《つぶ》すような動作に似ていた。人形のサイズを考えれば、ウルは虫と大差ない。

「っ!!」

それをウルは回避する。横っ跳びで、転がるようにして避ける。続けて横薙《よこな》ぎがくる。飛び上がり、寸前で飛び越える。更に宙へと跳んだウルを叩き落とすように、左手が振り回された。ウルはそれを見て歯を食いしばり——

『GAAAAAAAAAAA!!』

「ぐがっ!?」

殴られる。盾にした槍《やり》と鎧《よろい》ごとみしりと身体が潰れるような音が響き、そのままウルは叩き落とされ、ぐしゃりと地面に転がった。

すべての攻撃の回避はできないことは分かっていた。分かりきっていた。敵の攻撃すべてを回避できるような戦闘センスがあるのなら、わざわざ暴走状態なんて危険な橋を渡らずに済んだだろう。暴走状態の人形と戦えば、すべての攻撃を回避できないと分かっていた。

「つぐ………おお……!!」

分かっていたが、痛いものは痛い。

『GAAAAAAAAAAA！！！』

そして当然ながら、宝石人形の方は遠慮なんてしてはくれない。宝石人形は一〇メートル超はある巨大な身体を屈《かが》めさせたかと思うと、跳ねるようにして飛び上がった。

自分の身体をまるごと使って、ウルをミンチにするつもりらしい。

「嘘《うそ》だろ……！！！」

ウルは顔を引きつらせながら、必死に走って跳んで地面を転がる。直後に衝撃が起こった。ウルは吹っ飛びながら壁に激突した。

「っ!!!?」

天地がひっくり返り、どこが上でどこが下かも分からなくなった。なんとか痛みを堪《こら》えて顔を上げると、地面に倒れ込んだ宝石人形が倒れた姿勢のまま、更にウルへと拳を振り上げている光景を目撃した。

「ふっざけ!!!?」

「【氷棘《ひょうし》】!!」

その拳がウルを叩き潰す直前、人形の手に氷棘が叩き込まれ弾《はじ》け飛ぶ。シズクからの支援であると理解し、ウルは必死の思いでその場から身体を動かした。

『GUUOOOOOOOOOOOO……!!!』

宝石人形は自分の拳に突き刺さった氷棘を鬱陶《うっとう》しそうに払っていた。

シズクの魔術が突き刺さったのだ。やはりその耐久性能が明らかに落ちている。それがハッキリしたのは良い情報といえた。

『GAAAAAAAAAAAAA!!!!』

「…………っ!!」

そのダメージに宝石人形がぶち切れて、シズクに狙いを変えたのは悪い情報だった。

「くそったれがぁ!!!」

――前衛は後衛の盾になれ。

その身に染みついたグレンの教えに従い、ウルは駆けだした。竜牙槍《りゅうがそう》を肩に担ぐように構え、シズクの前に立つと、そのまま振り下ろされた拳を真正面から受け止めた。

「が。っがあ!!?」

衝撃で、筋肉が押し潰されて破裂したような音が自分の身体から聞こえた。死ぬ、本当に死ぬ。

叩き潰されなかったのはただの奇跡だった。だが、あと数秒ももたない。死ぬ。

「【焰《ほむら》よ唄《うた》え、火球】！！！」

『GUOOOOOOO！！！』

直後、炎の球が人形の拳に叩き込まれ、吹き飛ぶ。凄《すさ》まじい重量から解放され、ウルは膝をついた。戦いの最中、膝をつくなんて言い訳のしようもなかったが、肉体が耐えられなかった。

「ウル様!!」

「い、いい！　平気、だ!!」

シズクの悲鳴に首を振り、回復薬《ポーション》と強壮薬を同時に飲み干す。二つの薬が口の中で混じり合い、地獄のような味が口いっぱいに広がったが、身体に力は戻った。

怪我《けが》は？　打撲だらけだ。

痛みは？　全身が痛い。

しかし動けないほどではない。問題なし、続行！

立ち上がって再び竜牙槍を構え、前へと跳ぶ。そのウルの覚悟に応えるように、再びシズクは魔術の詠唱を開始した。

「【氷よ唄え、穿《うが》て、穿て、穿て】」

このような状況下にあってもなお、一切の澱《よど》みなく、美しく響く唄《うた》を頼もしく思いながらも、ウルは駆けた。

シズクがアタッカーであり、自分はデコイ兼盾だ。痛みと恐怖で腰が引けそうになる身体を律するように、何度も頭に叩き込む。【竜牙槍】に二発目の魔力が充填《じゅうてん》されるまで、この戦線を維持しなければならない。

『GAAAAAAAAAA！！！』

再び拳が振り下ろされ、地面が震える。振動で身体が転ばぬように飛び跳ねて、要所で拳に竜牙槍を叩き込む。ダメージは期待しない。背後のシズクに敵意が向かぬよう全力で、目障りな前衛としての役割に従事する。

「【氷棘・強化】」

先ほどよりも更に二回りも大きくなった氷棘が放たれる。氷の刃《やいば》はまっすぐに、宝石人形の胸部へと飛んでゆき、直撃する。

『GAAA!?』

宝石人形の身体の表面がまた砕けて飛び散る。欠片《かけら》が雨のように降り注いで煌《きら》めいた。ダメージは増えている。だが決定的ではない。この怪物の心臓、魔導核が砕かれない限り話にならないのだ。

シズクの魔術は、杖《つえ》の魔力タンクと魔力回復薬による補充を合わせて、残り三回。なんとか戦えているが、この戦線を維持できるほどの猶予はそれほど残されていない。竜牙槍に魔力が溜《た》まるまでの間に、早く魔導核の位置を確認しなければ――

「上です！！！」

シズクの声にウルはぎょっと顔を上げる。

左右の前足へとずっと意識を向けていたために反応が遅れた。ウルの頭上からウルを狙い落下してきたのは、

「んなあ!?」

『GAAAAAAAAAAAAAAAAAAAAAAAAAA！！！』

宝石人形の壊れかけの頭だった。

拳ではなく、頭を直接叩き込む。その異様な攻撃方法にウルは驚き、飛び退《の》いた。その瞬間、地面が砕け散る。竜牙槍の咆哮《ハウル》で砕け、鋭い牙のようになった残骸《ざんがい》が地面を抉る。

「つぐ……」

砕けた衝撃で、残された頭部が更に変形する。その形は、気のせいでなければ獣の頭部に似ていた。牙のように伸びた破片の上から、まるでそれに合わせるように形が変わる。

生成された顎《あご》が引き裂かれて、歪《いびつ》な弧を描く。最初はそれが何を為《な》そうとしているのかウルには分からなかったが、すぐに理解できた。

『GYAHAAAAAHAHAHAHAHAHAHAA!!!!!!』

嗤《わら》ったのだ。ヒトを模した人形から、ケダモノへと落ちた巨人は、無様《ぶざま》に転げるウルを嘲《あざけ》った。

そのあまりの異様さにウルは怯《ひる》みそうになる。自分が何と戦っているのかも分からなくなった。

だが、それでも――ウルは衝撃から再起動を果たすと、そのまま前へと突っ込んだ。

「いつまで笑って――」

『GA、GAGAGAGA!!』

「――んだ!!!」

槍を一直線に叩き込む。

みしりと頭部がひび割れる。変形して無理やり形成された頭は脆かった。制御術式はもう砕けている。これ以上砕いたところで意味はないかもしれないが、少しでもダメージを蓄積させることができればそれでいい。

しかし不意に皮膚を焼くような熱が人形の頭部に集まっていることに気がついた。

「つなあ……？」

宝石人形のひび割れた頭部が発光していた。その姿が異様すぎて、情報を処理しきれなかった。

ウルが使う竜牙槍の咆哮《ハウル》と同じ光の収束と気づくのが遅れた。

「ウル様！！！」

「はっ!?」

『GAAAAAAAAAAAAAAAAAAAAAAAAAAAAAA!!!!!!』

宝石人形から灼熱が走り、その大広間で二度目となる熱光の爆発が巻き起こった。

◆◆◆

——討伐祭に参加する。俺たちで宝石人形を討つ。

【隠れ家】にて、ウルたちがそれを宣言したとき、彼らの先輩冒険者であるナナは反対も応援もしなかった。当たり前だが、自分は二人の先輩ではあるが、保護者ではないからだ。

だが心配はしていた。

あの地獄みたいな訓練所にしがみついて、無茶苦茶な頻度で迷宮に通い続けた挙げ句、冒険者になって一ヶ月でいきなり賞金首を狙おうというのだ。そりゃあ心配だってする。

それでも、彼らの選択を止めることはできない。それは過干渉だ。だからサポーターとして祭りに参加した。万が一のとき、彼らを助けられるように。

そして、そう思ったのは自分だけではないらしい。隠れ家の常連冒険者たちが何人も参加していた。誰も彼も「小遣い稼ぎだ」と言いながら、チラチラと遠目に見えるウルたちを心配していた。割に合わない仕事なのに、お人好《ひとよ》しばかりだとナナは苦笑した。

◆◆◆

『GAAAAAAAAAAAAAAAAAAAAAAAAAAAAAA!!!!!!』

「――――――っ!!!?」

そして、そんなほっこりとした温かな気持ちは、暴走した宝石人形が吐き出した熱光線によってまとめて吹っ飛んだ。

仲間同士の助け合いに和んでる余裕なんて欠片もない地獄にウルたちは突っ込んでいた。

「なんであの子たちあんな地獄になってんの!!」

「知らん!!! 亜種とはいえ人形《ゴーレム》だぞ!? 攻撃性は低いはずだろうが!!」

「あんな暴走あるかぁ!? 誰か止めろや!!」

隠れ家のサポーターたちは悲鳴を上げる。実際、その状況を見守っていた冒険者ギルドの協力者たちは驚愕《きょうがく》していた。

人形の暴走は、そうそう引き起こされるものではない。そうならないように立ち回るのが基本だからだ。ある意味、熟練の冒険者にとってもその光景は未知だった。ここまで本来の性質からかけ離れた暴れ方をするとは誰も思ってもみなかったのだ。

さっさと止めるべきでは⁉　と、ナナは自分の剣を引き抜こうと身構えた。

「おい勝手に動くなよサポーターども」

が、その彼女らの行動は、立ち塞《ふさ》がるように割って入ってきた男に止められた。

「まだ終わってもいない戦いにでしゃばんな」

誰あろう、あの二人の指導者である訓練所の主、グレンによって。

「不良教官！　アンタこれ放置しろっての⁉」

「あん？　ナナじゃねーかお前、久しぶりだなあオイ。なんだ、お前も祭りに出てるのか？」

「あたしはサポーター！　っていうかアンタこそ止めなよ‼　アンタの弟子死ぬよ⁉」

「そりゃ死ぬかもだろうさ。賞金首相手に戦ってんだからな」

この冷血漢！　と言おうとしたが、グレンは戦場を指さした。

「…………‼　――――――！！！」

巻き起こった土煙からウルが飛び出した。宝石人形相手にまだ戦っていた。彼の後方では再びシズクが魔術の詠唱を開始した。

「勝手に諦めてやるな」

瀬戸際で二人はまだ戦っていた。ナナは剣を掴もうとした手で握り拳を作った。腹立たしいが、グレンの言葉は正論だった。命を賭して駆けている彼らの挑戦を自分が潰すわけにはいかなかった。

だが、

「あの子たち、勝てるの？」

「さーな。アイツら次第だろ」

「あんたの見立てだとどうなのって聞いてんの」

しつこく尋ねると、グレンは面倒くさそうに首をかしげ、戦場へと目をやった。土に汚れ、血に塗《まみ》れながらも駆けるウルと、そのウルを冷や汗を流しながら支援するシズク。その二人を叩き潰そうとする宝石人形を順々に見つめ、鼻を鳴らす。

「五分五分」

「五も勝率あるの……？」

ナナから見ても宝石人形の動きは凄まじいの一言に尽きた。

宝石人形の階級は十級だが、この暴れ方は明らかにそれ以上だ。ましてこんな、逃げ場もない空間で戦うなんて正気の沙汰ではない。他の冒険者たちが一斉に逃げ出した理由も分かる。腕に覚えのあるナナだって、こんな条件で戦うのは御免だった。

ウルたちも準備を重ねてきたのだろう。様々な道具を使い戦況を維持しているが、それもいつまでもつか、相当怪しく思えた。

「本来以上の力を強引に引き出してる魔物が真っ当でいられるわけねえだろ」

「真っ当……」

グレンの言葉に、ナナはもう一度宝石人形を観察する。そして発見した。

「自壊しかけてる……？」

宝石人形の腕に大きな〝ヒビ〟が走っていた。ウルやシズクの攻撃で表面部分だけが砕けるのとは違う。深く、大きな亀裂だった。

「迷宮に満ちる魔力で、暴走による魔力切れは起こらねえが、損傷まで回復するわけじゃねえ」

本来の性能から逸脱した強力な力は、宝石人形自身を破壊し続けていた。人形の攻撃で地響きが起こるたび、亀裂が大きくなっていくのがナナの目にも見えた。

「ただただ全部パワーアップするってんなら【暴走】なんて呼称されないってこった。ありゃそう長くはもたねえぜ」

「……でも、それじゃあなんで五分五分なんだ？」

一緒に状況の推移を見守るダンジが問うた。確かに現状ウルたちは戦況を維持できている。このまま継続できれば、敵の自壊まで耐えきれるように思えた。

「あいつらがやってるのは、一歩踏み外せば死ぬ綱渡りだ。当然、やり直しはない」

その極限状態で頼みとなるのは経験と鍛錬だ。

怪我を負い疲労してもなお、反射で身体が動くまでになるほどの血の滲むような反復。

同じような状況を乗り越えることで獲得する、精神的強度。

「だがあいつらにはソレがない」

ウルには際立った才能があるわけでもなければ、努力を重ねるだけの時間もなかった。

シズクには特別な才能がある。だが、それを育む時間はウルと同じくなかった。

「準備のおかげでギリギリ踏ん張っちゃいるが、最後までいくか……怪しいね」

「……それでも止めないの？　死ぬかもしれないんだよ？」

ナナが問うと、当たり前だ。と、グレンは言い切った。

「これからアイツらは地獄を見るんだ。その入り口で躓《つまず》いてたらそれまでだ」

グレンの言葉はどこまでも容赦なく冷徹で、そして救いようがないほど正論だった。

◆◆◆

「あったぞ、魔導核……!!」

そんな外部からの評価なんて知る由もなく、ウルは死にもの狂いで、状況を好転させる材料を見つけていた。

宝石人形の心臓、魔導核をウルは発見したのだ。

先ほどの宝石人形の【咆哮《ハウル》】の中でウルはそれを見た。変形した宝石人形の頭部の奥、喉奥に輝く魔導核が見えたのだ。竜牙槍の魔力充填も間もなく終わる。あの喉元を打ち抜くことができれば勝てるはずなのだ。

懸念点は――

『GAAAAAAAAAAAA!!!!!!』

「っっご!?!!」

単純に、そろそろ身体がもたないこと。

先ほどから足の動きが明らかに鈍くなっていた。自分の限界はもう間もなくだと自覚した。敗北と死を告げる足音がすぐそばまで迫っていた。

「つぐ……う……!」

辛《つら》い、痛い、もう耐えられない！　そんな弱音が喉元まで迫るのを飲み込む。口にしてしまったらもう耐えられなくなると、ウルは自覚していた。

「…………!!」

「出て、くるなよ、シズク！」

背後のシズクに向かって叫ぶ。ボロボロになっていくウルを彼女がどんな顔で見つめているのか想像できた。あの性根なら自分が傷つく方がよっぽどシズクにとっては楽だろう。

シズクが耐えられなくなって飛び出してしまう前に、ウルは飛び出した。

『AAAAAAAAAAAAAAAAAAAAAAAGAAAAAGA！！！』

震えそうになる足に力を込め地面を蹴り、拳を回避する。そしてそのまま空振った巨大な拳へと竜牙槍を振り回した。

「だあらああ!!」

その攻撃が叩き込まれた瞬間、宝石人形の腕が砕け散った。

『GAAAAAAAAAAAA!!!?』

「ッ!?」

ウルは宝石人形を過大評価していた。

これまで何度も何度も追いかけ回された恐ろしい敵。どのような攻撃を繰り返しても、傷一つつけることができなかった宝石人形はウルの中で実態以上に大きくなっていた。

自分たちが思っていたよりもずっと、宝石人形を追い詰めていたことに気づかなかった。

「ウル様！！！」

そしてそれ故に、想像しなかった状況の好転はウルの精神に動揺を誘った。跳ね返ると思った槍は振り抜かれ、姿勢が崩れる。それは致命的な隙《すき》となった。

『GAAAAAAAAAAAAAAAAAAAAAAAAAAAAAAAA!!!!』

泳いだウルの身体を狙って、宝石人形は残された腕でウルを薙《な》ぎ払った。

◆◆◆

死んだ!?

ウルが紙切れのように吹っ飛んで、壁に叩きつけられて力なく落下した光景を見て、全員がそう思った。ゆっくりと広がる自分の血溜《ちだ》まりに沈むウルの姿は、避けようのない最悪を想像させるのに十分だった。

「ウル!!」

「ほら見ろ。まだまだ精神修行あめーなおい。チャンスで逆に足滑らせるなんてな」

ナナも絶叫した。グレンだけが実に冷静に、その状況を解説していた。

「呑気《のんき》してるね！　あんたの弟子ミンチになったよ!?」

ナナの目から見ても、ウルが喰《く》らった一撃は明らかに致命的だった。今すぐにでも治療に向かうべきだし、それでも間に合うか怪しかった。

「今のは右腕が崩れて残った左腕だけで繰り出した一発だ」

しかし、グレンはそれでも冷静だ。

「無理やり振り回しただけ。対衝の護符買ってたし、死んじゃいねえよ」

まあ骨の一つや二つへし折れたかもだが。とグレンは補足する。だとすれば、やはり再起不能ということだ。そしてその状態で人形に殴られたら死ぬ。確実に命を落とす。

「もう無理だろ！　助けに行くよ!!　いいだろうコーダルさん!!」

「ふむ……」

ナナはグレンではなく、その隣で状況を見守るコーダルへと問うた。コーダルはやや悩ましそうにするが、ナナたちの行動を止めようとはしなかった。それを肯定と受け取って、ナナは大広間へと走る——その前に、グレンに首根っこをひっ掴まれた。

「なにすんだ!!!?」

「あいつらの邪魔をするな」

グレンはナナを睨《にら》む。ナナも仲間たちも思わず沈黙するほどの凄《すご》みがあった。

「まだ終わってねえ」

グレンの視線の先では、血の海に沈むウルへと駆け寄るシズクの姿があった。

◆◆◆

「——————！」

ウルが壁に叩き込まれてからの、シズクの判断と行動は迅速の一言に尽きた。

『GAYHAAHAHAHAHA、GA!?』

目障りな虫を叩きのめし、いいように笑っていた宝石人形に向かって、購入していた【魔封球】を一気に叩きつける。発生した爆発、粉塵《ふんじん》、そして爆炎に人形は驚き、のけぞった。

『ＧＡＡＡＡＡＡＡＡＡＡＡＡ!!!!』

払うように残る左腕を振り回すが、ただでさえ片方の腕をなくした直後だ。バランスを失い、宝石人形は転倒する。振動が部屋に響いた。

その隙を見て、シズクはウルのそばへと駆け寄った。血に塗れてピクリとも動かないウルの首に指を当てると、心音がした。息もしている。まだ彼は生きていた。

「ウル様」

声をかけるが反応はなかった。

すぐさま彼のポーチから回復薬《ポーション》を取り出し、ウルの頭部に振りかける。表面の傷を癒やして身体を起こすと、彼の口元に残った回復薬《ポーション》を流し込んだ。

「…………っか」

「難しいですか」

喉が上手《うま》く機能しない。こぼれ落ちるそれをシズクは指先で拾い、ウルに含ませた。残りの回復薬《ポーション》を自らの口に含み、直接彼の口に流し込む。

『ＧＡＡＡＡＡＡＡＡＡＡＡＡ！！！』

その間、宝石人形は転倒から回復していた。不愉快にも抵抗してきた虫に怒りを滾《たぎ》らせ、今度は二人まとめて叩き潰そうと、拳を振り上げる。

「ウル様」

まだ目覚めない。シズクは冷静に状況を見定めていた。

残された選択は二つ――逃げるか、守るかだ。

彼女の最優先は〝使命〟である。使命のためにウルは重要ではあるが不可欠ではない。彼がいなくとも、使命は達成できる。使命が達成できなくなるリスクを背負ってまで、ここで彼を命がけで助ける意味はない。そう訴えていた。

――お前は俺のものだ。

「……そうでしたね」

だが胸中に刻まれた契約が、頭に浮かんだ選択肢を捨てさせた。

「守ります」

ウルに背を向け、宝石人形と対峙《たいじ》する。振り下ろされる拳を睨みつける。

「【風よ、我と共に唄い奏でよ】」

両手で杖を握りしめ、残された自分の全魔力をたった一つの魔術に費やす。詠唱と共に周囲の魔力がうなりを上げ、渦巻いて、強大なる現象へと昇華する。

『ＧＡＡＡＡＡＡＡＡＡＡＡＡＡＡＡＡＡＡＡＡＡＡＡＡＡＡＡＡ！！！！！』

「【邪悪を寄せつけぬ堅牢《けんろう》なる盾で我らを包め】」

空間をも揺らす雄叫《おたけ》びを前にしても物怖《ものお》じすることなく、彼女は詠唱を完成させた。

「【風王ノ衣】」

暴風が巻き起こった。

振り下ろされた人形の拳が弾け飛び、その後も暴風は継続する。それは〝風の盾〟というよりも〝風の要塞《ようさい》〟に等しかった。人形の腕がその反動だけで砕けていくほどに、風は強固だった。

『ＧＡ!?』

「発展魔術《セカンド》……!!　白亜が!?」

驚愕に満ちた声がどこからか響くが、シズクには聞こえなかった。彼女は極限まで集中し、風の要塞を維持していた。維持し続けなければならなかった。宝石人形の猛攻は、まだ終わってはいないのだから。

『GAAGAAAAAAAAAAAAAAAAAAAAAAAAA!!!』

「…………!!!」

一撃で致死へと至る拳が、連続で振り下ろされ続ける。そのすべてを暴風によって弾き、叩き落とす。弾かれた拳は壁や地面、天井、人形自身へと吹っ飛ぶ。シズクとウルには指先一つ届かない。風の要塞は凄まじく強固だった。

「が、ああ……!!」

だが言うまでもなく、それを維持するシズクの負担は凄まじかった。

おぞましい感覚だった。荒れ狂う海の中一人溺れるような錯覚が、絶えず襲いかかってくる。発展魔術《セカンド》は術者が一人で容易に扱える規模の魔術ではない。ましてそれを維持するなど、自殺行為にも近かった。

しかしそれでもなお、魔術の維持を彼女はやめない。ウルを守る、その一心が彼女の意識を繋《つな》ぎ留めていた。

『GAAAAAAAAAAAAAAAAAAAAA!!!』

「……っか」

そんな自分自身の献身がシズクには少し解せなかった。不思議だった。

誰《た》が為《ため》、というのは彼女にとって当然だ。

彼女は滅私の化身であり、己のことなど二の次。それは当然のことで、当たり前の日常だ。なのになぜ、力が湧き上がってくるのだろう。なぜこんなにも必死なのだろう。

この温《ぬく》もりは、感情はなにか。

「…………………ぐ」

後ろでウルの呻《うめ》き声がする。それを確認する余裕はシズクにはない。だが、そのまま背後からウルの腕が伸び、シズクを支えるように抱きしめた。

「……シ……ズク」

縋《すが》るのではなく、僅かでも力になろうとする腕だった。気力を振り絞って、自分を支えようとする意思だった。そうと気づいた瞬間、胸に残る温かさが身体中に広がった。冷えた指先に熱い血が通うように、彼女の身体を支えた。

「……嬉しかったのですね、私」

そして、自分の気持ちに気がついた。

嬉しかったのだ。大事にすると、守ると言ってもらえて嬉しかったのだ。

罪深いことに、許されがたいことに、嬉しいと思ってしまったのだ。

彼の優しさは自分には過ぎたものだ。もっと抱きしめてほしいとそう願うこと自体、なんと罪深いのだろう。だけど、彼の無事を願うことくらいは許されてもよいだろうか。

「死なせません」

決意を言葉にして、シズクは再び意識のすべてを魔術に費やす。パチパチと頭の中で小さな火花が何度も散って、焼き切れそうになる。それでも彼女は魔術を途切れさせることはなかった。

「……………！！！」

『ＧＡＡ!?』

そして先に根負けしたのは宝石人形の方だ。

振り回し続けた左腕にも、先に砕けた右腕同様、大きな亀裂がいくつも入る。

シズクの魔術の影響だけではない。自身の負担を顧みず、力任せに振り回し続けた結果だった。

そのまま続ければ間違いなく砕け散る。そう判断したのか、あるいは単に煩わしくなったのか、宝石人形は攻撃の手段を切り替えた。

『ＧＡＡＡＡＡＡＡＡＡＡＡＡＡＡＡＡ!!』

距離を取って大口を開く。魔導核による【咆哮《ハウル》】の準備だった。

先に放ったときと比べ、宝石人形の身体は既にボロボロだ。その状況で全力を放てば、自分もただでは済まないのは明らかだったが、宝石人形に躊躇《ちゅうちょ》はなかった。ただ、眼前の外敵を破壊することだけが、今の人形のすべてだった。

「……まだ」

それを受け止めきる力は、シズクにはもう残されていない。まだと口にしつつも、既に魔力のすべてを完全に使い切っていた。二人を守っていた風も既に途絶え、無防備を晒《さら》していた。ぐらりと杖を取り落とし、気を失うようにして倒れ――

「やっと、急所を晒したな。木偶《でく》人形」

その彼女を抱きとめ、ウルは立ち上がった。

◆◆◆

痛い。

痛い、痛い!!!!!!

全身が痛い。身体が重い。指先一つ動かすだけでも、稲妻のような激痛が走る。

耐えがたい痛みが涙になって零《こぼ》れ、頭から流れた血と混じってぐしゃぐしゃになった。

「……か、ぐう」

呼吸すら辛い。肺が動くたびに体のどこかが悲鳴を上げる。じっとすることもままならない。地面に転がりまわって赤子のように泣きわめきたい衝動が頭の隅をよぎる。

だが、それでもウルは立った。立ち続けることができた。痛みすらも凌駕《りょうが》する感情がウルを支配し激痛を忘れさせていた。その感情は、

「……ああ、はらがたつ」

ウルは怒っていた。腹が立っていた。煮えくり返っていた。堪えようのない痛みが全身を包み込んで、支配していた。

「なんだって俺が、こんな目に遭うんだ」

受け止めたシズクをそっと地面に寝かせ、竜牙槍の柄を握りしめ、ウルは唸《うな》る。

なぜこうなったか？　理由はいくらでも思い浮かぶ。

そもそも目の前の宝石人形が悪い。コイツが好き勝手暴れさえしなければこうはならなかった。それを言い出すと他の冒険者たちもだ。こっちの邪魔をしさえしなければ、評価が低いというリスクがあっても安全な手段で討てた可能性があったのだ。いや、そもそも宝石人形が上層に上がってくるような真似をしなければディズもあんな無茶な条件を突きつけてこなかったのではないか？というかそれを言い出すとそもそも大事な大事な可愛《かわい》いアカネを担保に出したクソバカバカしい冒険者（笑）なあの親父《おやじ》がすべての元凶なのだ。あの親父は殺す百回殺しても足りない。死んだら絶対に殺す。

ああ、なにもかも、なにもかもだ‼　だが、それよりもなによりも腹が立つのは――

「なんで俺はこんな道選んじまったかなバカヤロウ！！！」

『ＯＯＯＯＯＯＯＯＯＯＯＯＯＯＯＯＯＯ‼‼』

「うるせえ‼　目にも耳にも喧《やかま》しいんだよキンキラ木偶人形が‼」

宝石人形の雄叫びに叫び返すと、そのまま竜牙槍を構え、顎を開放した。既に魔導核を起動させている。

宝石人形の輝きにも劣らぬほどの光が、竜牙槍の顎から放たれる。そして、双方の輝きが頂点に到達した瞬間、破壊の熱光が互いを焼き尽くすために放たれた。

「っ‼‼」

『ＯＯＯＯＯ――――！！！』

ヒトを模した巨人と竜を模した牙、双方から放たれた二つのエネルギーが衝突する。

膨大な熱は衝突し、渦巻き、収縮した後に爆散した。

「う、おおおおおあああ!!!?」

「ど、どうなったあぁ!?　あのガキ死んだか!?」

爆煙と土煙が周囲を包む。観戦者たちの視界を塞ぎ、見えなくした。誰も動けなくなる中、宝石人形だけは動いていた。

『ＧＡＡＡＡＡＡＡＡＡＡＡＡＡ！！！』

宝石人形に視覚なんて存在しない。あるのは魔力の感知能力のみだ。その感覚に従い、宝石人形は動いていた。無数の亀裂が走った左腕を躊躇なく振り下ろす。

だが――

「――五感はなく、魔力で感知する。距離の近い者から順番に狙っていく」

叩き込まれた人形の拳が土煙を吹き飛ばす。しかし拳の先に二人の冒険者の姿はなかった。叩き込まれた拳の先には、砕けた紫色の粉塵が舞い散っていた。

「暴走しても性質は変わってなくて何よりだよ木偶人形――んじゃ死ね」

それが、砕けた魔石の塊であると、見守っていた冒険者たちが気がつくよりも早く、ウルは飛び出していた。今の一撃で完全に砕けはじめた宝石人形の左腕を足場にして蹴り、高く飛び上がる。

砕け散った左腕が光を跳ね返し、輝きの雨のようになって周囲を照らす。

光の嵐に誰もが目を眩《くら》ます中、ウルは一人、己《おの》が敵から決して目を背けはしなかった。

「穿て」

ウルは未《いま》だ焼けるような熱を放つ竜牙の槍を握り、宝石人形の喉を貫いた。

『O――――』

宝石人形は自身の心臓を穿たれ、輝き、爆散した。

◆◆◆

暴風と轟音《ごうおん》、そして光と爆発。

見守っていた観客たちは、息を呑《の》んだ。あまりにも目まぐるしい状況の変化に、見守ることしかできなかった。

『――――……』

そして光と煙が晴れて、宝石人形がゆっくりと崩れていくのを彼らは目撃した。どのような攻撃であろうとも跳ね返し続けていた強固な身体がバラバラに崩壊し、小さな欠片から徐々に迷宮に飲まれていく。それは迷宮で死滅した魔物たちの消滅現象にほかならなかった。

「お、おおおお……」

「お、おい！　やったぞアイツ!!」

ずっと距離を取って見物を決め込んでいた冒険者から、歓声とも驚愕ともつかない声が上がる。

サポーターたちは今度こそウルたちを助け出そうと動き出した。しかし彼らが動き出すよりも早く、まだ残っていた宝石人形の残骸を踏みしめる音が響いた。

「――――」

その場にいた全員が再び息を呑む。

宝石人形の残骸の頂上に、勝利者であるウルが姿を現した。シズクを背中に抱えて立つ彼の姿はあまりにもボロボロで、悲惨だった。鎧も至るところがへこんでいて、握っている竜牙槍も刃が砕けている。彼も、彼の装備も無事なところが一つもない。にもかかわらず、今の彼には誰も近づくことができない圧があった。

死闘を勝ち抜いた者の覇気に満ちていた。

そしてウルはゆっくりと歩き出す。その向かう先はサポーターたちでもなく、迷宮の出口でもなかった。彼の歩む先はただひたすら二人を見守っていたグレンの元だ。

ウルは血に塗れた顔でグレンの前に立つと、ハッキリと告げた。

「かったぞ」

「おう。やるじゃん」

あまりにもさっぱりしたグレンの称賛に、ウルは力なく笑った。そして、この場に集まった冒険者たちに向けて、あるいはこの世界そのものに向けてウルは宣告した。

「俺たちの、勝ちだ」

そしてそのまま前のめりに倒れるのだった。

八章　祭りの後

EPISODE 8

限界まで戦い抜いた後の眠りは、心地の良いものだった。

起きている間に心中で渦巻いていた様々な不安や悩み、恐怖が、形を結ぶ前に解《ほど》けて溶けていく、無意識の海の底は心地が良かった。ずっと漂っていたいとそう思うほどに。もう少しここにいさせてくれと、無意識が強請《ねだ》る。まだあとちょっと、ここにいさせてくれてもいいじゃないかと嘆く。

それでも意識はドンドンと海の底から浮上していく。

なぜ、どうして起きなければならないのか？

それはもちろんやるべきことがあるからだ。

頭をよぎったのは、愛《いと》しい緋色《ひいろ》の煌《きら》めきと、悲しくも美しい白銀の虚《うつろ》。その二つが脳裏に浮かんだ瞬間、意識は一気に浮上した。

「……」

ウルは目を覚ました。

目を覚ました。はずなのだが、なぜか目の前が真っ暗だった。夢かとも思ったが体は動く。では夜なのかとも思ったが、どうやらそういうわけでもない。ではこの闇は何か。

《にーたーーーん!!　おきた!?》

「アカネか」

顔面にへばりついてるアカネを引きはがして、ウルは納得した。何故《なにゆえ》に顔面にへばりついていたのかは不明だが、指先でつままれたアカネは、ウルが起きたことがよっぽど嬉しかったのか手足をパタパタさせていた。

《いたいとこなーい？》

「んーダイジョブだ……シズクは？」

《おとなりよ》

見ると、アカネの言うとおり、隣のベッドでシズクは幸せそうに眠っていた。ウルはほっと息を吐いた。

「シズク」

小さく声をかける。起きなければそれでいいと思っていたが、その声でシズクはすぐにぱっちりと目を開けた。彼女は、身体を起こしたウルを認めると、

「なん……おご」

「ご無事でよかったです」

タックル気味に抱きつかれた。なかなかの衝撃が病み上がりの身体を貫いたが、元気の証拠だったのでよしとした。

「躊躇《ためら》いないなあ、シズクは」

「喜ばしいことですから」

腹に当たる柔い感触を楽しみたいところでもあったが、ひとまずは距離を離した。いろんな意味で安心して、周囲を見渡し、ようやく自分が癒療院にいることに気がついた。

「貴方《あなた》は三日寝てたんですよ」

と、そこに癒者の女が声をかけてきた。見覚えがある、というか最初この大罪都市国にたどり着いたときにウルたちを治療した女性だった。ウルは半ば反射的に声を上げた。

「お金はありません」

「賞金の方から治療費は差っ引かせてもらいましたのでご心配なく」

ウルたちが担ぎ込まれた理由を知ってるらしい。そして治療費は払われている。しかし今回はディズが支払ってくれたときとは違い、自腹である。ということは、

「……おいくらで」

「二人分の治療で金貨二枚」

「ｏｈ……」

思わず悲鳴が出た。想像以上の高額だった。名無しとはいえ、ここまで金が吹っ飛ぶとは、どれだけ自分たちは重傷だったのか。

「高級回復薬《ハイポーション》を使わせたからねー。私が頼んで」

ウルが絶句していると、更にディズが姿を現した。彼女にも言いたいことや、聞いておきたいことはあったのだが、それよりも先に聞き捨てならない単語が聞こえてきた。

「高級回復薬《ハイポーション》」

「熟練の冒険者たちや小金持ちたち御用達の高級品。貴重な体験だね？」

「もう少しお安い治療方法はなかったのだろうか」

「完治まで三ヶ月くらいになるところだったけど、そっちの方がよかった？」

よくなかった。ウルには時間がない。アカネのことを考えるなら、三ヶ月も寝ころんでいられるわけがない。ディズの判断は適切だった。

「……よし、うん、よし、分かった。ありがとうディズ、本当に、助かった……！」

「言いたいこと全部飲み干して、死にそうな顔でお礼言うの面白いね」

「これまでの人生で触れたこともなかった金が、眠っている間に吹っ飛んだ事実を飲み込む時間をくれ。頑張るから。感謝してるから」

ほんのひと月前まで、銀貨はおろか、銅貨一枚か二枚のやりくりにうんうんと唸《うな》っていたのだ。金貨が寝てる間に消えた事実を受け入れるのは、かなりの苦労が必要だった。

「その様子だと、これからもっと心臓が大変なことになりそうだね」

「何故《なにゆえ》に」

「はいこれ」

と、手渡されたそれは新聞だった。一面に書かれていたのはウルが参加した討伐祭の記事であり、そこにはハッキリと今回の覇者としてウルとシズクの名前が書かれていた。

自分たちはあの戦いを制したのだと、ウルはこのとき初めて理解した。

◆◆◆

冒険者ギルド

訓練所に参加してから、ウルたちの活動は訓練所施設周辺が中心となり、ギルド本館にはめっきりと顔を出さなくなっていた。しかし今日は久しぶりにそちらに顔を出していた。

理由はもちろん、宝石人形討伐の賞金を受け取るためだった。

「それでは、お二人が打倒した宝石人形の報酬がこちらになります」

ウルたちの目の前に、金貨が積まれていた。合計一〇枚。ちゃんと節制すれば一年は働かずとも暮らしていけるような金が目の前に積まれていた。

「……」

「凄《すご》いですねえ」

ウルは眼前に存在する金貨に言葉を失い、シズクは呑気《のんき》にその光景を称賛した。

「こちらから癒療院の治療代として、金貨二枚を差し引かせていただきます」

そしてそこから金貨二枚が無造作に引き抜かれる。太陽神ゼウラディアが刻み込まれた大きな金貨、本来なら一枚だって慎重に扱うような代物がとてつもなく雑に消えていった。

「そしてここに討伐祭に際して追加された金貨五枚を足させていただきます」

次に、金貨五枚が無造作にのせられ、

「更に宝石人形の撃破時に発生した魔石の換金で金貨一枚、銀貨二〇枚が加わりまして」

「タイム」

ウルがギブアップした。

「今までの金銭感覚がマウントとられてタコ殴りにされてる感覚がだな……」

「背中をさすりましょうか」

病み上がりにはキツい光景だった。冒険者たちの金銭感覚はだいぶ雑だなと思ってはいたのだが、その理由の一端が今分かった。消費するにしろ、収入を得るにしろ、ウルがこれまでの人生で手にした金と比べて桁が違う。これで金銭感覚が狂わない方がおかしい。

今後はこの世界で生きなければならないのかと思うと憂鬱《ゆううつ》になるが、ひとまずそのことは置いて、目の前の金貨の山に思考を集中する。

累計金貨一四枚と銀貨二〇枚。これが今回ウルたちの得た収入だ。

「……命がけの報酬として適切なのか？　これは」

「ウル様の装備はほとんど全損していましたので、新しく装備を整えねばなりません」

「シズクの装備も新調したいとなると、更にここから減るわけか……」

改めて、酷《ひど》い自転車操業だった。

あんな酷い戦いを繰り広げ、ソレで得た賞金で武装を整えて新たなる死地に赴く。冒険者という職業はバカだ。とウルは改めて確信した。

「……でだ、一番重要な問題がまだ残ってる」

「そうですね……私たちの冒険者としての昇格はどうなっているのでしょう？」

一番重要な問題はそこである。結局、銅級に上がることができなければ、今日までの苦労もあの死闘もすべて無に帰す。

そんな事情を知らないギルド員は、ニッコリと微笑《ほほえ》みを浮かべた。

「昇格はひと月ごとの冒険者ギルドの定例会議によって決められます。それがちょうど五日後ですので、それまでお待ちくださいませ」

「あと五日、生殺しだな。どうやって過ごすか」

「心配するな。やるべきことはタップリある」

聞き覚えのある声と共に背後からポンと肩を叩《たた》かれる。振り返ると予想どおり、無精ひげのグレンがいた。なぜか珍しく、少し楽しそうにニヤリと笑っている。

「久しぶりだな。師匠。なんだ」

「久しぶりだな弟子。さ行くぞ」

「ちょっと待グェ」

有無を言わさずウルは首根っこをひっつかまれ、引きずられる。

「いきなりなにするんじゃい」

「大勝ちした冒険者がやらなきゃならん義務があんだよ」

「義務？」

ウルが首をかしげていると、グレンはウルを引きずりながら答えた。

「宴会だよ」

◆◆◆

大罪都市国グリード　酒場【土竜《もぐら》のねぐら】
大罪都市国グリード東地区の地下に存在する酒場であり、女性店員の少しばかり過激なサービスで男性客に人気を博しているその酒場の一角に、とある男たちが集まっていた。それは誰あろう、先の討伐祭でウルたちと争うこととなった【赤鬼】たちであった。

「あの女！　やってくれやがって」

「俺らをなめくさってやがる！」

「このままじゃ済まさねえぞ……今に目にもの見せてやる！」

彼らは殺気立っていた。当然である。彼らは言ってしまえばしてやられたのだ。

あのシズクという少女を利用するつもりが逆に利用されて、金だけを奪い取られた挙げ句、ターゲットであった賞金首まで見事に奪われてしまった。してやられたというほかない。自分たちよりも一回りも下の年齢の少女に彼らは踊らされたのだ。

「…………」

そんな中、彼らのリーダーであるオーロックは沈黙していた。もちろん、オーロックもまた彼らと同様あの少女に対する怒りを滾《たぎ》らせていた。しかし一方で、それが負け犬の遠吠《とおぼ》えである事実を理解できないほど間抜けではなかった。

出し抜こうとしたつもりが出し抜かれた。無知を利用しようとして、逆に利用された。

要は騙し合いに敗れた。それが理解できない男ではなかった。

「オーロック！　このままでいいのかよ!!」

だが、仲間たちは収まらない。オーロックの理屈が理解できないわけではないのだろうが、結局は感情の問題だ。彼らはあまり頭が良くない。だからこそ扱いやすい側面もあったが、今回ばかりは厄介で危うかった。

これで復讐《ふくしゅう》しないとオーロックが決めようものならば、一行《パーティ》分裂の危機である。

あの女本当に余計な真似してくれやがって……。

八つ当たりと分かっていてもそう思わざるを得ないくらい彼も追い詰められていた。何もかも綺《き》麗《れい》さっぱり解決する策はないかと頭を巡らせていた、そのときだった。

「失礼いたします。【赤鬼】の皆さま」

そのシズクが、正面から自分たちを訪ねてきたのは。

「…………は？」

オーロックもさすがに己の目を疑った。

彼女は店の酒場の扉から堂々と、仲間の少年を引き連れながらやってきたのだ。

「こ、このアマ!?」

「よくも顔見せられたなあ!?　おい!!」

当然仲間たちの怒りは頂点に達した。

殺意にも近い怒りの込められた罵声《ばせい》を叩きつけられてなお、シズクは平然としている。最初オーロックたちと交渉したときの怯《おび》えはまるでない。やはりあのときの彼女の態度は完全にこちらを騙すためのものだったらしい。それがまた憎たらしかった。

だが今はぶち切れている場合ではない。オーロックはシズクを睨《にら》んだ。

「で、何の用だ？　俺たちを嗤《わら》いに来たのか？」

「謝罪と謝礼を」

皮肉たっぷりに言うと、彼女は素っ気なく返事し自分たちのテーブルの上に手を置いた。全員の

視線が集まる中、彼女がそこに重ねたのは、

「……金貨だ」

金貨があった。それも〝二枚〟。

「一枚は貴方たちに渡した情報の対価。結果としてこちらでその情報の価値を損なわせてしまいましたので、その返金です」

「……もう一枚は？」

「僅《わず》かであれ協力関係であったことへの謝礼ですね」

協力という言葉の薄っぺらさにオーロックは変な顔になったが、シズクは真顔だ。つまりこれは〝金を支払うからすべてを水に流せ〟と、そういうことらしい。結局討伐祭でたいした怪我《けが》も消費もしなかった分、金貨一枚分丸儲《まるもう》けの形になるのは間違いなかった。

「ふ、ふざけんな！　納得するかよ‼」

しかし仲間たちはいきり立つ。プライドが邪魔をする。だが先ほどと比べて怒気は少し小さくなっていた。そこに、

「アンタが脅迫まがいのことしなきゃ、ややこしいことにはならなかったんだがな」

女をかばうように仲間の灰色の少年が前に出てきた。自分よりも遥《はる》かに強面《こわもて》の男たちに囲まれても、怖がる様子も見せない。宝石人形と正面から殴り合い、一皮剥《む》けたらしいルーキーは堂々とこちらを見つめてくる。

「自分たちが脅すのはいいが、騙されるのはダメってのはさすがにみっともなくないか？」

「てめ――」

「もう一つ。祭りが起こる前、迷宮でシズクがお前らを助けたのは覚えてるか」

「あ」

仲間の一人が声を上げた。

オーロックもその件は知っている。討伐祭が始まる前、仲間たちが無茶をして、宝石人形討伐を狙い失敗した。他の冒険者に邪魔された、と言っていたが、どうやら向こうの言い分は違うらしい。

そして、どちらが真実であるのかは仲間たちの反応で明らかだった。

「迷宮で助けてくれた恩人を脅しかけた挙げ句、利用されて逆ギレしたバカになるのと、労せずに金貨一枚の儲《もう》けを得たやり手の冒険者。どっちが好みだ」

「……いいだろう、金だけおいて消えろ」

オーロックの言葉に仲間たちはどよめき、抗議するように声を上げようとするが、勢いはない。彼が一睨みすると沈黙した。

「それでは失礼いたします」

金貨を置いて二人は退散した。結局、最後まで仲間たちが振り上げた拳《こぶし》を振り下ろすことはできないまま、交渉は終了したのだった。

「いいのが？　リーダー」

口を開いたのは、メンバーの中でも比較的冷静だったグロッグだ。オーロックは頷《うなず》いた。

「これ以上の引き際はねえ。損しかねえ選択と、得しかねえ選択。選ぶなら後者だ」

「だがよ」

「討伐祭のときならいざ知らず、平時での冒険者の諍《いさか》いは御法度《ごはっと》だ。あの女のせいで今後の生活に支障をきたすわけにはいかねえ」

正論を淡々と述べ、まだ少しくすぶっていた不満を丁寧にもみ消す。それでも仲間たちはぶつぶつと不満を口にするが、先ほどまでの勢いは完全に消沈していた。

オーロックは内心で冷や汗を拭《ぬぐ》った。一行《パーティ》解散の危機は脱した。その危機をもたらしたのも救ったのも同じ女だというのは複雑だが、わけの分からん女に出会ってしまった事故だと考えよう。

「んで、リーダー。金どうすんだ？」

「んなもん決まってら！　あぶく銭だ！　女と酒よ！！！」

オーロックの言葉に、メンバーたちは歓声を上げる。本当に単純な奴らで助かったと、オーロックは声に出さずにそう思った。

◆
◆
◆

賞金首を討った冒険者には義務が生じる。

といっても、それは事務処理業務の類《たぐ》いではなく、長く冒険者たちの間で受け継がれてきた恒例のようなものだった。賞金首討伐に限る話ではないのだが、大金が冒険者の懐に転がり込むことがあった場合、自分の利用している酒場等で酒を奢《おご》るという〝恒例〟だ。

勝者に対して金を集《たか》るような、悪《あ》しき習慣のようにも聞こえるが、合理的な理由もある。

「討伐祭は特に顕著だが、結果として他の冒険者を出し抜いたわけだろ？　恨みっこなしっつったって、そう簡単にはいかんわな」

「要は、大勝ちしたけど奢ってやるから恨むなよって？」

「勝者ってだけで嫌う奴はいるからな？　禍根は念入りに潰《つぶ》しとけよ」

「そりゃ同意見だ」

彼の忠告に従って、赤鬼との禍根もきっちり潰したウルは納得した。彼らを訪ねたときの雰囲気はだいぶ剣呑《けんのん》だった。状況を収めるための出費にシズクも何度も頭を下げたが、あれは間違いなく必要経費だった。冒険者という界隈《かいわい》に禍根を残したくはない。

だから【欲深き者の隠れ家】で冒険者たちの前に立って、エールを持っての演説も必要なことなのだろう。おそらくは。

「……えー」

心底慣れない。と思いながらも緊張と恥じらいを捨てる。変に声がひっくり返ってしまわないように、腹に力を込めて、ウルは叫んだ。

「賞金、ゴチになりました!!」

その瞬間、冒険者たちから一斉にブーイングが巻き起こった。ウルは更に続ける。

「代わりにこの酒は俺たちの奢りだ！　飲んでくれ!!」

次に掌《てのひら》を返すように酒場中から歓声と共に乾杯のかけ声が響き渡った。

「おお、ウル！　我らが大将!!　乾杯!!」

「大物喰《ぐ》らいのウル!!　人形殺しのウル!!」

「てめえが手に入れた賞金全部のみほしちゃるからなー!!」

「シズク!!　偉大なる魔術師の卵よ!!」

「ワシらが作った武器をいきなり壊すんじゃねえクソッタレ！」

冒険者たちが騒ぎだす。冒険者だけでなく、なぜか魔術ギルドの面々やら、【黄金鎚《おうごんつい》】の連中までいるのが謎であるが、考えないことにした。

「乾杯！」

ウルの合図と共に、全員がグラスやカップを鳴らして酒を呷《あお》る。そして一斉に好き勝手しゃべりだした。最低限の仕事はできたと安堵《あんど》しながら、ウルは席に着いた。

「や。勝者の義務お疲れだね、ウル」

「アンタがねぎらうのかよ、ディズ。まあありがとよ」

いつの間にか同じテーブルについていたディズが笑った。なぜ彼女がここにいるかといえば、祝いの席だからと特別にアカネを連れてきてくれたからである。感謝すべきなのか微妙なところではあるが、たくさんのヒトがいる場所に出てこられて、アカネは楽しそうである。

現在は羽の生えた妖精の使い魔のような姿で楽しそうに飛び回っている。さすがに彼女が精霊憑《つ》きであると気づく者はいないだろう。

「アカネ、ジュース飲むか」

《のーむ！》

店主がわざわざ用意してくれた子供用のカップをアカネに渡すと、とても嬉しそうにコクコクと飲みはじめる。頭を撫《な》でてやるとくすぐったそうに目を細めた。

「可愛《かわい》らしい」

「俺の妹だぞ」

「今は私のものだけどねー……ちょっと、そんなこの世の終わりだみたいな顔にならないでよ。いいよ君の妹でいいから顔を上げなさい」

テーブルに突っ伏すウルをディズはぺちんぺちんと叩いて起き上がらせた。

「君、妹好きだね。アカネもウルが好きだけど」

「好きとか嫌いとかよく分からんが、家族だ」

母はとうの昔に他界して、ロクデナシの父も去り、いよいよ最後の二人きりだ。大切にしたいと思うのは当然だった。せめて彼女を大事に思うヒトが現れるまでは。

《にーたんすきよ》

「それを望むなら今後も頑張らないとねって、今言うのはヤボかな」

「まだ銅級になれるか、分からんしな」

「銅になれたら、あとはアカネを買い戻すだけだね」

ディズは肩をすくめて笑いかける。すべてが上手《うま》くいったとして、ようやく彼女との取引が始まるのだ。スタート地点に立てるかどうかと考えるとやや気が滅入るが、向き合わないわけにはいかなかった。

「結局、どういう条件になるんだ？」

「そうだね。さすがに百年かけてじっくり、なんてのは話にならないしね……」

トントンと、机を爪で弾《はじ》きながらディズはしばらく沈黙し、頷いた。

「三年かな。その期限までにアカネを買い戻すだけの金を手にすればいい。君が言うように黄金級になるほどの依頼をこなすもよし、それ以外でもかまわない」

「三年、その心は？」

「冒険者ギルド所属から、黄金級に至った実例の最短年数」

「どんなバケモノだよ」

「今、冒険者ギルドの総ギルド長やってるね」

そりゃバケモノだとウルは納得した。つまり、あのグレンより更にヤバい怪物に三年以内でなれと、そういうことだ。そう考えるとかなり具体的に自分が無茶を言ったと自覚できて嫌だった。

「それともうひとつ、これは提案なんだけど――」

◆◆◆

そうして、いくつかの話をしたあと、ディズは仕事があるから、と言ってアカネと共に酒場を後にした。アカネが連れていかれるのは悲しかったが、気の良い奴らばかりとはいえ酒場で酔っ払い空間であることを考えると、早めに帰す方がよかった。

「おりゃー、ウルー！　よくしなかったにゃおめー!!」

このように、へべれけが絡んできたりするからだ。

「ナナ、相変わらず酒癖酷いな」

顔が真っ赤である。鎧《よろい》を脱ぎ捨て薄着で肌色があちこちから見えている。酒瓶を両手に握りしめている酷い有り様だった。本当にアカネを帰してよかった。見た目の治安が悪すぎる。

「んにゃ！　あちしゃかんどうしたんらー！　おまーらがなー！　ほうせきにんぎょーはな！」

「この素行で指輪剥奪《はくだつ》されないかと心底思うんだがもう少し酒癖をだな」

「だいじょうぶらよー!!　ほら、あらひ！　そこーのよさがあふれてる!!」

「口から嘔吐物《おうとぶつ》が溢れようとしてるけどな危ない危ない待て待て待て」

結果として彼女の口から溢れ出た〝素行の良さ〟は桶《おけ》に収まり処理は完了した。ため息をついたウルの気も知らず、ナナはごにゃごにゃと言葉にならない言葉を呟《つぶや》いて、ウルに向かって笑みを浮かべた。

「んふふ、死ななくてよかったらー」

「……うん、心配をかけた」

本当にいろいろと心配してくれていたのは事実なのだろう。ぐでんぐでんになったナナにウルは素直にお礼を言った。そんなやりとりを見て、隣のテーブルで酒を飲んでいたジャックが同じく酔いで据わった目で大きな声で叫びだす。

「俺は別にくたばってても構わなかったんだがなー！　そしたら賞金は俺のものだった！」

「ぬかせよ！　おまえにゃーむりだよチンピラ三下」

「んだとーら!!」

喧嘩が始まった。すると速やかに近くのテーブルが片付けられて、二人を囲むゴングができた。早くも賭けを取り仕切りはじめる者まで出てきている。店主はやれやれと箒《ほうき》を持ち出し破損した瓶の片付けを始めた。

なんというか、本当にいつもどおりの光景すぎて、それに安堵を覚えている自分がいた。

「元気だねーアホどもは」

「宴会としては正しいと思うが……というか、アンタは何してんだグレン」

　その騒乱の最中、グレンは彼らのバカ騒ぎには全く絡まず、一人で酒とつまみをチビチビとやっている。やってることはまるで独身男の贅沢《ぜいたく》な晩酌である。

「あん？　タダ酒とタダ飯を楽しんでるよ」

「タカリか」

「何のためにお前に宴会の手順教えたと思ってんだ」

「やっぱりタカリじゃないか」

　世話になったのだから感謝したいというのに感謝しがいのない男であった。

　しかし今回の戦いで最も世話になったのがこの男なのは間違いなかった。ウルは空になっているグレンのコップにエールを注ぎ、頭を下げた。

「ありがとう師匠。死なずにすんだ」

「そりゃよかった」

「そんだけか」

「上等だろうが。ほれ、酔っ払いに絡む暇あったら行くとこあんだろうが」

　言われるままウルは退散する。行くところと言われて思い当たるのは一つしかなかった。

「シズク」

「はい」

　最初のテーブルで魔術ギルドの面々や、他の冒険者たちと会話をしていたシズクが顔を上げる。

　思えば目を覚ましてからずっとドタバタとしてまともに彼女と会話していなかった。

改めて何を話そうかと頭をひねっていると、シズクは静かにうつむいた。

「シズク？」

どうしたのだろうと思っていると、シズクは珍しく、熱っぽい瞳でウルを見つめた。そしてウルのそばまで近づくと、不器用にウルを正面からぐっと抱きしめた。

「やりましたね」

そう言って笑った。

途端、彼女の中の感情がウルの中に伝染するようにして駆け巡った。まるで噴火するように想いが湧き出てきた。喜び、達成感、安堵、目の前の少女への感謝、今の今まで実感できずに蓋《ふた》をしてきた感情が怒涛《どとう》のようにウルの身体を包み込んだ。

きっとそれは目の前で、微笑むシズクも同じだった。

「……そうだな、やった」

「はい」

「やった、俺たちはやった。やれたんだ」

何度も言葉にする。だがそれだけでは到底足りない。溢れる激情を処理することなんてとてもできなかった。だからウルは衝動に従い、目の前のシズクを腰から抱いて、掲げるようにして、思い切り叫んだ。

「俺たちは、勝ったぞ！！！」

「はいっ」

そのウルの咆哮《ほうこう》に、冒険者たちは再び杯を掲げ、ウルたちを讃《たた》えたのだった。

◆◆◆

イスラリア大陸中央　大罪都市国プラウディア
冒険者ギルド本部　総会議室

《――以上でグラドル支部の報告を終わります》
「ご苦労」
魔導具から聞こえてくる暴食都市グラドルの支部長の報告に、女は頷いた。盟主国プラウディアの冒険者ギルド本部、その総会議室の長の座に座る彼女は、イスラリア中に存在する冒険者ギルドの、紛れもない頂点だった。
栗色《くりいろ》の髪を後ろで丁寧にまとめ、三十代ほどに見える只人《タダビト》の女。
【神《かむ》鳴《な》女帝《じょてい》】と名高い黄金級冒険者。イカザ・グラン・スパークレイは、定例会議で、【通信水晶】越しに各地から伝わる情報を耳にして、困ったようにため息を吐き出した。
「賞金首の数が減らんな」
彼女の言葉に、会議室に設置されたいくつかの水晶が輝き、言葉を伝達する。
《腕利きの冒険者を当たることはしているのですが、やはりリスクが高すぎると……》
《迷宮が儲《もう》けやすすぎんすよー。おかげで魔石の枯渇は起こってないですけど》
「冒険者というよりも迷宮炭鉱員とでも名乗った方が正確だな、これでは」

《今に始まった話ではないであろう》
《別に気にしなくてもいいんじゃねえのー？　もともと都市防衛に関しちゃ各都市の騎士団の仕事で、賞金首の討伐はウチらの義務じゃないでしょう？》
《それを都市の長どもに言うてみい、どんな顔されるか分かったもんじゃないぞ》
　答えの出ない議論にイカザは鼻を鳴らす。まあこの問題は簡単に解決するものでもないのは分かりきっている。この件で時間をかけるわけにもいかない。
「まあいい。次だ」
　そう言って、ピタリと討論をやめさせた。
「冒険者の昇格の件について。ほとんどは問題はなかった……が、グリード支部」
《はい》
　いささか老いからくる震えと共に男の声が水晶から響く。ジーロウ、長らくグリード支部を支えてきた支部長で、冒険者からの叩き上げでもあるために現場への理解も深い。特に迷宮の出現率が高く、魔石産出の期待値と、【迷宮氾濫】のリスクの両方を抱えた土地を任せるのにふさわしい男ではある。
　だが、それ故に今回、彼から送られてきた書類に一点の疑問が残った。
「銅の指輪の昇格候補の中に若すぎる者たちがいる。ひと月だぞ」
《登録後、ひと月以内の賞金首の撃破、合否はともあれ一度は選考する必要性はあると》
「その言い方だと、お前の推薦ではないと？」
《ウチの訓練所の教官、グレンの推薦です》

グレン、という名に僅かなざわめきが彼方此方《かなたこなた》の水晶から漏れる。黄金級、【紅蓮拳王《ぐれんけんおう》】の異名を持つ彼は、冒険者ギルドの中での認知度は高い。

《……あの、性悪グレンが？》

《面倒って理由だけで黄金級の昇格式すらサボった男が……？》

《竜でも降ってくるんじゃなかろうな？》

ただし、悪い意味で。

ともあれ、彼の実力そのものは折り紙付きだ。黄金級の推奨、ともなればジーロウも昇格選考にその冒険者を出さないわけにはいかなかったのも分かる。たったひと月で賞金首を撃退した事実も確かに素晴らしい結果ではある。が、

「シズク、この少女は魔術師として高い素質を持っているようだが、少年は？」

ジーロウから送られてきた書類には指輪昇格候補者の能力《ステータス》が細かく記載されている。打倒してきた魔物たちの正確な記録。そこに贔屓目《ひいきめ》は皆無だった。少年の能力《ステータス》は宝石人形打倒という一点を除けば、酷く凡庸なるものだった。

「ひと月での賞金首退治は確かに優れた功績であるが、もう少し様子を見てもいいのでは？」

《グレンの推薦文だけでは足りませんか》

「その中身を聞いている。あの男『推薦する』しか書いてないのだが」

水晶の向こうで、頭を抱えるような気配が伝わってきた。

《申し訳ございません。送らせる前に確認すべきでした》

「グレンからの推薦理由、何か聞いてはいなかったか」

《理由、というにはいささか抽象めいていますが》

「それは？」

《『奴が冒険者だから』だそうです》

その一言に対するその場の反応は困惑であったり、失笑であったりした。あまりに具体性に欠けていたし、そもそも冒険者なんて今や星の数ほどいるのだ。何を当たり前のことを言っているのか、という反応が大半だった。

「――――なるほど？」

だが、イカザはその言葉に静かに目を細めた。

彼女は眼前に広げられた〝ウル〟の資料を改める。平均、平凡、特に何か特別な能力があるわけでもない。才能を持ち合わせているわけでもない。彼は凡人だ。一山いくら、この世界にたくさんいる、ごくごく一般的な冒険者だ。

しかし、そんな彼がひと月で賞金首に挑んだのだ。

結果は重要ではない。彼の相方の少女の活躍もあっただろう。それ以上に運の要素が存在したはずだ。結果は彼を測る要素たり得ない。

重要なのは、彼が挑んだことだ。死地を選択したその事実だ。

「…………」

イカザは僅かに考え、そして頷いた。

「いいだろう」

《イカザ様!?》

複数の水晶から驚きの声が響く。が、イカザは気にしない。〝ウル〟の資料をひらりと指先でつまみながら、少しだけ楽しそうに笑った。

「慎重安定、冷静な判断、それらを踏まえたうえで投げ捨て、結果を掴む。なるほど確かに〝冒険する者〟だ。どこまでやれるか、見せてもらおう」

手元にある印《いん》でもって、〝ウル〟と〝シズク〟の資料に認可の証《あかし》を叩きつけた。

「冒険者としての活躍を期待する」

終章

EPILOGUE

大罪都市国グリード　正門前

快晴だった。

空高く太陽神《ゼウラディア》は昇り、燦々《さんさん》と大地を照らしている。ウルは大きく身体を伸ばして太陽の光をいっぱいに浴び、息を吐き出した。

「良い天気だこと」

「快晴ですね」

シズクが微笑《ほほえ》み、ウルも頷《うなず》く。

「ま、旅立ちには良い日だな」

二人揃《そろ》っての銅級の指輪の獲得は成った。

晴れて冒険者ギルドの一員となったウルたちだが、その後どういう道を選ぶか決める必要があった。一つは単純に、引き続き大罪都市国グリードを拠点として迷宮に潜り続ける道。安定性は高いが、今回のような賞金首騒動はめったになく、昇格には時間が必要だ。

二人の目標を考えると、ただ冒険者としての活動が安定すればいいという話ではない。故に選んだのはもう一つの道だった。

「各地を巡って、強敵、賞金首を討って、名声と魔力を荒稼ぎと。頭おかしいなあオイ」

「アンタが言うなよ。グレン」

ウルたちの方針に対してグレンは揶揄《やゆ》するが、そもそもこの先のウルたちの冒険者活動の方針を考えてくれたのは誰あろうこの男である。心底面倒くさそうにしながらも、アレはやめておけこうしてみろといろいろ打ち合わせた結果である。

本当にこの男は最後まで雑で、乱暴で、そして律儀《りちぎ》だった。

こうして旅立ちの日に、わざわざ顔を出してくるのだから本当に大概である。もっとも、当人にそれを言えば「仕事をさぼれるからな」とでも答えるに違いないのだが。

「さて、それじゃ行くか」

「グレン様。今日まで大変お世話になりました」

「お前は手間かからんかったがな。隣の凡人と比べて」

「せめて最後の挨拶くらい罵倒《ばとう》なしで終わらせてほしいんだがな……世話になった」

「本当に世話かけたよ凡人の方は、這《は》いつくばって五体投地で崇《あが》めろ」

「本当に素直に感謝させてくれないなこの師匠」

最後の最後まで変わらない。感傷的になろうとしていた気分がすべて吹っ飛んだ。

「感謝する暇があったらこの先を憂うんだな、黄金級志願者。お前の道行きは地獄だぞ」

「んじゃ、アドバイスくれよ元黄金級」

「アドバイスねえ……」

グレンがつまらなそうに首をひねり、そしてしばらく考え込むようにした後、軽い口調で語りはじめた。

「俺が黄金級になったとき、嫁も仲間も死んだっつったろ？」

「出だしから辛《つら》いんだが……それで、覚悟しろよって？」

問うと「いいや」とグレンは首を横に振り、言葉を続けた。

「お前らはそうはなるなよ。つまらんからな」

それが、自分たちの未来を案じてかけてくれた言葉だということは分かった。

指導教官としての彼から、最後の導きの言葉だった。

だから、ウルとシズクは二人とも頷いた。

「行ってくるよ。師匠」

「行ってまいります」

グレンは何も言わず、いつもどおり面倒くさそうな顔のまま、手を振った。

◆◆◆

冒険者ギルド・グリード支部　支部長室

「二人は出発しました、イカザ殿」
《そうか》
グリード支部長のジーロウが通信水晶に向かって報告すると、冒険者ギルドの長であるイカザは応じた。つい先日異例の昇格を果たしたウルとシズク、二名の出立を伝えたのだ。

《安定を棄《す》て、賞金首狩りの旅か》

「事情もあるのでしょうが、険しい道を選びましたね」

イカザは二人がどのような道を選ぶのか気にしていた。

立身出世を目指し次々と場所を変え、脅威となる魔物や迷宮に挑み続ける者はそういない。誰だって安定を望む。だが、ウルたちはそれを選んだ。そのジーロウの答えをどう思ったのか、水晶越しでは彼女の表情は分からない……が、

「嬉しそうですね」

長い付き合いだ、ジーロウには彼女の笑みが目に浮かんだ。

《違うと言うと嘘《うそ》になるな》

指摘すると、イカザはそれを認めるように言う。

「彼らが強くなることを期待しますか」

《この世界はあまりにも、脅威が多すぎるからな》

彼女が言わんとしていることは、ジーロウにも理解できる。

この世界には、イスラリア大陸にはあまりにも人類に対する脅威が多い。

偉大なる〝白の魔女〟が封じ、内側に拡張を続けることとなった【無尽森林・大罪迷宮ラスト】。

広く、ひたすらに広く広がり続けたおぞましき不定形の魔物が支配する地下空間【地帝湖・大罪迷宮グラドル】。

イスラリア大陸で最も巨大なる活火山、ギンガン山脈と一体化し、灼熱の魔力を溢《あふ》れさせる【白

炎火山・大罪迷宮エンヴィー】。
かつて精霊信仰の聖地として栄え、今はひたすらに広がる砂の大地に変わり、呪わしき黒炎が大地を焼き続けるおぞましき流刑地《るけいち》【黒炎砂漠・大罪迷宮ラース】。
偉大にして嘲弄《ちょうろう》なる黒き王によって討たれてなお、大陸に残り続ける暗黒の大穴、そこに栄える紛れもない人類の都にして大連盟から隔絶した独立国家【穿孔《せんこう》王国・スロウス】。
そして大連盟の盟主国にして、偉大なりし〝王〟の座する〝真《しん》なる塔《バベル》〟。それを天空から睨《にら》み、隙《すき》あらば墜《お》とさんとする脅威【陽喰《ひぐ》らい・大罪迷宮プラウディア】
七つの大罪を冠したおぞましき迷宮の数々。それらすらも脅威のすべてではないのだ。一歩間違えるだけで滅亡する危険な綱渡りをこの世界は行っている。
《それに立ち向かえる原石は、育まねばな》
今この世界が滅んでいないのは、血を吐き出すかのような多くの戦士たちの努力と屍《しかばね》、そして幸運あってのことである事実に気づいていない者は多い。イカザはそれを理解している数少ない戦士の一人だ。
だからこそ責務もある。有望なる新人を見出《みいだ》すことも彼女の役割だ。
《とはいえ、無茶をさせて若い芽を潰《つぶ》すなんてことも、あってはならないがな》
「ギルドの役割どおり、正しく彼らを見守ることとしましょう」
冒険者の支援組合。その役割を忘れぬようジーロウは頷く。
《せめて数百年は生きている賞金首、【長老《エルダー》】どもを討ってくれるまでには伸びてほしいものだが》
「ソレは……」

《なに、若者の未来は無限大さ》
冗談とも本気ともつかない彼女の言葉にジーロウは苦笑し、改めて外を見る。もちろん、二人の姿がここから見えるはずもないが、旅立っていった若者たちの行く先を見据えるように遠くを見つめた。水晶越しのイカザも同じようにしたのだろう。
《彼らの前途に試練と祝福があらんことを》
その言葉と祈りは、旅立っていった彼らへと向けられた。

◆◆◆

都市国の外は平原が広がっていた。

【春精霊スプリ】が暖かな風を起こし、ウルたちを撫《な》で、草木を揺らしていた。

都市の外は決して油断ならない。放置された迷宮から魔物たちが溢れ、いつどこから襲い来るか分かったものではない。常に緊張を強いられる過酷なる地。

そうであると分かっていても、

「綺麗《きれい》ですね……」

シズクもそう思ったのだろう。噛《か》みしめるように小さく囁《ささや》いた。

「危ないけどな。魔物にも気をつけろよ」

同意見だが、しみじみと景観を楽しんでいる場合ではない。都市の外、【太陽の結界】に護《まも》られていないこの場所は、いつどんな魔物が出てもおかしくない。迷宮のように奥に進むほどに強くなっていくような、ある意味秩序立った現象も起こらない。

今の自分たちでは到底対処できない魔物が来る可能性もあるのだから、警戒は必須だ。

「ここから北東にグリードの【衛星都市】がある。そこで待ち合わせだ」

方位石と、建築された古びた看板を確認する。先人の名無したちが通ったその足で固めた道を進む。定期の馬車に乗れればよかったが、時期が外れていたので徒歩だった。

「気をつけて参りましょう」

「だな……やれやれ」

「お疲れです？」

思わず漏れたため息にシズクが首をかしげる。妹でもない同行者に不満を見せるのは失敗したなと反省し、ウルは誤魔化すように頭を掻《か》いた。

「都市国から出るのが憂鬱《ゆううつ》なだけだよ。シズクは大丈夫か？」

確認すると、シズクは眩《まぶ》しいくらいの美しい笑みをウルへと向けた。

「ウル様と一緒であれば、どんな苦難であろうとも大丈夫です！」

「…………」

「ウル様？」

「…………」

「…………」

ウルのあまりに胡散《うさん》臭そうなものを見る目に、シズクはしばらく笑みのまま表情を固めていたが、最後は少し諦めるように肩の力を抜いて困ったような顔になった。

「私は正直、自分にふりかかる苦難を大変だと思っていません。ごめんなさい」

「ヘンに気遣わないでいいってだけだ。謝るこっちゃない」

怒っているわけではなかった。これから長い付き合いになるかもしれないというのに、無駄に取り繕ってそれで疲れられた方が困るというだけの話だ。

「長い旅になるかもなんだ。必要以上に気を遣うなよ。俺もそうするから」

「はい……ですけど」

「ん？」

ウルと比べ、少しだけ背丈が高いシズクは、上から覗《のぞ》き込むようにして微笑んだ。先ほどのようにキラキラとした笑みではなく、儚《はかな》げで、だけど無理のない小さな笑みだった。

「ウル様と一緒なら、大丈夫だと思ったのは本当です」

「そうか」

「ウル様と一緒に旅を始められたのは、幸運でした」

「そうか――まあ、そんならよかったよ」

ウルも笑った。そして二人は前を向く。

「行くか」

「はい」

こうして二人は目的地へと歩みはじめた。この歩みが行く先――多くの、本当に多くのあらゆるものを飲み込むほどの嵐へと変わり周りを巻き込んでいくこととなるのだが――――無論いまは、誰もそのことを知る由もなかった。

かくして、灰色の少年と、白銀の少女の旅路が始まる。

【討伐祭・宝石人形討伐戦：リザルト】
・宝石人形撃破賞金：金貨一〇枚
・宝石人形獲得魔石：金貨一枚、銀貨二〇枚相当
・討伐祭特別報酬：金貨五枚
→治療費により金貨二枚消費
→宴会費用に銀貨一〇枚消費
→【赤鬼】との交渉により金貨二枚消費
・落下物《ドロップ》：【宝石人形の石片】
→【黄金槌《おうごんつい》】により加工（加工費銀貨二〇枚）
→【竜牙槍《りゅうがそう》・刀身：宝石刃】獲得
→【宝石人形の盾】獲得
・人形の魔片　吸収
→魔片一定量到達により、魔画覚醒
→〈I／V〉
・【竜牙槍・魔導核〔零号〕】余剰分魔力吸収

↓魔力吸収により魔導核強化
↓【咆哮《ハウル》・散牙《トルガ》】獲得
・進路方面から予想される問題《トラブル》を算出
↓人禍《じんか》災害　【死霊跋扈《しりょうばっこ》】
↓イスラリアの安寧のため、その突破を推奨する

EX 名もなき輩《ともがら》の祈り

EXTRA

大罪都市グリード西部地区にある酒場、【欲深き者の隠れ家】は今日も今日とて冒険者達が集い、酒に酔い、食事を愉《たの》しみ、賑わって――はいなかった。

「あーあーいっちまったなあ」

いつも賑やかで騒がしい店内が、この日ばかりは少し静かだった。いつも酒に浮かれ、はしゃぐ荒くれ者たちがどこかしんみりとしていた。その理由はというと、

「物好きだよなあ、ほんと。いまどき放浪の冒険者なんて」

「うう、シズクちゃん……」

「ここに残ったとてお前にゃ可能性ねえよ」

「うごぉ……」

「俺ぁウルの方が心配だよ。あいつ、トロっくさかったからなあ」

「訓練所でいっつも、あの鬼教官《グレン》にボコられてたしなあ……」

ここしばらくの間、足繁《あししげ》くこの酒場に顔を出していた二人のルーキーが旅立っていってしまったことが原因だ。あの二人がこの場所を訪れていた時間は本当に短かったが、あっという間に二人はこの場に馴染《なじ》んだ。だからこそ、寂しさもひとしおだ。

今日は暇な連中が安酒を片手にちびちびと、二人の思い出話に花を咲かせていた。一ヶ月未満の

短い間だったが、驚くほど話題については尽きることがなかった。

「結局、あいつら最後まで訓練所に残ったよな。最長記録では？」

「どうやってあの鬼外道のしごき、最後まで耐えられたんだよ。バケモンか？」

「おまけに、宝石人形を一ヶ月で倒した規格外の新星だ」

「新星ねえ……」

「言いたげだな」

「シズクちゃんはともかく、ウルがそんなガラか？」

「違いない」

そんなふうに、去っていった者の事をずっと話し続けるのはどこか女々しくもあったし、店の空気はやや湿っぽかったが、それについて文句を言う者はいなかった。

「たった一ヶ月とは思えない慌ただしさだったなあ」

「本当に、濃かったなあ……あいつら。また会えるかねえ？」

「どうかな。なにせ都市の外に出るんだ。今日にだって死ぬかもしれねえ」

「そりゃそうだ」

冒険者は危険で荒っぽい稼業だ。怪我《けが》で引退なんて珍しくもない。死別だってよくある話だ。だからこそ冒険者たちは日々を精一杯に生きるし、別れを惜しみ、懐かしむ。

冒険者は別れを蔑《ないがし》ろにしない。

店主も彼らの回顧を邪魔したりはしなかった。かわりに、冒険者たちのテーブルへとエールが注がれたジョッキを並べていく。

「オヤジさん……」
「奢《おご》ってやる」
ひげ面《づら》の店主がニヤリと笑うと、冒険者たちは互いを見て、湿っぽさを振り払うように笑って、立ち上がった。

若き冒険者の二人が、己《おの》が目的のために旅立った。

それがどれほど危険で、安定を捨て去ったやり方であったとしても、時代にも合わない、合理的でもないやり方であったとしても、それでも彼らは選び、その道を進んだのだ。

その二人の道行きを、止めることはできない。口出しも許されない。共に歩む気がないのなら、できることなんて残っていない。彼らはもう銅級《いっぱし》の冒険者なのだから。

できることといったら、祈ることくらいだ。それも盛大に。だから彼らはそれをする。

「我らが同胞の行く道先に災禍と幸運があらんことを！！！」
「我らが朋友の行く道先に苦難と勝利があらんことを！！！」

それまでの静けさを打ち破るような乾杯の音と共に、友への祈りが捧《ささ》げられた。

もちろん、その祈りが二人に聞こえることはない。

だが、何一つ打算のない祈りと願いは確かにそこにあった。

かくして少年は迷宮を駆ける

MFブックス

かくして少年《しょうねん》は迷宮《めいきゅう》を駆《か》ける 1

強欲《ごうよく》の迷宮《めいきゅう》と借金《しゃっきん》まみれの新米冒険者《しんまいぼうけんしゃ》

2024年5月25日　初版第一刷発行

著者　あかのまに
発行者　山下直久
発行　株式会社KADOKAWA
〒102-8177　東京都千代田区富士見2-13-3
0570-002-301（ナビダイヤル）
印刷・製本　株式会社広済堂ネクスト
ISBN 978-4-04-683549-9 C0093

担当編集　姫野聡也
ブックデザイン　AFTERGLOW
デザインフォーマット　AFTERGLOW
イラスト　深遊

本書は、カクヨムに掲載された「かくして少年は迷宮を駆ける　～勇者も魔王も神も殴る羽目になった凡庸なる少年の話～」を加筆修正したものです。

ファンレター、作品のご感想をお待ちしています

宛先
〒102-8177　東京都千代田区富士見2-13-3
株式会社KADOKAWA　MFブックス編集部気付
「あかのまに先生」係「深遊先生」係

二次元コードまたはURLをご利用の上
右記のパスワードを入力してアンケートにご協力ください。

https://kdq.jp/mfb
パスワード
r5yrx

● PC・スマートフォンにも対応しております（一部対応していない機種もございます）。
●アンケートにご協力頂きますと、作者書き下ろしの「こぼれ話」がWEBで読めます。
●サイトにアクセスする際や、登録・メール送信時にかかる通信費はご負担ください。
● 2024年5月時点の情報です。やむを得ない事情により公開を中断・終了する場合があります。

MFブックス既刊

アラフォー賢者の異世界生活日記 ZERO ーソード・アンド・ソーサリス・ワールドー ①
著：寿安清／イラスト：ジョンディー
アラフォーおっさん、VRRPG《ソード・アンド・ソーサリス》で大冒険！

世界で唯一の魔法使いは、宮廷錬金術師として幸せになります※本当の力は秘密です！ ①〜③
著：一分咲／イラスト：nima
魔法と秘密の力で幸せをつかむ、ファンタスティックラブコメディ開幕！

神様のミスで異世界にポイっとされましたが 〜元サラリーマンは自由を謳歌する〜 ①〜④
著：でんすけ／イラスト：長浜めぐみ
誰にも邪魔されず、我が道をゆく元サラリーマンの異世界放浪記！

底辺おっさん、チート覚醒で異世界楽々ライフ ①〜②
著：ぎあまん／イラスト：吉武
異世界で不自由なく、冒険者らしく暮らしたい！

蔑まれた令嬢は、第二の人生で憧れの錬金術師の道を選ぶ 〜夢を叶えた見習い錬金術師の第一歩〜 ①〜②
著：あろえ／イラスト：ボダックス
天職にめぐりあった令嬢の「大逆転幸せライフ」スタート！

理不尽に婚約破棄されましたが、雑用魔法で王族直系の大貴族に嫁入りします！ ①〜②
著：藤森かつき／イラスト：天領寺セナ
雑用魔法で大逆転!? 下級貴族令嬢の幸せな聖女への道♪

勇者じゃなかった回復魔法使い ①
著：はらくろ／イラスト：蓮深ふみ
お人好し回復魔法使いの、自由でのんびりな異世界交流記。

はらぺこ令嬢、れべるあっぷ食堂はじめました 〜うっかり抜いた包丁が聖剣でした!?〜 ①
著：宮之みやこ／イラスト：kodamazon
お腹を空かせたゆるふわ令嬢の聖剣料理ライフがはじまる！

泥船貴族のご令嬢〜幼い弟を息子と偽装し、隣国でしぶとく生き残る！〜 ①
著：江本マシメサ／イラスト：天城 望
バッドエンドから巻き戻された2度目の人生、今度こそ弟を守ります！

久々に健康診断を受けたら最強ステータスになっていた 〜追放されたオッサン冒険者、今更英雄を目指す〜 ①
著：夜分長文／原案：はにゅう／イラスト：桑島黎音
オッサン冒険者、遅咲きチート【晩成】で最強になって再起する！

厄災の王子は素敵なメイドと旅をする ①
著：毒島／イラスト：るいせんと
追放された王子は旅路の中で愛を知る

ヴィーナスミッション 〜元殺し屋で傭兵の中年、勇者の暗殺を依頼され異世界転生！〜 ①
著：MIYABI／イラスト：ニシカワエイト
女神からの依頼は、勇者32人の暗殺!?

かくして少年は迷宮を駆ける ①
著：あかのまに／イラスト：深遊
取り戻すため、狂気《めいきゅう》に挑め！ 本格×王道ファンタジー巨編！

MFブックス